D0887743

# LA PREMIÈRE ET DERNIÈRE LIBERTÉ

*Dans Le Livre de Poche :*

SE LIBÉRER DU CONNU

KRISHNAMURTI

# La Première et Dernière Liberté

TRADUCTION DE CARLO SUARES
PRÉFACE DE ALDOUS HUXLEY

STOCK

Titre original :

The First and Last Freedom
(Victor Gollancz Ltd, Londres)

# SOMMAIRE

# QUESTIONS ET RÉPONSES

Dans cet ouvrage, *l'esprit* est la traduction de *the mind* : la faculté de penser ; ou, encore, selon la définition du *Concise Oxford Dictionary : le siège de la conscience, de la pensée, de la volition et du « sentir »*, ou sentiment (*feeling*), dans la mesure où celui-ci « est » du fait qu'il est pensé.

C.S.

# PRÉFACE

L'homme est un amphibie qui vit simultanément dans deux mondes : celui du milieu familial et social, de la vie matérielle, de la conscience des choses, et le monde des symboles. Dans notre pensée, nous nous servons d'une grande variété de systèmes de symboles verbaux, mathématiques, plastiques, musicaux, liturgiques, sans lesquels nous n'aurions ni arts, ni sciences, ni loi, ni philosophies, bref pas même l'embryon d'une civilisation : nous serions des animaux.

Les symboles, donc, sont indispensables. Mais, ainsi que nous le démontre abondamment l'Histoire de notre époque – et de toutes les époques – ils peuvent aussi être néfastes. Considérons, par exemple, le domaine de la science d'une part et, d'autre part, celui de la politique et de la religion. Dans le premier, notre façon de penser et de réagir en fonction de ces symboles nous a permis, en une faible mesure, de comprendre et de vaincre certaines forces élémentaires de la nature. Mais dans le second, notre façon de penser et de réagir en fonction de cette catégorie-là de symboles nous a menés à nous servir de ces mêmes forces pour des assassinats de masses et un suicide collectif. Dans le premier cas, les symboles explicatifs ont été bien choisis, soigneusement analysés et progressivement adaptés aux contingences. Dans le second cas, des symboles mal choisis au départ n'ont jamais été soumis à une analyse serrée et n'ont jamais été reformulés en vue de les adapter aux contingences. Et, ce qu'il y a de pire, c'est que les symboles qui font fausse route ont, partout, été traités avec un respect

13

entièrement injustifié comme si, de quelque mystérieuse manière, ils étaient plus réels que les réalités auxquelles ils se rapportaient. En religion et en politique, les mots que l'on emploie ne sont pas considérés comme des représentations, plus ou moins adéquates, de choses et d'événements, mais au contraire les choses et les événements sont considérés comme des illustrations de ces mots.

Nous ne nous sommes jamais servis des symboles d'une façon réaliste et pratique que dans des domaines où nous sentions qu'ils n'étaient pas suprêmement importants. Mais dans toutes les situations impliquant nos impulsions les plus profondes, nous avons toujours, avec insistance, employé les symboles non seulement en débrayant de la réalité, mais d'une façon idolâtre et même démente. Le résultat est que nous avons été capables de commettre de sang-froid et pendant des périodes de longue durée des actes dont des brutes ne sont capables qu'au cours de brefs instants et au paroxysme de la rage, du désir ou de la peur.

Parce qu'ils emploient et adorent des symboles, les hommes peuvent devenir des idéalistes ; et, étant des idéalistes, ils peuvent transformer la voracité intermittente des animaux en impérialismes grandioses, tels ceux d'un Cecil Rhodes ou d'un J.P. Morgan ; leur tendance intermittente à se persécuter, en stalinisme ou en Inquisition ; leur attachement intermittent à un coin de terre en délires nationalistes soigneusement calculés. Ils peuvent aussi, heureusement, transformer l'aménité intermittente des animaux en une charité remplissant la vie d'une Elizabeth Fry ou d'un Vincent de Paul ; leur dévouement intermittent, limité aux couples et aux petits, en cette coopération raisonnée et persistante, laquelle, jusqu'à présent, a été assez solide pour préserver le monde des conséquences de l'autre idéalisme, de l'idéalisme néfaste. Toutefois, depuis que celui-ci a mis la bombe H entre les mains des nationalistes, tout ce que nous pouvons dire c'est que l'idéalisme de coopération et de charité a vu ses chances de réussite décliner abruptement.

Le meilleur ouvrage gastronomique ne vaut pas le plus mauvais des repas. Ce fait est assez évident. Et pourtant, à travers les âges, les philosophes les plus profonds, les théologiens les plus érudits, sont constamment tombés dans l'erreur qui consiste à identifier des constructions purement verbales à des faits, ou dans l'erreur encore plus énorme qui consiste à s'imaginer que les symboles sont, d'une certaine manière, plus réels que les faits auxquels ils se rapportent. Il est vrai que leur culte des mots n'a pas été sans soulever des protestations. « Seul l'esprit vivifie, dit saint Paul, la lettre tue. » « Et pourquoi, demande Eckhart, bavardez-vous au sujet de Dieu ? Tout ce que vous dites de Dieu est mensonger. » Et, à l'autre bout du monde, l'auteur d'un des Mahâyâna Sûtras affirme que « la vérité n'a jamais été prêchée par le Bouddha, étant donné que vous devez la réaliser en vous-même ». De tels discours furent toujours jugés subversifs et les personnes respectables les ont ignorés. L'idolâtrie étrangement surestimée des mots et des emblèmes a continué, et au déclin de ces religions, la vieille habitude de formuler des credo et d'imposer des croyances a persisté même chez les athées.

Au cours de ces dernières années, des logiciens et des sémantistes ont analysé des symboles en se servant du langage de la pensée courante. La linguistique est devenue une science et comporte même une branche à laquelle Benjamin Whorf avait donné le nom de « métalinguistique ». Tout cela est fort bien, mais n'est pas suffisant. La logique et la sémantique, la linguistique et la métalinguistique ne sont que des disciplines de l'intellect. Elles analysent les différentes façons, correctes ou incorrectes, ayant un sens ou absurdes, dont les mots se relient aux choses, aux événements, aux processus qu'ils désignent, mais n'offrent aucun éclaircissement quant au problème fondamental des rapports qui existent entre l'homme, dans sa totalité psychique et ses deux mondes, de faits et de symboles.

Dans chaque région et à chaque période de l'Histoire, ce problème a été maintes fois résolu individuellement par

15

des hommes et des femmes, lesquels, dans leurs écrits ou leurs discours, évitaient de créer des systèmes, sachant que tout système est une tentation permanente de prendre les symboles trop au sérieux, de prêter plus d'attention aux mots qu'aux réalités auxquelles ces mots veulent se rapporter. Leur but fut de ne jamais offrir d'explications toutes faites, de panacées, mais de nous inciter à diagnostiquer et à soigner notre propre mal, à aller le chercher là où le problème humain et sa solution se présentent directement à l'expérience.

Ce volume contient des extraits d'écrits et de causeries de Krishnamurti. Le lecteur y trouvera l'exposé clairement exprimé par un contemporain du problème fondamental de l'homme, accompagné d'une invitation à le résoudre de la seule façon dont il puisse être résolu : par chacun et en chacun. Les solutions collectives, en lesquelles tant de personnes mettent désespérément leur foi, ne sont jamais adéquates. « Pour comprendre la misère et la confusion qui est en nous, donc dans le monde, nous devons d'abord trouver la clarté en nous-mêmes et cette clarté se produit lorsque l'on pense correctement ; elle ne peut pas être organisée car elle n'est pas un objet d'échange. La pensée des groupes organisés n'est que répétition. La clarté n'est pas le produit d'assertions verbales, mais d'une intense perception de soi-même et de la façon dont on pense. L'on n'apprend pas à penser au réel en se soumettant à un simple entraînement intellectuel, ni en se conformant à une méthode, quelque respectable et noble qu'elle soit. Le point de départ d'une pensée vraie est dans la connaissance de soi. Si l'on ne se comprend pas soi-même, l'on n'a aucune base pour penser : ce que l'on pense n'est pas vrai. »

Ce thème fondamental est développé par Krishnamurti dans maints passages. « Il y a de l'espoir en l'homme, non en la société, en des systèmes, en les systèmes religieux organisés, mais en vous et en moi. » Les religions organisées, avec leurs médiateurs, leurs livres sacrés, leurs dogmes, leurs hiérarchies et leurs rituels n'offrent que de faus-

16

ses solutions au problème fondamental de l'homme. « Lorsque vous citez la *Bhagavad Gîtâ* ou la Bible ou quelque livre sacré chinois, vous n'êtes en train que de répéter ; c'est évident, n'est-ce pas ? Et ce que l'on répète n'est pas la vérité ; c'est un mensonge, car la vérité ne peut pas être répétée. »

Un mensonge peut être diffusé, exposé et répété, mais il n'en est pas de même de la vérité ; lorsqu'on la répète, elle cesse d'être la vérité ; donc les livres sacrés ne sont pas importants. C'est par la connaissance de soi et non par la foi en des symboles présentés par autrui que l'homme parvient à la réalité éternelle en laquelle son être a sa source. Croire à la valeur totale et transcendante d'un système quelconque de symboles ne conduit pas à la libération mais à l'Histoire et à ses désastres habituels. « La croyance divise inévitablement. Lorsque vous avez une croyance ou lorsque vous cherchez une sécurité dans votre foi particulière, il se produit une scission entre vous et ceux qui cherchent la sécurité auprès d'une autre foi. Toutes les croyances organisées sont basées sur la division des hommes, bien qu'elles puissent prêcher la fraternité. » L'homme qui a résolu le problème de ses rapports avec les deux mondes, celui des faits et celui des symboles, n'a pas de croyances. En ce qui concerne la vie pratique, sa solution consiste à mettre à l'essai des hypothèses successives, qui n'ont pour lui que la valeur d'instruments. Mais dans ses rapports avec ses semblables et la réalité où ils existent, il éprouve les contacts directs de l'amour et de la perception intérieure.

C'est pour se protéger des croyances que Krishnamurti n'a lu « aucune littérature sacrée, ni la *Bhagavad Gîtâ*, ni les *Upanishad* ». Mais nous autres, en général, nous ne lisons même pas la littérature sacrée ; nous lisons nos journaux préférés, des illustrés et des romans policiers. Cela indique que nous abordons la crise de notre époque, non pas avec amour et compréhension, mais « avec des formules, des systèmes » – et des spécimens fort peu défendables d'ailleurs, de ces catégories. Mais « les hommes de bonne volonté ne devraient pas avoir de formules » ; car les formules ne mènent, inévitablement, qu'à « penser aveuglément ». L'habitude invétérée de penser en formules est à peu près universelle. Cela est inévitable, car notre système d'éducation est basé sur l'enseignement de « ce qu'il faut penser » et non de « comment » penser. Nous sommes élevés en tant que membres croyants et pratiquants de quelque organisation, chrétienne, islamique, hindoue, bouddhiste ou freudienne. Par conséquent « vous réagissez à la provocation de la vie, laquelle est toujours neuve, conformément à un point de vue ancien, donc votre réponse n'est pas adéquate, elle manque de nouveauté, de fraîcheur. Si vous réagissez à la vie en tant que catholique ou communiste, vous vous conformez à un certain système de pensée, donc votre réaction n'a pas de valeur. Et n'est-ce point l'Hindou, le Musulman, le Bouddhiste, le Chrétien, qui ont créé ce problème ? De même que la nouvelle religion est le culte de l'État, l'ancienne est le culte d'une idée. » Si vous réagissez à une provocation selon un conditionnement ancien, votre réaction ne vous permettra pas de comprendre ce que la vie apporte de neuf. « Ce qu'il convient de faire, en vue d'affronter la nouvelle provocation de la vie, c'est se dénuder complètement, se dépouiller des accumulations du passé et aborder la provocation à la façon d'un être neuf. » En d'autres termes, aucun symbole ne devrait être érigé en dogme, ni aucun système considéré autrement que comme une commodité provisoire. La croyance en des formules et toute action résultant de cette croyance ne peuvent pas nous apporter la solution de notre problème. « Ce n'est que par la compréhension créatrice de nous-mêmes que peut se constituer un monde créateur, un monde heureux, un monde où les idées n'existent pas. » Un monde où les idées n'existeraient pas serait un monde heureux car il ne comporterait pas ces forces si puissamment conditionnantes, qui contraignent l'homme à des actions inappropriées, ces dogmes sacro-saints au nom

18

desquels les pires des crimes sont justifiés, les plus grandes folies méticuleusement rationalisées.

Une éducation qui nous enseignerait, non pas « quoi » mais « comment » penser exigerait une classe dirigeante de pasteurs et de maîtres. Mais « l'idée même de diriger quelqu'un est antisociale et antispirituelle ». Le pouvoir satisfait la soif de puissance de celui qui l'exerce et la soif de certitude et de sécurité de ceux qui le subissent. Le « gourou » fournit une sorte de stupéfiant. « Mais », dit Krishnamurti, « l'on pourrait me demander : et vous-même, ne vous présentez-vous pas comme un gourou ? Non, je n'agis pas en tant que gourou ; car, tout d'abord, je ne vous apporte aucune consolation ; je ne vous dis pas ce que vous devriez faire d'instant en instant ou de jour en jour ; je ne fais que vous montrer quelque chose que vous êtes libres d'accepter ou de refuser : cela dépend de vous, non de moi. Je ne vous demande absolument rien, ni votre dévotion, ni vos flatteries, ni vos injures, ni vos dieux. Je dis : voici un fait ; prenez-le ou laissez-le. Et la plupart d'entre vous le rejetteront, pour la raison évidente qu'il ne vous apporte aucune délectation. »

Qu'est-ce, au juste, qu'offre Krishnamurti, que nous pouvons prendre, si nous le désirons, mais que, selon toute probabilité, nous préférerons laisser ? Ainsi que nous l'avons vu, ce n'est pas un système de croyances, un catalogue de dogmes, une collection de notions et d'idéals préfabriquée. Ni un guide, ni une médiation, ni une direction spirituelle, ni même un exemple. Ce n'est pas une liturgie, pas une Église, pas un code ; ce n'est ni une ascèse ni aucune inspirante baliverne.

Est-ce, peut-être, une autodiscipline ? Non ; car la discipline personnelle n'est pas un moyen de résoudre nos problèmes : tel est le fait brutal. En vue de trouver la solution l'esprit doit s'ouvrir à la réalité, doit confronter, sans préjugés ni restrictions, les mondes extérieur et intérieur tels qu'ils se trouvent. (Le service de Dieu est parfaite liberté ; inversement, la liberté parfaite est service de

19

Dieu.) En se disciplinant, l'esprit ne subit aucun changement radical ; c'est toujours le vieux moi, mais « bridé, dominé ».

La discipline personnelle s'ajoute à la liste de tout ce que Krishnamurti n'offre pas. Se pourrait-il alors que ce qu'il offre c'est la prière ? La réponse est encore négative. « La prière peut vous apporter la réponse que vous cherchez ; mais cette réponse peut provenir de votre inconscient ou du réservoir général, de l'entrepôt de toutes vos pétitions. La réponse n'est pas la voix silencieuse de Dieu... Considérez », continue Krishnamurti, « ce qui arrive lorsque vous priez. Par la constante répétition de certaines phrases et par le contrôle de votre pensée, l'esprit devient calme, n'est-ce pas ? Du moins, la conscience consciente se calme. Vous vous agenouillez, ainsi que le font les Chrétiens, ou vous vous asseyez à la façon des Hindous, et vous répétez, vous répétez et par l'effet de cette répétition, l'esprit se calme. Dans cette quiétude, on perçoit comme l'émission d'un message ; mais ce quelque chose, qui répond à votre prière, peut provenir de l'inconscient, ou pourrait être une réaction de votre mémoire ; ce n'est certainement pas la voix de la réalité, car celle-ci doit venir à vous, elle ne se laisse pas invoquer, prier. Vous ne pouvez pas la persuader d'entrer dans votre petite cage, en vous livrant à des *pujas*, des *bhajans*, et tout le reste de vos rituels, en lui offrant des fleurs, en l'apaisant, ou en vous supprimant, ou encore en imitant quelque personnage. Aussitôt que vous avez maîtrisé le stratagème qui consiste à apaiser l'esprit au moyen de répétitions et à recevoir des suggestions dans cette quiétude, le danger est – à moins que vous ne soyez sur le qui-vive quant à l'origine de ces émissions – que vous soyez pris et que la prière devienne alors un succédané de la vérité. Ce que vous demandez, vous l'obtenez. Mais cela n'est pas la vérité. Ce que vous quémandez vous le recevrez ; mais vous en paierez le prix à la fin. »

De la prière, nous passons au yoga et voyons que celui-ci est encore une de ces choses que Krishnamurti n'offre pas. Car le yoga est une concentration de la pensée, c'est-à-dire une exclusion. « Vous érigez un mur de résistance en vous concentrant sur une pensée que vous avez choisie et vous essayez d'écarter de vous toutes les autres pensées. » Ce que, communément, l'on appelle méditation n'est que « la construction d'une résistance, la concentration exclusive sur une idée de votre choix ». Mais qu'est-ce qui détermine votre choix ? « Qu'est-ce qui vous fait dire : ceci est bon, vrai, noble, le reste ne l'est pas ? Il est manifeste que le choix est basé sur le plaisir, la récompense ou la réussite ; ou bien il n'est qu'une réaction de votre conditionnement ou de votre tradition. Et d'ailleurs pourquoi choisir ? Pourquoi ne pas examiner chaque pensée ? Lorsque celles qui vous intéressent sont nombreuses, pourquoi en choisir une ? Pourquoi ne pas examiner tous vos centres d'intérêt ? Au lieu de créer une résistance, pourquoi ne pas pénétrer dans chaque point intéressant au fur et à mesure qu'il surgit ? Pourquoi vous concentrer sur l'un d'eux seulement ? Après tout, vous êtes constitués d'intérêts nombreux ; vous avez beaucoup de masques, consciemment ou inconsciemment. Pourquoi en choisir un et rejeter tous les autres en un combat où vous gaspillez toute votre énergie en créant une résistance, un conflit, un frottement ? Tandis que si vous considérez chaque pensée à mesure qu'elle surgit – *chaque* pensée et non quelques-unes seulement – il n'y a pas d'exclusion. Il est très ardu d'examiner chaque pensée, car pendant que vous en examinez une, une autre s'introduit. Toutefois, si vous êtes en état d'observation, sans chercher à dominer ou à justifier, de ce seul fait, aucune autre pensée n'interviendra. Ce n'est que lorsque l'on condamne, compare ou conforme que d'autres pensées font irruption. »

« Ne jugez pas, afin de n'être pas jugés. » Le précepte évangélique s'applique à nos rapports avec nous-mêmes aussi bien qu'avec les autres. Où il y a jugement, comparaison et condamnation, l'esprit est obtus, l'on demeure prisonnier des symboles et des systèmes, et l'on ne peut pas s'affranchir de son conditionnement. Pratiquer l'introspection avec un but déterminé, ou l'examen de conscience dans les cadres d'un code traditionnel, de postulats sacrosaints – rien de tout cela ne peut nous aider. Mais il existe une spontanéité transcendante de la vie, une « réalité créative » (selon l'expression de Krishnamurti) laquelle ne se révèle comme immanente que lorsque l'esprit est dans un état de « passivité agile, de lucidité qui ne choisit pas ». Les jugements et les comparaisons nous livrent irrévocablement à la dualité. Seule la « lucidité sans choix » peut conduire à la non-dualité, à la réconciliation des contraires dans une compréhension totale et un amour total. *Ama et fac quod vis*. Aime, et fais ce que tu veux. Mais si l'on commence par faire ce que l'on veut, ou par faire ce que l'on ne veut pas en obéissance à quelque système, notion, idéal ou interdiction traditionnels, l'on n'aimera jamais. Le processus libérateur doit commencer par la perception aiguë et impartiale de nos désirs ainsi que de nos réactions aux systèmes de symboles qui nous ordonnent ou nous interdisent de vouloir ceci ou cela. Grâce à cette perception impartiale, et au fur et à mesure qu'elle pénètre dans les couches successives de l'ego et du subconscient qui s'y associe, surgissent l'amour et la compréhension, mais d'un ordre différent de celui qui nous est familier. Cette perception impartiale – à tout instant et en chaque circonstance – est la seule méditation effective. Toutes les autres formes de yoga mènent soit à la pensée aveugle qui résulte d'une discipline imposée, soit à quelque forme d'extase provoquée, de faux samadhi. La vraie libération est « la liberté intérieure d'une réalité créative ». Cela n'est « pas un don, mais doit être découvert et expérimenté. C'est un état d'être, un silence en lequel il n'y a pas de devenir, en lequel est une totalité. Cet état créatif n'est pas nécessairement à la recherche d'une expression ; ce n'est pas un talent qui exige une manifestation extérieure. Il n'exige point que

22

vous soyez un grand artiste ni célèbre : si vous cherchez une réussite dans ces domaines, la réalité intérieure vous échappe. Elle n'est pas un don, et n'est pas le fruit du talent ; ce trésor impérissable ne se laisse découvrir que lorsque l'esprit est libéré des appétits, de l'égocentrisme et de l'ignorance, lorsque la pensée se libère des valeurs sensorielles et de l'avidité d'être quelque chose. On le vit dans la méditation que comporte une pensée lucide. » L'impartiale perception de nous-mêmes nous conduira à cette réalité créatrice, laquelle est sous-jacente à toutes nos illusions destructrices ; elle nous ouvrira à cette tranquille sagesse, qui est toujours présente en dépit de l'ignorance et en dépit de toutes nos connaissances, car celles-ci ne sont jamais qu'une forme de l'ignorance. Les connaissances sont du monde des symboles et, trop souvent, font obstacle à la sagesse, à la mise à nu du moi, d'instant en instant. Un esprit parvenu à la quiétude de la sagesse « connaîtra l'être, saura ce qu'est aimer. L'amour n'est ni personnel ni impersonnel, il est amour, tout simplement, et ne peut être décrit par l'esprit comme étant exclusif ou inclusif. L'amour est sa propre éternité ; c'est le réel, le suprême, l'immesurable. »

Aldous HUXLEY.

# 1
## *Introduction*

Communiquer l'un avec l'autre, même si l'on se connaît très bien, est extrêmement difficile. Il se peut que j'emploie des mots dans un sens qui n'est pas le vôtre, mais il ne peut y avoir de compréhension entre nous que si nous nous rencontrons au même niveau, au même instant. Une telle entente comporte une affection réelle entre une personne et l'autre, entre mari et femme, entre amis intimes. C'est cela la vraie communion : une compréhension réciproque et instantanée qui se produit lorsqu'on se rencontre au même niveau, au même instant. Cette communion spontanée, effective et comportant une action définie est très difficile à établir. J'emploie des mots simples, qui ne sont pas techniques, car je pense qu'aucun mode spécialisé d'expression ne peut nous aider à résoudre nos problèmes fondamentaux. Je ne me servirai donc d'aucun terme technique employé soit en psychologie, soit en science. Je n'ai, heureusement, lu aucun livre de psychologie ou de doctrine religieuse. Je voudrais transmettre, au moyen des mots très simples de la vie quotidienne, un sens plus profond que celui qu'on leur accorde habituellement ; mais cela me sera difficile si vous ne savez pas écouter.

Il existe un art d'écouter. Pour écouter réellement, il faut pouvoir abandonner, ou écarter, tous les préjugés, les expressions toutes faites et les activités quotidiennes. Lorsque l'on est dans un état d'esprit réceptif, l'on peut comprendre aisément ; vous écoutez aussitôt que vous accordez réellement votre attention à ce que l'on dit. Mais,

25

malheureusement, la plupart d'entre nous écoutent à travers un écran de résistances. Nous vivons derrière un écran fait de préjugés, religieux ou spirituels, psychologiques ou scientifiques, ou composé de nos soucis quotidiens, de nos désirs et de nos craintes. Et, abrités derrière tout cela, nous écoutons. Donc, nous n'entendons en réalité que notre propre bruit, notre son, et non pas ce que l'on nous dit. Il est extrêmement difficile de mettre de côté notre formation, nos préjugés, nos inclinations, nos résistances, et, allant au-delà de l'expression verbale, d'écouter de façon à comprendre instantanément ce que l'on nous dit. Ce sera là une de nos difficultés.

Si, au cours de ces causeries, vous entendez quoi que ce soit qui s'oppose à votre façon de penser et de croire, bornez-vous à écouter, ne résistez pas. Il se peut que vous ayez raison et que j'aie tort, mais écoutez et considérons la question ensemble ; nous découvrirons ainsi la vérité. La vérité ne peut vous être donnée par personne. Il vous faut la découvrir ; et, pour faire une découverte, il faut un état d'esprit qui permette une perception directe. Il n'y a pas de perception directe là où se trouvent une résistance, une protection, une sauvegarde. La compréhension vient avec la perception de ce qui « est ». Savoir avec exactitude ce qui « est », le réel, l'actuel, sans l'interpréter, sans le condamner ou le justifier, est le commencement de la sagesse. C'est lorsque nous commençons à interpréter, à traduire selon notre conditionnement et nos préjugés, que la vérité nous échappe. Après tout, il y va comme de toute recherche. Pour savoir ce qu'est une chose, ce qu'elle est exactement, il faut se livrer à une certaine recherche, il ne faut pas la traduire selon notre humeur. De même, si nous pouvons regarder, observer, écouter ce qui « est », en être exactement conscient, le problème est résolu. Et c'est ce que nous essayerons de faire dans ces discours. Je vous montrerai ce qui « est » et de même que je ne le traduirai pas selon ma fantaisie, vous ne devrez pas le traduire ou

26

l'interpréter selon votre conditionnement ou votre formation.

N'est-il pas possible d'être conscient de tout, tel que cela est ? Et, en commençant ainsi, ne doit-on pas parvenir à l'entendement ? Admettre ce qui « est », y parvenir, en être conscient, met fin aux luttes. Si je sais que je suis un menteur, si c'est un fait que je reconnais, la lutte cesse. Admettre ce qui « est », en être conscient, c'est déjà le commencement de la sagesse, de l'entendement qui nous libère de la durée. Introduire la notion du temps – non du temps chronologique, mais de la durée en tant que moyen, en tant que processus psychologique, en tant que pensée – est destructeur et engendre la confusion. Mais il est possible de comprendre ce qui « est », si on le reconnaît, sans justification, sans identification. Savoir que l'on est dans une certaine condition, dans un certain état, est déjà un processus de libération ; mais l'homme qui n'est pas conscient de son conditionnement, de sa lutte, essaie d'être autre chose que ce qu'il est, ce qui engendre des habitudes. Tenons donc présent à l'esprit que nous voulons examiner ce qui « est », observer l'actuel, en être exactement conscient, sans lui donner un biais, sans l'interpréter. Cela exige une acuité extraordinaire de l'esprit et un cœur extraordinairement souple ; car ce qui « est », est sans cesse en mouvement, constamment en transformation, et si l'esprit est enchaîné par des croyances, par des connaissances, il cesse sa poursuite, il cesse de s'adapter au rapide mouvement de ce qui « est ». Ce qui « est » n'est évidemment pas statique, accroché à une croyance, à un préjugé, ainsi que vous pouvez le voir si vous l'observez de très près. Pour le suivre dans sa course, il faut avoir un esprit très prompt et un cœur souple, qui vous sont refusés si votre esprit est statique, accroché à une croyance, à un préjugé, à une identification. Un cœur et un esprit secs ne peuvent pas suivre aisément, rapidement, ce qui « est ».

Je pense que, sans trop de discussions, sans trop d'expressions verbales, nous sommes tous conscients du fait que nous vivons actuellement dans un chaos, une confusion, une misère, à la fois individuels et collectifs. Cela est vrai non seulement en Inde, mais partout dans le monde : en Chine, en Amérique, en Angleterre, en Allemagne, bref, le monde entier est dans un état de confusion, de misère grandissante. Cette souffrance, non seulement individuelle mais aussi collective, est extraordinairement aiguë. Il s'agit donc d'une catastrophe mondiale, et la limiter à une simple région géographique, à telle section colorée de la mappemonde serait absurde, car cela nous empêcherait de comprendre la pleine signification de cette souffrance mondiale et individuelle. Étant conscients de cette confusion, quelle est notre réponse à ce fait ? Comment y réagissons-nous ?

La souffrance est politique, sociale, religieuse ; tout notre être psychologique est dans la confusion, nos chefs politiques et religieux n'y peuvent rien et les livres sacrés ont perdu leur valeur. Vous pouvez consulter la *Bhagavad Gîtâ* ou la Bible ou le dernier traité de politique ou de psychologie et vous verrez qu'ils ont perdu la résonance, la qualité de la vérité. Ce ne sont plus que de simples mots. Et vous-mêmes, qui faites profession de répéter ces mots, vous êtes confus et incertains, cette répétition ne transmet rien. Ainsi, les mots et les livres ont perdu leur signification et vous, qui citez la Bible, Karl Marx ou la *Bhagavad Gîtâ*, étant vous-mêmes dans l'incertitude et la confusion, votre répétition devient mensonge, les mots écrits ne sont plus que propagande, et la propagande n'est pas la vérité. Aussitôt que vous vous mettez à répéter, vous cessez de comprendre votre propre état d'esprit. Vous ne faites que cacher votre confusion au moyen de l'autorité que vous accordez à des mots. Mais ce que nous essayons de faire, ici, c'est comprendre cette confusion et non la recouvrir au moyen de citations. Or, quelle est votre réponse à cela ? Comment réagissez-vous à cet énorme chaos, à cette confuse incertitude de l'existence ? Soyez-en conscients à mesure que j'en parle ; ne suivez pas mes mots mais la pensée qui agit en vous. La plupart d'entre nous ont l'habitude d'être des spectateurs et de ne pas participer à l'action ; de lire des livres et de ne pas en écrire ; être spectateur est devenu une tradition, notre habitude nationale et universelle ; nous assistons à des parties de football, nous écoutons des politiciens et des orateurs, nous ne sommes là qu'en surplus ; nous avons perdu la capacité de créer et par conséquent nous voulons absorber et que cela soit notre part.

Mais si vous ne faites qu'assister, si vous n'êtes ici que des spectateurs, vous perdrez totalement le sens de ce discours, car ceci n'est pas une de ces conférences que l'on vous demande d'écouter par habitude. Je ne vous donnerai aucune des informations que vous pourriez trouver dans une encyclopédie. Mais nous essayerons de suivre nos pensées réciproques et de poursuivre aussi loin, aussi profondément que nous le pourrons, les intentions et les réactions de nos propres sentiments. Je vous prie donc de découvrir votre propre réponse à ce chaos, à cette souffrance ; non pas de savoir quels sont les mots qu'Untel a prononcés mais quelles sont vos réactions personnelles à ce sujet. Votre réaction est celle de l'indifférence si vous retirez un avantage de cette souffrance, de ce chaos, si vous en avez un profit, économique, social, politique ou psychologique. Dans ce cas, cela vous est égal que le désordre se prolonge. Il est évident que plus le monde est troublé et chaotique, plus on recherche la sécurité. Ne l'avez-vous pas remarqué ? Du fait de la confusion qui règne dans tous les domaines, vous vous enfermez dans la sécurité que vous donne un compte en banque, ou une idéologie ; ou encore, vous vous livrez à la prière, vous allez au temple, ce qui veut dire que vous vous abstrayez de ce qui se passe dans le monde. Des sectes se forment, de plus en plus nombreuses, de nouveaux « ismes » surgissent partout. Car, plus ce chaos est grand, plus vous voulez un chef, un berger qui vous conduise hors de la confusion ; alors vous lisez des textes sacrés ou vous vous adressez au dernier instructeur

29

en date, ou encore vous réglez votre conduite selon quelque système de droite ou de gauche, qui vous semble devoir résoudre le problème. Voilà exactement ce qui se produit partout.

Dès que l'on est conscient du désordre, de ce qui « est » exactement, on essaie de s'en évader. Les sectes qui offrent des systèmes pour résoudre la souffrance économique, sociale et religieuse, sont les pires car alors c'est le système qui devient important, non l'homme. Que ce système soit religieux ou social, de droite ou de gauche, c'est lui avec sa philosophie et ses idées, qui devient important, non l'homme. Et, pour ces idées, pour ces idéologies, on est tout prêt à sacrifier l'humanité entière. C'est exactement cela qui se produit dans le monde. Je ne vous donne pas ici une interprétation personnelle de ce qui se passe : observez autour de vous, et vous verrez que c'est cela la vérité. Ce sont les systèmes qui sont devenus importants, et, de ce fait, l'homme – vous et moi – a perdu toute valeur et ceux qui ont le contrôle des systèmes (religieux ou économiques, de droite ou de gauche) assument l'autorité, le pouvoir, et par conséquent vous sacrifient, vous l'individu. Voilà exactement ce qui se passe.

Mais quelle est la cause de cette misère ? Comment cette confusion, cette souffrance, se sont-elles produites, non seulement psychologiquement, mais dans le monde extérieur ? Comment sont nées cette peur et cette attente de la troisième guerre mondiale, de cette guerre qui est en train d'éclater ? Cela indique, évidemment, un écroulement des valeurs morales et spirituelles et la glorification des valeurs sensorielles, des valeurs des choses faites par la main ou par la pensée. Et qu'arrive-t-il lorsque l'on n'a, pour toutes valeurs, que celles, sensorielles, des produits de la pensée, de la main ou de la machine ? Plus nous donnons d'importance aux valeurs sensorielles, aux objets, plus grande est la confusion. Encore une fois, ceci n'est pas une théorie. Vous n'avez guère besoin de consulter des ouvrages pour vous rendre compte que vos valeurs, vos richesses, votre existence économique et sociale sont basées sur des choses faites par la main ou la pensée. Ainsi nous vivons et fonctionnons et avons notre être plongé dans des valeurs sensorielles, ce qui veut dire que les choses de la pensée, de la main ou de la machine, sont devenues importantes. Le résultat de cette importance donnée aux choses est que les croyances sont devenues prédominantes dans le monde. N'est-ce pas cela qui se produit partout ?

Ainsi, accordant de plus en plus d'importance aux valeurs qui relèvent des sens, nous créons une confusion de plus en plus grande ; et, nous trouvant au milieu de cette confusion, nous essayons de nous en évader par différentes voies, religieuses, économiques ou sociales, ou par l'ambition, le pouvoir ou la recherche de la réalité. Mais le réel est tout près de vous. Vous n'avez pas à le chercher. L'homme qui cherche la réalité ne la trouvera jamais. La vérité est en ce qui « est » – et c'est cela sa beauté. Mais dès l'instant que vous la concevez, dès l'instant que vous la cherchez, vous commencez à lutter ; et l'homme qui lutte ne peut pas comprendre. Voilà pourquoi il nous faut être en observation, immobiles, passivement lucides. Nous voyons alors que notre existence, notre action, sont toujours dans le champ de la destruction, de la douleur ; comme une vague, la confusion et le chaos déferlent sur nous. Il n'y a pas d'intervalles dans la confusion de l'existence.

Tout ce que nous faisons à présent semble conduire au chaos, à la souffrance, à un état malheureux. Observez votre propre vie et vous verrez que votre existence est toujours au bord de la douleur. Notre travail, notre activité sociale, notre politique, les réunions des nations pour enrayer la guerre, tout développe la guerre. La destruction suit l'existence dans son sillage ; tout ce que nous faisons mène à la mort. Voilà exactement ce qui a lieu.

Pouvons-nous mettre tout de suite fin à cette misère et ne plus être emportés par la vague de confusion et de douleur ? De grands instructeurs tels que le Bouddha ou le Christ sont venus ; ils ont accepté la foi des autres, alors qu'ils étaient peut-être, eux-mêmes, affranchis de la confusion et de la douleur. Mais ils n'ont jamais mis fin à la douleur, ils n'ont jamais empêché la confusion de se produire. La douleur se perpétue, la confusion se perpétue. Et si, voyant ce désordre social et économique, vous vous réfugiez dans ce qu'on appelle la vie religieuse et abandonnez le monde, vous pouvez peut-être avoir ainsi le sentiment d'atteindre ces grands maîtres, mais le monde continue dans sa destruction chaotique, dans l'incessante souffrance de ses riches et de ses pauvres. Ainsi, notre problème, à vous et à moi, est de savoir si nous pouvons sortir de cette misère instantanément, si, vivant dans le monde, mais refusant d'en faire partie, nous pouvons aider les autres à sortir de la confusion, non pas dans l'avenir, non pas demain, mais maintenant. Tel est notre problème. La guerre arrive, probablement, plus destructrice, plus horrible que les précédentes. Certes, nous ne pouvons pas l'éviter car ses causes sont trop puissantes et trop directement en action. Mais vous et moi pouvons percevoir immédiatement cette confusion et cette misère. Nous devons les percevoir ; et nous serons alors à même d'éveiller d'autres personnes à cette même compréhension de la vérité. En d'autres termes, pouvez-vous être libres instantanément ? Car c'est la seule façon de sortir de cette misère. La perception ne peut avoir lieu que dans le présent, mais si vous dites : je le ferai demain, la vague de confusion vous submerge et vous demeurez dans la confusion.

Est-il possible de parvenir à cet état où l'on perçoit instantanément la vérité, et où, par conséquent, on met fin à la confusion ? Je dis que c'est possible et que c'est la seule voie. Je dis – et ce n'est ni une supposition ni une croyance – que cela peut être fait et que cela doit être fait. Provoquer cette extraordinaire révolution – qui ne consiste pas à se débarrasser des capitalistes et à mettre un autre groupe au pouvoir – engendrer cette merveilleuse transformation, qui est la seule vraie révolution, voilà le problème. Ce qu'en général on appelle révolution n'est que la modification ou le prolongement de la droite, selon les idées de la gauche. La gauche, en somme, n'est que la continuation de la droite sous une forme modifiée. Si la droite est basée sur des valeurs sensorielles, la gauche n'est qu'une persistance de ces mêmes valeurs, différentes seulement en degré et en expression. Par conséquent, la vraie révolution ne peut avoir lieu que lorsque vous, l'individu, devenez lucide dans vos rapports avec autrui. Ce que vous êtes dans vos rapports avec autrui, avec votre femme, votre enfant, votre employeur, votre voisin, constitue la société. La société en soi n'existe pas. La société est ce que vous et moi, dans nos relations réciproques, avons créé ; c'est la projection extérieure de tous nos états psychologiques intérieurs. Donc si vous et moi ne nous comprenons pas nous-mêmes, transformer le monde extérieur, lequel est la projection de l'intérieur, est une entreprise vaine : les modifications ou transformations qu'on peut y apporter ne sont pas réelles. Si je suis dans la confusion en ce qui concerne mes rapports humains, je crée une société qui est la réplique de cette confusion, l'expression extérieure de ce que je suis. Ce fait est évident mais nous pouvons le discuter. Nous pouvons discuter la question de savoir si la société, l'expression extérieure, m'a produit ou si c'est moi qui ai produit la société.

N'est-ce donc pas un fait évident que ce que je suis dans mes rapports avec autrui crée la société et que, si je ne me transforme pas moi-même radicalement il ne peut y avoir aucune transformation dans la fonction essentielle de la société ? Lorsque nous comptons sur un système pour transformer la société, nous ne faisons qu'éluder la question ; un système ne peut pas modifier l'homme, c'est l'homme qui altère toujours le système, ainsi que le démontre l'Histoire. Tant que dans mes rapports avec vous, je ne me comprends pas moi-même, je suis la cause du chaos, des malheurs, des destructions, de la peur, de la

33

brutalité. Et me comprendre n'est pas affaire de temps ; je puis me comprendre en ce moment même. Si je dis : je me comprendrai demain, j'introduis le chaos, mon action est destructrice. Dès que je dis : je me comprendrai, j'introduis l'élément temps et je suis emporté par la vague de destruction. La compréhension est « maintenant » et non demain. Demain est pour l'esprit paresseux, apathique, indifférent. Si une chose vous intéresse, vous la faites instantanément, il y a une compréhension immédiate, une immédiate transformation. Si vous ne changez pas maintenant vous ne changerez jamais parce que le changement remis au lendemain ne sera qu'une modification et non une transformation. Une transformation ne peut se produire qu'immédiatement ; la révolution est maintenant, non demain.

Lorsque cela arrive, vous êtes complètement sans problèmes, car alors le moi ne se préoccupe pas de lui-même ; alors vous êtes au-delà de la vague de destruction.

## 2
### *Quel est l'objet de notre recherche ?*

Quel est le but que poursuivent la plupart d'entre nous ? Quel est notre désir le plus profond ? Dans ce monde agité, où tous s'efforcent, d'une façon ou d'une autre, de trouver une paix, un bonheur, un refuge, il est important, n'est-ce pas, que chacun de nous sache le but qu'il veut atteindre, l'objet de ses recherches. Nous sommes probablement, presque tous, à la poursuite d'une sorte de bonheur, d'une sorte de paix. Dans un monde où règnent le désordre, les luttes, les conflits, les guerres, nous voulons trouver un peu de paix dans un refuge. Je crois que la plupart d'entre nous ont ce désir. Et nous le poursuivons en passant d'une autorité à l'autre, d'une organisation religieuse à une autre, d'un sage à un autre.

Mais, est-ce le bonheur que nous cherchons, ou une sorte de satisfaction dont nous espérons tirer du bonheur ? Le bonheur et la satisfaction sont deux choses différentes. Peut-on « chercher » le bonheur ? Peut-être est-il possible de trouver une satisfaction, mais peut-on « trouver » le bonheur ? Le bonheur est un dérivé ; c'est le sous-produit de quelque chose. Et avant de consacrer nos esprits et nos cœurs à une recherche qui exige beaucoup de sincérité, d'attention, de réflexion, de soins, nous devons savoir si c'est le bonheur que nous voulons ou une satisfaction. Je crains qu'il s'agisse en général de satisfaction. Notre recherche a pour but de satisfaire notre désir de plénitude.

Après tout, si c'est la paix que l'on cherche, on peut la trouver. L'on n'a qu'à se dévouer entièrement à une cause quelconque, à une idée, et y prendre refuge. Mais il est évident que cela ne résout pas le problème. S'enfermer dans une idée ne libère pas du conflit. Il nous faut donc savoir ce que nous voulons obtenir intérieurement et extérieurement. Si nous avons une perception claire de nos intentions nous n'avons plus besoin d'aller consulter qui que ce soit à ce sujet, ni maîtres, ni Églises, ni organisations. Notre réelle difficulté est de clarifier notre intention. Et la question se pose : la clarté est-elle possible ? Et peut-on aller à sa recherche en écoutant ce que disent les uns et les autres, depuis le plus grand sage jusqu'au prédicateur du coin de la rue ? Vous faut-il aller chez quelqu'un pour être éclairé quant à vos intentions ? Et pourtant c'est ce que vous faites. Vous lisez d'innombrables livres, vous assistez à des réunions, vous adhérez à toutes sortes d'organisations, en vue de trouver un remède à vos conflits, à la misère de vos existences. Ou encore, sans vous livrer à toutes ces activités, vous déclarez avoir trouvé la lumière, que telle organisation, tel livre, tel sage vous satisfont, que vous y avez trouvé tout ce que vous cherchiez ; et vous demeurez là-dedans, cristallisés, enfermés.

Ce que nous cherchons à travers toute cette confusion, n'est-ce point quelque chose de permanent, de durable, quelque chose que nous appelons le réel, Dieu, la vérité ou autrement ? (Car le nom importe peu, le nom n'est pas la chose ; ne nous laissons pas prendre par des mots, laissons cela aux conférenciers professionnels.) Il y a une recherche de quelque chose de permanent, n'est-ce pas, en chacun de nous, de quelque chose à quoi nous accrocher, qui nous donnera une assurance, un espoir, un enthousiasme durable, une certitude permanente, car, au plus profond de nous-mêmes, nous sommes si incertains ! Nous ne nous connaissons pas. Nous avons beaucoup de faits et ce que les livres ont dit, mais nous n'avons pas de connaissance directe, d'expérience directe.

Et quelle est cette chose que nous qualifions de permanente, et dont nous espérons qu'elle nous conférera une permanence ? L'objet de notre recherche, n'est-ce point un bonheur durable, une satisfaction durable, une certitude durable ? Nous aspirons à quelque chose qui dure indéfiniment et qui nous fasse indéfiniment plaisir. Dépouillons-nous de nos mots et de nos phrases ; voyons le fait tel qu'il est : ce que nous voulons, c'est un plaisir qui dure indéfiniment, que nous appelons la vérité, Dieu ou autrement.

Voilà qui est entendu ; c'est le plaisir que nous voulons. Peut-être est-ce une façon un peu brutale de le dire, mais en fait c'est bien cela que nous voulons, une connaissance qui nous donnera du plaisir, une expérience qui nous donnera du plaisir, une satisfaction qui ne se dissipera pas dans l'avenir. Nous avons tâté de toutes sortes de plaisirs et ils se sont évanouis ; alors nous espérons trouver une satisfaction permanente en la vérité, en Dieu. Il est bien certain que c'est cela que nous recherchons tous, les plus intelligents d'entre nous comme les plus stupides, les théoriciens comme les gens pratiques. Mais existe-t-il une satisfaction permanente ? Existe-t-il rien qui dure indéfiniment ? Et si vous êtes à la recherche de cette satisfaction indéfiniment durable que vous appelez Dieu, la vérité (ou autrement) ne devez-vous pas savoir ce que vous cherchez ? Et lorsque vous dites « je » cherche ce bonheur permanent, ne devez-vous pas connaître ce « je » qui cherche, savoir ce qu'est cette entité ? Car il se pourrait que ce que vous cherchez n'existe pas. La vérité pourrait n'avoir aucun rapport avec tout ce que vous poursuivez et je pense en effet qu'elle est entièrement différente de tout ce que l'on peut voir, concevoir et formuler. Donc, préalablement à cette recherche d'une permanence, n'est-il pas nécessaire de comprendre le chercheur ? Le chercheur est-il différent de l'objet de sa recherche ? Lorsque vous dites : « je cherche le bonheur », le chercheur est-il différent de l'objet de sa recherche ? Le penseur est-il autre chose que la pensée ? Ne sont-ils pas un seul et même phénomène plutôt que deux processus

37

séparés ? Et ces questions n'entraînent-elles pas la nécessité de comprendre le chercheur avant même que de connaître l'objet de sa recherche ?

Nous voici arrivés au point où nous devons nous demander en toute sincérité et profondément si la paix, le bonheur, le réel, Dieu (encore une fois, le nom importe peu) peut nous être donné par autrui. Cette incessante recherche, cette aspiration, peut-elle nous apporter l'extraordinaire sens du réel, l'état créateur qui surgit lorsque nous nous connaissons réellement nous-mêmes ? La connaissance de soi s'obtient-elle en la cherchant partout, en écoutant des enseignements, en adhérant à des organisations, en lisant des livres, etc., etc. ? Au contraire (et c'est cela le point fondamental) tant que je ne me comprends pas, ma pensée n'a pas de base et toutes mes recherches sont vaines ; je pourrai m'évader dans des illusions ; fuir les difficultés, les luttes, les conflits ; adorer telle ou telle personne ; chercher mon salut chez autrui ; mais tant que je serai dans l'ignorance de moi-même, tant que je ne serai pas conscient de la totalité de mon propre processus, ma pensée, mes sentiments, mon action n'auront pas de base.

Mais nous connaître est la dernière chose que nous voulons, bien que ce soit la seule fondation sur laquelle on puisse bâtir. Avant de pouvoir créer, avant d'être à même de condamner ou de détruire, nous devons savoir ce que nous sommes. Aller à la recherche de sages, changer d'instructeurs, de *gourous*, s'exercer à des *yogas*, respirer de telle ou telle façon, pratiquer des rituels, obéir à des Maîtres : tout cela est absolument inutile et n'a aucun sens, même si les personnes dont nous suivons l'enseignement nous disent « connais-toi ». Car ce que nous sommes, le monde l'est aussi ; et si nous sommes mesquins, jaloux, vains, avides, c'est cela que nous créons autour de nous, c'est cela la société où nous vivons.

Il me semble qu'avant d'entreprendre un voyage à la recherche de la réalité, de Dieu, qu'avant de pouvoir agir, qu'avant de pouvoir établir des rapports réels avec autrui (nos rapports mutuels sont la société), il est essentiel que nous commencions par nous comprendre nous-mêmes. Je considère honnêtes et sincères les personnes qui donnent la priorité absolue à cette connaissance de soi et non à la façon de parvenir à un but particulier, car si vous et moi ne nous connaissons pas nous-mêmes, comment pouvons-nous, par notre action, amener une transformation dans la société, dans nos relations, dans nos œuvres, quelles qu'elles soient ? Se consacrer à la connaissance de soi ne veut pas dire s'isoler, s'opposer au monde, ni mettre l'accent sur l'individu, le moi, par opposition à la masse, aux autres. Comprenez plutôt que si vous ne vous connaissez pas, si vous n'êtes pas conscients de votre façon de penser, des raisons pour lesquelles vous tenez à certaines opinions, à certaines croyances sur l'art et la religion, sur votre pays, sur votre voisin et vous-même, bref si vous n'êtes pas conscients de tout ce qui fait votre conditionnement, il vous est impossible de penser avec vérité sur quoi que ce soit. Si vous ne voyez pas clairement votre conditionnement, lequel est la substance de votre pensée et son origine, ne voyez-vous pas que votre recherche est futile, que votre action n'a pas de sens ? Que vous soyez américain ou hindou et que votre religion soit ceci ou cela, n'a aucun sens non plus.

Avant de chercher à savoir quel est le but de la vie, et ce que signifie ce monde chaotique d'antagonismes nationaux, de conflits, de guerres, nous devons commencer par nous-mêmes. Cela a l'air très simple mais c'est extrêmement difficile. Pour nous observer dans la vie quotidienne, pour voir comment fonctionne notre pensée, il nous faut être extraordinairement sur le qui-vive, devenir de plus en plus conscients des complexités de notre pensée, de nos réactions et de nos émotions, et parvenir ainsi à une lucidité de plus en plus grande, non seulement en ce qui nous concerne, mais au sujet de la personne avec laquelle nous sommes en rapport. Se connaître c'est s'étudier en action, laquelle est relation. La difficulté est que nous sommes

39

impatients. Nous voulons aller de l'avant, parvenir à un but, de sorte que nous ne trouvons ni le temps ni l'occasion de nous étudier, de nous observer. Par contre nous nous engageons dans toutes sortes d'activités. Nous sommes si absorbés par notre gagne-pain, des enfants à élever, des responsabilités dans différentes organisations, que nous n'avons guère le temps de réfléchir, d'observer, de nous étudier. Mais la responsabilité de nos actions nous incombe, nous ne pouvons pas la faire endosser à autrui. Cette habitude que l'on a, dans le monde entier, de s'appuyer sur des guides spirituels et sur leurs systèmes me semble être une activité creuse et complètement futile, car vous pouvez lire les ouvrages les plus anciens ou les plus récemment parus, et errer par toute la terre, il vous faudra faire retour à vous-mêmes. Et comme la plupart d'entre nous sont aveugles en ce qui les concerne, il est bien difficile de commencer même à voir clair dans le processus de notre pensée, de nos sentiments et de nos actions.

Plus l'on se connaît, plus il y a de clarté. La connaissance de soi n'a pas de limites ; elle ne mène pas à un accomplissement, à une conclusion. C'est un fleuve sans fin. Plus on s'y plonge, plus grande est la paix que l'on y trouve. Ce n'est que lorsque l'esprit est tranquille grâce à la connaissance de soi (et non par l'imposition d'une discipline) qu'en cette tranquillité, en ce silence, la réalité surgit. Alors seulement est la félicité, l'action créatrice. Et il me semble que sans cet entendement, sans cette expérience, lire des livres, écouter des discours, se livrer à de la propagande est une activité puérile qui n'a pas beaucoup de sens. Mais celui qui est capable, en se comprenant lui-même, de donner naissance à ce bonheur créatif, à ce « quelque chose » vécu qui n'est pas du monde de la pensée, peut-être produit-il une transformation autour de lui dans ses relations immédiates, donc aussi dans le monde où nous vivons.

# 3
## L'individu
## et la société

Le problème dont on nous harcèle le plus souvent est celui de savoir si l'individu est l'instrument ou la fin de la société. Vous et moi, en tant qu'individus, devons-nous être utilisés, dirigés, instruits, contrôlés, façonnés par les gouvernements pour la société ; ou la société, l'État, sont-ils au service de l'individu ? L'individu est-il une fin pour la société ou un pantin à instruire, exploiter et mener à l'abattoir pour les besoins de la guerre ? Tel est le problème qui se dresse devant nous ; c'est le problème du monde actuel ; l'individu est-il un instrument de la société, une pâte à modeler, ou la société existe-t-elle pour l'individu ?

Comment allons-nous trouver la réponse à ces questions ? Ce problème est grave, car si l'individu est l'instrument de la société, celle-ci est plus importante que lui. Si cela est vrai, il nous faut abandonner notre individualité et travailler pour la société ; tout notre système d'éducation doit se conformer à cette idée et l'individu doit être transformé en un instrument pour la société, laquelle, ensuite s'en débarrassera, le liquidera, le détruira. Mais si la société existe pour l'individu, sa fonction n'est pas de lui apprendre à se conformer à un modèle quel qu'il soit, mais de lui insuffler le sentiment, l'appel de la liberté. Il nous faut donc trouver lequel de ces deux points de vue est faux.

Où trouverons-nous cette réponse ? Ce problème est vital, n'est-ce pas ? Sa solution ne dépend d'aucune idéologie, de droite ou de gauche, car si elle devait dépendre d'une idéologie, elle ne serait qu'une affaire d'opinion. Les idées sont toujours une source d'inimitié, de confusion, de conflits. Si vous vous basez sur ce que disent la droite ou la gauche, ou sur des livres sacrés, vous êtes esclaves de l'opinion du Bouddha, du Christ, des capitalistes, des communistes ou d'autres personnes. Et ce sont là des idées, non des faits. Un fait ne peut jamais être nié. C'est l'opinion sur un fait qui est toujours discutable. Si nous pouvons découvrir la vérité concernant la question qui nous occupe, nous pourrons agir indépendamment de toute opinion. N'est-il donc pas nécessaire de rejeter tout ce que les autres ont dit à ce sujet ? L'opinion de l'homme de gauche, de droite ou du centre est le produit de son conditionnement ; l'adopter n'est pas connaître la vérité.

Comment découvrirons-nous cette vérité ? Il est évident que pour être capables d'examiner ce problème indépendamment de toute opinion, il nous faut d'abord nous affranchir de toutes les propagandes. La première tâche de l'éducation doit être d'éveiller l'individu à cette liberté d'esprit.

Pour voir si ce que je dis là est vrai, il vous faut avoir l'esprit très clair, ce qui veut dire ne dépendre d'aucune autorité. Lorsque vous choisissez un chef pour qu'il vous dise quoi penser, vous le faites parce que vous êtes dans un état de confusion ; par conséquent ce chef est dans la même confusion, et c'est cela qui se produit partout. Donc vos chefs ne pourront ni vous guider ni vous aider.

La personne qui désire comprendre un problème doit non seulement pouvoir l'assimiler complètement, totalement, mais aussi le poursuivre avec une rapidité extrême, car un problème n'est jamais statique ; il est toujours neuf, qu'il s'agisse de famine, de psychologie ou d'autre chose. Toute crise est toujours neuve ; donc, pour la comprendre, l'esprit doit être constamment frais, clair, rapide dans sa poursuite. Je crois que la plupart d'entre nous admettent la nécessité urgente d'une révolution psychologique laquelle, seule, pourrait provoquer une transformation radicale du monde extérieur, de la société. Ce problème est celui qui m'occupe personnellement, ainsi que d'autres personnes dont les intentions sont sérieuses. Comment provoquer une transformation fondamentale, radicale de la société : voilà notre problème. Et cette transformation du monde extérieur ne peut pas avoir lieu sans une révolution intérieure. Comme la société est toujours statique, toute action, toute réforme qui se font sans cette révolution intérieure deviennent également statiques. Il n'y a aucun espoir en dehors de cette constante révolution intérieure, parce que si elle fait défaut l'action extérieure devient une répétition, une habitude. Les relations, en acte, entre vous et l' « autre », entre vous et moi, « sont » la société ; et cette société devient statique, n'a aucune fécondité, tant qu'il n'y a pas cette constante révolution intérieure, cette transformation psychologique créatrice. Et c'est parce que cette révolution intérieure n'a pas lieu que la société est toujours statique, cristallisée, et que ses cadres doivent être si souvent brisés.

Dans quel état de relation êtes-vous par rapport à la misère, à la confusion en vous et autour de vous ? Elles n'ont évidemment pas surgi toutes seules. C'est vous et moi qui les avons engendrées. N'accusons ni le capitaliste, ni le communiste, ni le fasciste : c'est vous et moi qui les avons créées dans nos rapports réciproques. Ce que vous êtes intérieurement a été projeté à l'extérieur, sur le monde ; ce que vous êtes, ce que vous pensez et sentez, ce que vous faites dans votre existence quotidienne est projeté au-dehors et constitue notre monde. Si nous sommes malheureux et dans un état intérieur de confusion et de chaos, c'est cela qui, par projection, devient le monde, devient la société, parce que les rapports entre vous et moi, entre « moi et l'autre » sont la société. Celle-ci est le produit de nos relations réciproques, lesquelles étant mal posées,

43

égocentriques, étroites, limitées, nationales, engendrent, par projection, un chaos.

Ce que vous êtes, le monde l'est. Votre problème est le problème du monde. Voilà un fait simple et fondamental, qui semble toutefois nous échapper tout le temps. Nous voulons modifier la société au moyen d'un système ou d'une révolution idéologique basée sur un système et nous oublions que c'est nous qui créons la société, qui engendrons la confusion ou l'ordre selon la façon dont nous vivons. Il nous faut donc commencer tout près de nous, c'est-à-dire dans notre vie quotidienne, là où nos pensées, nos sentiments et nos actions de tous les jours se révèlent à nous, dans notre manière de gagner notre vie et dans nos relations avec les idées et les croyances. C'est de cela qu'est faite notre existence quotidienne, n'est-ce pas ? Nous cherchons des emplois, nous gagnons ou non de l'argent, nous avons des rapports avec la famille, les voisins et aussi avec le monde des idées et des croyances. Or si nous examinons notre occupation, nous voyons qu'elle est foncièrement basée sur l'envie ; elle n'est pas un simple moyen de subsister. La société est ainsi construite qu'elle est un processus de conflits perpétuels, d'un perpétuel « devenir ». Elle est basée sur l'avidité, le désir, l'envie du supérieur. L'employé voulant devenir directeur, révèle qu'il n'est pas seulement occupé à gagner sa vie, mais à acquérir une situation, un prestige. Cette attitude, naturellement, provoque un désordre dans la société, dans les relations humaines. Mais si vous et moi nous nous limitions à gagner de quoi vivre, nous trouverions un moyen d'y parvenir, sans nous laisser entraîner dans les compétitions de l'envie. L'envie est un des facteurs les plus destructeurs des relations humaines, car elle indique un désir de puissance, lequel, au haut de l'échelle, mène à la politique. L'employé qui cherche à devenir directeur est ainsi un des facteurs dans la création du pouvoir politique qui le conduira à la guerre et est, par conséquent, directement responsable de cette guerre.

44

Quelle est la base de nos rapports réciproques ? Les relations entre vous et moi, entre vous et l' « autre » – qui sont la société – sur quoi sont-elles basées ? Certes, pas sur l'amour, bien que nous parlions d'amour. Car il y aurait un état d'ordre, de paix, de bonheur entre vous et moi. Mais dans ces rapports entre vous et moi, il y a, en vérité, une sorte d'inimitié qui prend l'apparence du respect. Si nous étions égaux en pensée, en sentiment, il n'y aurait pas de respect, il n'y aurait pas cette tendance à blesser son prochain, car nous serions deux individus qui se rencontreraient, et non un disciple et un maître ou un mari dominant sa femme ou une femme dominant son mari. Cette opposition foncière entre personnes se traduit par un désir de domination, suscite la jalousie, la colère, la passion, lesquelles, dans nos relations réciproques, créent un conflit perpétuel dont nous cherchons à nous évader, ce qui produit encore plus de chaos et de souffrances.

Les idées, les croyances, les opinions courantes qui font partie de notre existence quotidienne, ne déforment-elles pas nos esprits ? Elles les abêtissent en attribuant de fausses valeurs aux choses produites par la pensée ou à celles produites par la main. La plupart de ces idées fausses ont pour origine notre instinct d'autoprotection, n'est-ce pas ? De sorte que ces idées – et nous en avons tellement – acquièrent pour nous un sens qu'elles n'ont pas en elles-mêmes. Ainsi lorsque nos croyances assument une forme quelconque, religieuse, économique ou sociale, lorsque nous croyons en Dieu, ou à une idéologie ou à un système qui séparent l'homme de l'homme tels que le nationalisme par exemple, il est clair que nous accordons à la croyance une signification erronée, ce qui indique un abêtissement de notre esprit, car les croyances divisent les hommes, elles ne les unissent pas.

Notre problème est de savoir s'il peut exister une société statique et en même temps un individu en qui cette perpétuelle révolution a lieu. La révolution doit commencer par une transformation intérieure, psychologique, de l'individu. De nombreuses personnes aspirent à une transformation radicale de la structure sociale. Là est toute la bataille qui a lieu dans le monde : provoquer une révolution sociale par le communisme ou autrement. Mais en admettant que se produise une révolution sociale, quelque radicale qu'elle puisse être, sa nature même sera statique s'il ne se produit pas une révolution intérieure dans l'individu, une transformation psychologique. Pour instaurer une société qui ne soit pas dans l'état statique d'une répétition traditionnelle, d'une désintégration, ce bouleversement intérieur de l'individu est obligatoire ; la seule action extérieure a fort peu d'effet. Le propre de la société est de se cristalliser, de tendre toujours vers un état statique, donc de se désintégrer. Quelles que soient la force et la sagesse d'une législation, la société est perpétuellement en processus de décomposition . car il n'y a de vraie révolution qu'en l'homme.

Je pense qu'il est important d'appuyer sur ce point, de ne pas le tenir trop rapidement pour acquis. L'action extérieure, une fois accomplie, est passée, est statique. Si les rapports entre individus – qui sont la société – ne sont pas le résultat de révolutions intérieures, la structure sociale, qui est statique, absorbe l'individu et le rend également statique, le soumet à des automatismes. Si nous comprenons cela, si nous voyons qu'il s'agit là d'un fait, et d'un fait extrêmement important, il ne peut plus être question d'être d'accord ou de n'être pas d'accord à son sujet. C'est un fait que l'état social tend toujours à se cristalliser et à absorber l'individu, et c'est un fait qu'une révolution créatrice ne peut se produire que dans les individus, dans leurs rapports réciproques, lesquels sont la société.

Nous voyons comment les structures de nos sociétés aux Indes, en Europe, en Amérique, partout, se désintègrent rapidement, nous le constatons par rapport à nous-mêmes, nous l'observons chaque fois que nous sortons dans la rue. Nous n'avons guère besoin de grands historiens pour nous révéler le fait que nos sociétés s'écroulent. Et il nous faut

46

de nouveaux architectes, de nouveaux constructeurs pour créer une nouvelle société. Sa structure doit être bâtie sur de nouvelles fondations, sur des faits et des valeurs nouvellement découverts. De tels architectes n'existent pas encore. Il n'y a pas de bâtisseurs, d'hommes qui, observant le monde et étant conscients du fait que sa structure s'écroule, se transforment eux-mêmes en architectes. Là est notre problème : nous voyons la société se défaire, se désintégrer, et c'est nous – vous et moi – qui devons être des architectes. Vous et moi devons redécouvrir des valeurs et construire sur des fondations durables, fondamentales ; car si nous nous adressions à des constructeurs professionnels, à des bâtisseurs politiques et religieux, nous serions très exactement dans la même situation qu'au départ.

C'est parce que vous et moi ne sommes pas créatifs que nous avons réduit la société à ce chaos. Et maintenant le problème est urgent, aussi est-il indispensable que vous et moi soyons créatifs, que nous soyons conscients des causes de cet écroulement et que nous érigions une nouvelle structure, basée non sur l'imitation mais sur notre compréhension créatrice. Et ceci implique une forme de pensée négative. La pensée négative est la plus haute forme d'intelligence. Je veux dire qu'en vue de comprendre ce qu'est une pensée créatrice, il nous faut aborder le problème négativement. En effet, toute approche positive à ce problème – à savoir que vous et moi devons être créatifs afin de construire une nouvelle structure sociale – serait imitative. Si nous voulons savoir en toute vérité de quoi est fait l'écroulement, nous devons l'examiner, y pénétrer négativement, et non avec un système positif, une formule positive, une conclusion positive.

Pourquoi la société s'effrite-t-elle, s'écroule-t-elle ? J'ai dit que c'est surtout parce que l'individu a cessé d'être créatif, et je m'explique : vous et moi sommes devenus des imitateurs ; nous copions, intérieurement et extérieurement. Du point de vue extérieur, il est évident que

47

lorsqu'on apprend une technique, lorsque l'on communique avec les autres au niveau verbal, une certaine imitation, une certaine copie est nécessaire. Je copie des mots. Pour devenir un ingénieur je dois d'abord apprendre une technique, puis m'en servir pour construire un pont. La technique des choses extérieures comporte nécessairement une certaine imitation. Mais lorsque l'imitation est intérieure, psychologique, nous cessons d'être créatifs. Notre éducation, notre structure sociale, notre vie soi-disant spirituelle, tout cela est basé sur l'imitation qui consiste à nous insérer dans une formule sociale ou religieuse. À ce moment-là, nous cessons d'être des individus réels ; psychologiquement, nous devenons des machines à répétition émettant certaines réactions conditionnées, hindoues, chrétiennes, bouddhistes, allemandes ou anglaises. Nos réponses aux stimulants sont déterminées selon une certaine forme de la société, orientale, occidentale, religieuse ou matérialiste. Une des causes principales de la désintégration de la société est l'imitation, et un de ses facteurs principaux est le chef spirituel ou temporel dont l'essence même est imitation.

Ainsi donc, en vue de comprendre la nature d'une société en voie de désintégration, n'est-il pas important de nous demander si vous et moi, si l'individu peut être créatif ? Nous pouvons voir que là où est l'imitation, il y a nécessairement désintégration ; là où est l'autorité, il y a nécessairement copie. Et puisque toute notre structure mentale et psychologique est basée sur l'autorité, il nous faut nous affranchir de l'autorité afin d'être créatifs. N'avez-vous pas remarqué que dans les moments de création, au cours de ces heureux instants d'intérêt vital, il n'y a pas en nous ce sentiment de répéter, de copier ? De tels moments sont toujours neufs, frais, heureux, féconds. Et nous comprenons ainsi qu'une des causes fondamentales de la désintégration de la société est l'esprit d'imitation, c'est-à-dire le culte de l'autorité.

# 4

## *De la connaissance de soi*

Les problèmes du monde sont si colossaux, si complexes, que pour les comprendre – donc les résoudre – on doit les aborder d'une manière très simple et directe ; cette simplicité est celle d'un jugement qui ne dépend ni d'influences extérieures ni de nos préjugés ou de notre humeur. Ainsi que je l'ai déjà dit, la solution ne doit pas être cherchée auprès de conférenciers, ni dans des théories, ni en mettant de nouveaux chefs à la place des anciens. La solution est dans le responsable du problème, dans le responsable de la catastrophe, de la haine, de l'énorme incompréhension qui existe entre les hommes. Ce responsable est l'individu, vous et moi, et non le monde tel que nous nous le représentons. Le monde est l'état de nos relations mutuelles, et non quelque chose en dehors de vous et moi. La société est faite des relations que nous établissons, ou que nous cherchons à établir entre nous.

Ainsi, le problème n'est autre que vous et moi et non le monde, car le monde est la projection de nous-mêmes et pour le comprendre c'est nous que nous devons comprendre. Il n'est pas séparé de nous ; nous sommes lui et nos problèmes sont les siens. Cette vérité ne sera jamais assez répétée, car nous sommes si apathiques qu'il nous plaît de penser que les problèmes du monde ne sont pas notre affaire, qu'ils doivent être résolus par les Nations Unies ou par un changement de dirigeants. Cette mentalité est bien obtuse car c'est nous-mêmes qui sommes responsables de cette effroyable misère, de cette confusion générale, de cette guerre sans cesse menaçante. Pour transformer le monde nous devons commencer par nous-mêmes ; et dès lors ce qui importe, c'est l'intention : notre intention doit être de nous comprendre vraiment et non de laisser à d'autres le soin de se transformer ou de provoquer une modification extérieure par une révolution de la droite ou de la gauche. Il est important de comprendre que là est notre responsabilité, à vous et à moi, car quelque petit que soit notre monde, si nous pouvons nous transformer, introduire un point de vue radicalement différent dans notre existence quotidienne, peut-être pourrons-nous affecter un monde plus vaste, par l'extension de nos rapports avec autrui.

Il nous faut donc essayer de comprendre le processus de la connaissance de soi. Ce n'est pas un processus d'isolement qui nous retirerait du monde, car il est impossible de vivre isolé. Être c'est être en relation : il n'y a pas de vie isolée. Ce sont les relations dont la base est erronée qui provoquent les conflits, les malheurs, les luttes. Si nous parvenons à transformer nos rapports dans notre monde, fût-il très étroit, cette action sera comme une vague qui ne cessera de s'étendre. Je pense qu'il est important de comprendre que notre monde est celui de nos relations, quelque limitées qu'elles soient, car si nous pouvons y provoquer une transformation, non superficielle mais radicale, nous commencerons alors, activement, à transformer le monde. La vraie révolution n'est jamais conforme à un modèle donné, de gauche ou de droite, à une révolution dans les valeurs sensorielles et dans celles qui sont créées par les influences du milieu. Pour trouver les vraies valeurs, qui ne sont ni celles des sens ni celles du conditionnement extérieur, et qui, seules, régénèrent, transforment et produisent une révolution radicale, il est indispensable de se connaître soi-même. La connaissance de soi est le commencement de la sagesse, c'est-à-dire de la régénération.

50

Mais pour se comprendre, il faut que l'intention y soit, et c'est là qu'est la difficulté. Certes, nous sommes mécontents, nous aspirons à un changement immédiat ; mais notre mécontentement est canalisé par le désir de parvenir à un certain résultat : nous cherchons un nouvel emploi ou nous succombons au milieu. Le mécontentement, au lieu de nous enflammer, de nous pousser à mettre en question la vie entière, la totalité du processus de l'existence, aussitôt qu'il est canalisé, nous rend médiocres, nous fait perdre toute intensité. Et c'est tout cela qu'il nous faut découvrir en nous, par nous-mêmes, car la connaissance de soi ne peut être enseignée par personne ni par aucun livre. C'est à nous de la découvrir. Et cette investigation, cette profonde enquête, doit être soutenue par une intention constante. Aussitôt que celle-ci faiblit, le simple acquiescement quant à l'utilité de se connaître, ou le souhait exprimé de parvenir à cette connaissance, n'ont que peu d'intérêt.

Ainsi, se transformer soi-même c'est transformer le monde, parce que le moi est à la fois le produit et une partie intégrante du processus total de l'existence humaine. Pour se transformer, la connaissance de soi est essentielle, car si vous ne vous connaissez pas, votre pensée n'a pas de base. L'on doit se connaître tel que l'on est, et non tel que l'on désire être ; l'on ne peut transformer que ce qui « est », tandis que ce que l'on voudrait être n'est qu'un idéal, une fiction, une irréalité. Mais se connaître tel que l'on est exige une extraordinaire rapidité de pensée, car ce qui « est » subit de perpétuels changements et si l'esprit veut adhérer à cette course il ne doit évidemment pas commencer par s'attacher, par se fixer à un dogme ou à une croyance. Pour vous connaître, il vous faut avoir l'agilité d'un esprit libéré de toutes les croyances, de toutes les idéalisations, lesquelles pervertissent la perception en projetant sur elle leurs colorations particulières. Si vous voulez vous connaître tel que vous êtes, n'essayez pas d'imaginer ce que vous n'êtes pas : si je suis avide, envieux,

51

violent, mon idéal de non-violence aura bien peu de valeur. Mais savoir vraiment que l'on est avide et violent, le savoir et le comprendre, cela exige une perception extraordinairement aiguë, et de l'honnêteté, et une pensée claire. Tandis que poursuivre un idéal éloigné de ce qui « est » est une évasion qui nous empêche de découvrir ce que nous sommes et d'agir directement sur nous-mêmes.

La compréhension non déformée de ce que vous êtes – laid, ou beau, malfaisant ou élément de désordre – est le commencement de la vertu. La vertu est essentielle, car elle confère la liberté. Ce n'est qu'en la vertu que vous pouvez vous découvrir, vivre. « Cultiver » la vertu engendre la respectabilité mais certes pas la compréhension et la liberté. Il y a une différence entre être vertueux et le devenir. L'être, c'est comprendre ce qui « est », tandis que « devenir » vertueux c'est recouvrir ce qui « est » avec ce que l'on voudrait être et renvoyer la solution indéfiniment. Ce processus qui consiste à éviter ce qui « est » en cultivant un idéal passe pour être vertueux ; mais si vous l'examinez de près et d'une façon directe, vous verrez qu'au contraire de ce que l'on dit, il n'est qu'un perpétuel refus de se trouver face à face avec ce qui « est ». La vertu n'est pas le devenir de ce qui n'est pas mais la compréhension de ce qui « est », laquelle nous libère de ce qui « est ». Et la vertu est essentielle dans une société qui se désintègre rapidement. Pour créer un monde nouveau, une structure nouvelle sans rapport avec l'ancienne, il faut être libre de découvrir et liberté implique vertu : sans vertu il n'y a pas de liberté. L'homme immoral qui s'efforce de devenir vertueux, peut-il connaître jamais la vertu ? L'homme qui n'est pas moral ne peut jamais être libre et par conséquent ne peut jamais découvrir ce qu'est la réalité. La réalité ne peut être découverte qu'en comprenant ce qui « est », et pour comprendre ce qui « est » on doit être libre : libre de la peur de ce qui « est ».

Pour comprendre ce processus, il faut qu'existe l'intention de savoir ce qui « est », de suivre chaque pensée,

52

chaque sentiment, chaque acte. Et, ainsi que je l'ai dit, cette poursuite est difficile, car ce qui « est » n'est jamais immobile, statique, mais toujours mouvant. Le « ce qui est » est ce que vous faites, ce que vous pensez et ressentez réellement d'un instant à l'autre, et non ce que vous voudriez être, l'idéal fictif. Ce qui « est » est l'actuel et pour le saisir il faut un esprit aigu, rapide, toujours en éveil. Si nous commençons à condamner ce qui « est », à le blâmer ou à lui résister nous ne comprenons plus son mouvement. Si nous voulons comprendre une personne, nous ne devons pas la condamner, mais l'observer, l'étudier. Il me faut aimer la chose même que j'étudie. Si vous voulez comprendre un enfant, aimez-le, ne le blâmez pas, jouez avec lui, observez ses mouvements, ses caractéristiques personnelles, son comportement. De même, pour comprendre ce qui « est », vous devez observer ce que vous pensez, ressentez et faites d'instant en instant. C'est cela l'actuel. Toute autre action, toute action idéologique, tout idéal n'ont rien d'actuel ; ce ne sont que des souhaits, des désirs fictifs d'être autre chose que ce qui « est ».

La compréhension de ce qui « est » exige un état d'esprit en lequel il n'y a ni identification ni condamnation, ce qui implique un esprit vif et pourtant passif. Nous sommes dans cet état lorsque nous voulons réellement comprendre quelque chose. L'intensité de l'intérêt engendre cet état d'esprit. Et lorsque nous voulons comprendre ce qui « est », c'est-à-dire l'état même de notre esprit, nous n'avons guère besoin de le forcer, de le discipliner, de le contrôler ; au contraire, nous devenons le lieu d'une observation vive et passive. Cet état de lucidité surgit avec l'intérêt, avec l'intention de comprendre.

La compréhension fondamentale de soi-même n'est pas le fruit d'une accumulation de connaissances ou d'expériences. Celles-ci s'appuient sur la mémoire, tandis que la connaissance de soi est d'instant en instant. Si nous ne faisons qu'accumuler des données sur le moi, ces informations mêmes nous empêchent de nous comprendre plus

53

profondément, car cet entassement de savoir et d'expériences devient un foyer où la pensée se concentre et a son être. Le monde n'est pas différent de nous et de nos activités, c'est ce que nous sommes qui crée les problèmes du monde. La difficulté, pour la plupart d'entre nous, est que nous ne nous connaissons pas directement, mais que nous sommes à la recherche d'un système, d'une méthode, d'un moyen d'action qui résoudraient les nombreux problèmes humains.

Existe-t-il un moyen, un système pour se connaître ? Toute personne habile, tout philosophe peuvent inventer un système, une méthode, mais ne pensez-vous pas que le résultat d'une méthode est créé par la méthode elle-même ? Si j'adopte un certain système pour me connaître, j'obtiendrai le résultat qui découle de cette méthode, mais je ne me connaîtrai pas pour autant. Car la méthode, le système, le moyen, façonnent la pensée et l'activité, mais cette forme particulière qu'elles assument n'est pas la connaissance de soi.

Il n'y a donc pas de méthode pour se connaître. La recherche d'une méthode implique le désir d'obtenir un certain résultat – c'est cela que nous voulons : nous nous soumettons à l'autorité d'une personne, d'un système ou d'une idéologie car nous désirons obtenir un résultat qui nous fasse plaisir et qui nous apporte la sécurité. En vérité, nous ne voulons pas nous connaître, voir clairement nos impulsions, nos réactions, tout le processus conscient et inconscient de notre pensée ; nous préférons adopter un système et poursuivre le résultat qu'il comporte. Cette poursuite est invariablement engendrée par notre désir de trouver une sécurité, une certitude, et le résultat n'est pas la connaissance de soi. Une méthode implique l'autorité d'un sage, d'un *gourou*, d'un Sauveur, d'un Maître qui se portent garants de l'efficacité de leur enseignement ; mais cette voie n'est certes pas celle de la connaissance de soi.

L'autorité, au contraire, nous empêche de nous connaître. Sous l'égide d'un guide spirituel nous pouvons temporairement éprouver un sens de sécurité et de bien-être mais qui n'est pas la connaissance du processus total de nous-mêmes. L'autorité, de par sa nature, nous empêche d'être lucides quant à notre être intérieur et détruit de ce fait la liberté, la liberté en dehors de laquelle il n'y a pas de création. L'état créateur n'existe qu'en la connaissance de soi. La plupart d'entre nous en sont privés : nous sommes des machines à répétition, des disques de gramophone, de sempiternelles chansons enregistrées par nos expériences, nos conclusions, nos souvenirs, ou ceux des autres. Revivre ces enregistrements ce n'est pas être créatifs, mais c'est justement cela que nous voulons : le culte de l'autorité écarte les périls que nous craignons et détruit la compréhension, cette tranquille spontanéité de l'esprit qui est l'état créatif.

Notre difficulté est que la plupart d'entre nous ont perdu cet état. Être créatif ne veut pas dire nécessairement peindre, écrire, devenir célèbre, en somme avoir la capacité d'exprimer une idée, puis se faire applaudir ou rejeter par le public. Il ne faut pas confondre le don de s'exprimer avec l'état créatif. En celui-ci le moi est absent, l'esprit n'est plus centré sur ses expériences, ses ambitions, ses poursuites, ses désirs. L'état créatif est discontinu ; il est neuf d'instant en instant ; c'est un mouvement en lequel le « moi », le « mien » n'est pas là, en lequel la pensée n'est pas fixée sur un but à atteindre, une réussite, un mobile, une ambition. En cet état seul est la réalité, le créateur de toute chose. Mais cet état ne peut pas être conçu ou imaginé, formulé ou copié ; on ne peut l'atteindre par aucun système, aucune philosophie, aucune discipline ; au contraire, il ne naît que par la compréhension du processus total de nous-mêmes.

Cette compréhension n'est pas un résultat, un sommet ; elle consiste à se voir, d'instant en instant, dans le miroir des rapports que l'on entretient avec les personnes, les choses, les possessions, les idées. Mais nous trouvons qu'il est difficile d'être en éveil et sur le qui-vive, aussi préférons-nous nous engourdir en acceptant des méthodes, des croyances, des superstitions et des théories agréables au moyen desquelles nos esprits s'épuisent et deviennent insensibles. Dès lors, ils ne peuvent plus être dans l'état créateur, d'où le moi est absent, parce que le processus de récognition et d'accumulation qui est mis en œuvre est le moi lui-même : la conscience que l'on a d'être un moi est le centre de la récognition et celle-ci n'est que le processus de l'accumulation de l'expérience. Mais nous avons tous peur de n'être rien du tout : nous voulons tous être quelque chose, le petit personnage veut devenir important, le vicieux vertueux, le faible rêve de puissance et d'autorité. Telle est l'incessante agitation de nos esprits. Ils ne peuvent jamais se taire, donc ils ne peuvent jamais connaître l'état créatif.

Pour transformer le monde autour de nous, avec ses souffrances, ses guerres, ses famines, ses luttes de classes, cette confusion totale, la révolution préalable qui doit se faire en nous-mêmes ne peut pas se laisser guider par une croyance ou une idéologie, quelles qu'elles soient. Les mouvements basés sur des idées, qui se conforment à certaines façons de voir, ne sont pas du tout des révolutions. Pour provoquer une révolution fondamentale en nous-mêmes, nous devons comprendre le processus entier de notre pensée et de nos sentiments, au cours de nos relations. Là est la seule solution de tous nos problèmes ; il est inutile de les chercher dans des disciplines, des croyances, des idéologies, chez des sages ou des savants. Si nous pouvons nous comprendre nous-mêmes tels que nous sommes d'instant en instant, sans le processus d'accumulation, nous verrons comment se produit une quiétude qui n'est pas engendrée par la pensée, qui n'est ni imaginée ni cultivée. En cette quiétude seule est l'état créateur.

## 5
### *Sur l'action*
### *et l'idée*

Je voudrais poser le problème de l'action. Il pourra sembler quelque peu abstrus au début, mais j'espère qu'en y pénétrant nous parviendrons à voir clairement tout ce qu'il comporte, car notre existence entière est un processus d'action.

La plupart d'entre nous vivent dans une succession d'actes n'ayant apparemment aucun lien entre eux, d'actes disjoints, qui mènent à la désintégration, à la frustration. C'est un problème qui nous concerne tous, car nous vivons par l'action, sans elle il n'y a pas de vie, pas d'expérience, pas de pensée. La pensée est action. Poursuivre l'action au seul niveau extérieur de la conscience, se livrer à des actes extérieurs sans comprendre le processus total de l'action elle-même, c'est tomber nécessairement dans un état de frustration et de souffrance.

Notre vie est une suite d'actes, un processus d'action à des niveaux différents de la conscience. La conscience est expérience, appellation, enregistrement ; il y a d'abord provocation et réponse (c'est l'expérience), ensuite on nomme l'expérience, et enfin on l'enregistre, ce qui constitue la mémoire. Ce processus est action ; la conscience même est action ; car sans la provocation et la réponse-réaction, sans l'expérience, sans l'expression verbale, puis la mémoire qui enregistre, il n'y a pas d'action.

Or, c'est l'action qui crée l' « agissant », l'entité qui agit ; cette entité entre en existence lorsque l'action a un résultat, un but en vue. S'il n'y a pas de résultat à l'action, il n'y a pas d' « agissant ». Celui-ci, l'action, et le but poursuivi sont un seul et unique processus. L'action en vue d'un résultat est la volonté, car indépendamment d'une telle action, il n'existe pas de volonté, n'est-ce pas ? Le désir de parvenir à un résultat engendre la volonté, laquelle est l' « agissant » lui-même : « je » veux réussir, « je » veux écrire un livre. « je » veux être riche, « je » veux peindre.

Ces trois états nous sont familiers ; l' « agissant », l'action, le but : c'est de cela qu'est faite notre existence quotidienne. Je ne fais en ce moment qu'expliquer ce qui « est ». Mais nous ne pourrons commencer à comprendre comment transformer ce qui « est » que lorsque nous l'aurons examiné clairement, de façon à ne plus avoir ni illusions, ni préjugés, ni déformations. Or, ces trois états qui constituent l'expérience – l' « agissant », l'action et le résultat – sont, évidemment, le processus d'un devenir. Sans ces trois états, il n'y a pas de devenir car il n'y a ni une entité qui agit, ni un but en vue. Mais la vie telle que nous la connaissons, notre vie quotidienne, est un processus de devenir : je suis pauvre et mon but est de devenir riche ; je suis laid et je veux être beau ; ainsi ma vie est un processus de « devenir » quelque chose. La volonté d'être est la volonté de devenir, à des niveaux différents de la conscience, en des états différents où se retrouvent la provocation, la réaction, l'appellation et l'enregistrement. Et ce devenir est un effort, ce devenir est douleur, c'est une lutte constante : je suis ceci et veux devenir cela.

Ainsi notre problème est le suivant : n'existe-t-il pas d'action sans devenir ? N'existe-t-il pas d'action sans cette souffrance, sans cette perpétuelle bataille ? S'il n'y a pas de but, il n'y a pas d'entité qui agit, car nous avons vu que c'est le but qui la crée. Mais peut-il exister une action sans but en vue, donc sans « agissant », c'est-à-dire sans le désir d'un résultat ? Une telle action ne serait pas un devenir, donc ne serait pas un effort douloureux.

58

Un tel état d'action existe. C'est un état expérimental, vécu, dans lequel il n'y a ni objet d'expérience, ni sujet subissant l'expérience. Ceci a l'air un peu complexe, mais est en réalité tout à fait simple : dans l'instant même de l'expérience, vous n'êtes pas conscient de vous-même en tant qu'entité séparée de l'expérience, vous êtes dans un état d'expérience vécue, vivante. Prenez un exemple : vous êtes en colère. En cet instant précis, il n'y a pas un observateur et un objet d'expérience, il n'y a qu'une expérience en action. Mais un fragment de seconde plus tard, l'entité surgit, avec un but en vue, qui est d'assouvir ou de refouler la colère. Nous sommes très souvent dans cet état d'expérience vécue en action, mais nous nous en dégageons toujours en lui donnant un nom, en l'enregistrant, donc en donnant une continuité au devenir.

Si nous pouvions comprendre l'action dans le sens fondamental de ce mot, cette compréhension affecterait aussi nos activités superficielles. Quelle est la nature fondamentale de l'action ? L'action est-elle provoquée par une idée ? L'idée vient-elle d'abord et l'action en découle-t-elle ? Ou l'action vient-elle d'abord, et parce qu'elle provoque un conflit, l'on construit autour d'elle une idée ? Est-ce l'action qui crée l' « agissant », ou y a-t-il une entité qui agit ?

Il est très important de trouver les réponses à ces questions. Car si c'est l'idée qui vient d'abord, l'action se conforme à elle, et n'est donc pas une action réelle mais une imitation, une imposition de l'idée. Il est important de se rendre compte de cela, parce que notre société est principalement construite à un niveau intellectuel, verbal : chez nous tous, les idées viennent d'abord et l'action qui en résulte devient leur servante. Cette construction d'idées nuit évidemment à l'action. Les idées engendrent de nouvelles idées, lesquelles multiplient les antagonismes et la société s'alourdit par ce processus cérébral d'idéation. Notre structure sociale est très intellectuelle ; nous cultivons l'intellect aux dépens de tout autre facteur de nos êtres, et par conséquent il nous étouffe.

Des idées peuvent-elles jamais agir, ou, étant façonnées par la pensée ne limitent-elles pas, de ce fait, l'action ? L'action dictée par une idée ne peut jamais libérer l'homme. Il est extrêmement important pour nous de comprendre ce point. Si une action est façonnée par une idée, elle ne peut jamais nous apporter une solution à nos misères, parce qu'avant qu'elle puisse être effective il nous faut d'abord connaître l'origine de l'idée qui l'a déterminée. Cette investigation de l'idéation, de la construction des différentes idéologies – socialistes, capitalistes, communistes ou religieuses – est de la plus haute importance, surtout dans une société qui atteint le bord d'un précipice, qui va au-devant d'une nouvelle catastrophe, d'une nouvelle excision. Ceux qui sont réellement sincères dans leur intention de découvrir une solution humaine à nos nombreux problèmes doivent commencer par comprendre ce processus de l'idéation.

Qu'entendons-nous par idée ? Comment naît une idée ? Et l'idée et l'action peuvent-elles se rencontrer ? Supposez que j'aie une idée et que je désire la mettre en application. Il me faut, à cet effet, trouver une méthode, et nous voici aussitôt en train de spéculer, de gâcher notre temps et notre énergie, de nous quereller sur la façon dont l'idée doit être réalisée. Il est donc de toute importance que nous comprenions clairement comment naissent les idées, après quoi nous pourrons discuter la question de l'action, sans quoi cette discussion n'aurait pas de sens.

Comment avez-vous une idée ? Une idée très simple : il n'est pas nécessaire qu'elle soit philosophique, religieuse ou économique. Par définition, l'idée est le produit d'un processus de pensée. Sans processus de pensée, il n'y a pas d'idées. Nous voici donc obligés de comprendre le processus de la pensée, si nous voulons comprendre son produit, l'idée.

60

Qu'entendons-nous par pensée ? À quels moments pensez-vous ? La pensée est évidemment le résultat d'une réaction, nerveuse ou psychologique, n'est-ce pas ? C'est la réaction immédiate des sens à la sensation, ou c'est la réponse psychologique de nos souvenirs accumulés. Il y a la réponse immédiate des nerfs au phénomène de la sensation, ou la réaction psychologique d'une mémoire emmagasinée, d'influences provenant de la race, du groupe, de l'autorité spirituelle, de la famille, de la tradition, et ainsi de suite : tout cela est ce que vous appelez la pensée. Ainsi le processus de la pensée est une réaction de la mémoire, n'est-ce pas ? Vous n'auriez pas de pensée si vous n'aviez pas de mémoire ; et la réponse de la mémoire à certaines expériences met en action le processus de la pensée. Supposez, par exemple, que se trouve en moi une mémoire emmagasinée de nationalisme et que je me déclare indien. Ce réservoir de souvenirs anciens, de réactions passées, d'actions, d'implications, de traditions, de coutumes, réagira à la provocation d'un musulman, d'un bouddhiste ou d'un chrétien, et cette réaction de la mémoire à une provocation, inévitablement mettra en branle un processus de pensée. Observez ce processus en vous-mêmes et vous en aurez la preuve directe. Vous avez été insulté par quelqu'un, et ce fait demeure dans votre mémoire ; il fait partie de votre conditionnement. Lorsque vous revoyez cette personne – laquelle est la provocation – votre réaction n'est autre que le souvenir de l'insulte. Ainsi, la réaction de la mémoire – qui est le processus de la pensée – crée une idée ; donc l'idée est toujours conditionnée, et c'est cela qu'il est important de comprendre. En résumé, l'idée est le résultat du processus de la pensée, le processus de la pensée est une réponse de la mémoire et la mémoire est toujours conditionnée. Elle est toujours dans le passé, mais la vie lui est insufflée dans le présent par une provocation. La mémoire n'a aucune vie en soi, mais elle en assume une dans le présent sous le coup d'une provocation. Et toute mémoire, qu'elle soit en sommeil ou active, est conditionnée.

Il nous faut donc aborder notre question en cherchant à percevoir en nous-mêmes, intérieurement, si nous agissons selon une idée ou s'il peut exister une action sans idéation. Cherchons à voir ce que peut être une action non basée sur une idée. À quels moments agissons-nous sans idéation ? Quand existe-t-il une action qui ne soit pas le résultat de l'expérience ? Une action basée sur l'expérience, est, avons-nous dit, limitative ; elle conditionne. Au contraire, l'action est spontanée lorsqu'elle ne résulte pas d'une idée, lorsque le processus de pensée basé sur l'expérience ne la contrôle pas. Ceci veut dire qu'il y a action indépendante de l'expérience lorsque la pensée ne façonne pas l'action. Et cet état est le seul où existe l'entendement, celui où aucune pensée, basée sur l'expérience, ne guide l'action, et la façonne. Mais qu'est-ce qu'une action sans processus de pensée ? Supposez que je veuille construire un pont ou une maison ; je connais la technique nécessaire à cet effet et nous appelons cela action. Il y a l'action d'écrire un poème, de peindre, d'assumer des responsabilités dans les affaires publiques, de se comporter de telle ou telle façon dans le milieu social. Toutes ces actions sont basées sur quelque idée, sur des expériences antérieures qui les façonnent. Mais peut-il y avoir action lorsqu'il n'y a pas idéation ?

Certes, une telle action existe lorsque l'idée cesse ; et l'idée ne s'arrête que lorsqu'il y a amour. L'amour n'est pas mémoire. L'amour n'est pas expérience. L'amour ne consiste pas à « penser » à la personne aimée. Bien sûr, vous pouvez « penser » à l'objet de votre attachement, à votre Maître, à votre Image, à votre femme, à votre mari, mais la pensée, le symbole n'est pas la réalité, qui est amour. L'amour ne se pense pas, donc l'amour n'est pas une expérience.

Lorsqu'il y a amour, il y a action, n'est-ce pas ? Et cette action n'est-elle pas libératrice ? Elle n'est pas le résultat d'une opération mentale et il n'y a pas le hiatus entre l'amour et l'action qui existe entre l'idée et l'action. L'idée est toujours vieille, elle projette son ombre sur le présent, et nous sommes toujours en train d'essayer de jeter un pont entre l'idée et l'action. Lorsqu'il y a de l'amour – qui n'est pas une opération mentale, qui n'est pas une idéation, qui n'est pas de la mémoire, qui n'est pas le produit de l'expérience ou d'une discipline – cet amour même est action. Et cela, c'est la seule chose qui libère. Tant qu'il y a façonnement de l'action par une intervention mentale, par une idée (qui est expérience) il n'y a pas de libération. Tant que ce processus continue, toute action est limitée. Lorsque cette vérité est en vue, l'amour – qui échappe à l'intellect, et auquel il est impossible de penser – entre en existence.

Il nous faut être conscients de ce processus total, de la façon dont naissent les idées ; et dont celles-ci résultent en action qu'elles contrôlent et limitent, la faisant dépendre de sensations. Peu importe la provenance de ces idées, qu'elles viennent de gauche ou de l'extrême-droite. Tant que nous nous accrochons à elles, nous sommes dans un état où il nous est impossible de vivre l'expérience : nous n'existons que dans le champ de la durée, soit dans le passé qui provoque en nous des sensations, soit dans le futur qui est une autre forme de sensation. Ce n'est que lorsque l'esprit se libère des idées que l'expérience est réellement vécue.

Les idées ne sont pas la vérité ; la vérité doit être vécue directement, d'instant en instant. Ce n'est pas une expérience que l'on puisse « vouloir » car elle ne serait encore qu'une sensation. L'état d'expérience n'existe que lorsqu'on va au delà de ce paquet d'idées qui est le « moi », qui est la faculté de penser (possédant une continuité partielle ou complète) car alors l'esprit est totalement silencieux, et l'on peut savoir ce qu'est la vérité.

# 6
## *Sur les croyances*
## *et les connaissances*

La croyance et le savoir sont intimement reliés au désir, et peut-être, si nous comprenons ces deux données, verrons-nous la façon dont fonctionne le désir et pourrons-nous examiner ses complexités.

Une des données que nous tenons avec le plus d'empressement pour acquises, me semble être la question des croyances. Je n'attaque pas les croyances, je cherche à voir pourquoi nous les acceptons. Et si nous pouvons comprendre nos motifs, les causes de notre acceptation, peut-être pourrons-nous, non seulement savoir pourquoi nous les acceptons, mais aussi nous en libérer. Nous voyons tous comment les croyances politiques, religieuses, nationales et d'autres, appartenant à des domaines variés, séparent les hommes, créent des conflits, un état de confusion et d'inimitié : c'est un fait évident. Et pourtant nous n'éprouvons aucunement le désir d'y renoncer. Il y a la croyance hindoue, la croyance chrétienne et la bouddhiste, d'innombrables sectarismes, des croyances nationales, des idéologies politiques de toutes sortes, toutes luttant contre les autres et cherchant à convertir. L'on peut voir sans difficulté que les croyances divisent et qu'elles engendrent l'intolérance. Mais est-il possible de vivre sans croyances ? L'on ne peut répondre à cette question que si l'on s'étudie soi-même, dans les rapports que l'on a avec le monde des croyances. Peut-on vivre sans croyances ? Peut-on, non pas passer d'une croyance à une autre, en remplacer une par une autre, mais être entièrement affranchi d'absolument toutes les croyances, de façon à pouvoir aborder la vie, chaque minute, à la façon d'un être neuf ? Car, en somme, c'est cela la vérité : avoir la capacité d'aborder tout, d'instant en instant, à la façon d'un être neuf, non conditionné par le passé, de sorte que n'existe plus d'effet cumulatif agissant comme une barrière entre soi et cela qui « est ».

Si vous examinez la question de près, vous verrez qu'une des raisons que l'on a de désirer accepter une croyance est la peur. Si nous n'avions pas de croyances, que nous arriverait-il ? Ne serions-nous pas très effrayés de ce qui pourrait se produire ? Si nous n'avions pas une ligne de conduite basée sur une croyance – Dieu, le communisme, le socialisme, l'impérialisme ou quelque autre formule religieuse, quelque dogme qui nous conditionne – nous nous sentirions complètement perdus, n'est-ce pas ? Et l'acceptation d'une croyance n'est-elle pas un couvercle mis sur cette peur, sur cette peur de n'être rien du tout, d'être vide ? Et pourtant un récipient n'est utilisable que lorsqu'il est vide et un esprit qui est rempli de croyances, de dogmes, d'affirmations, de citations est en vérité un esprit stérile, une machine à répétition. Échapper à cette peur – à cette peur du vide, de la solitude, de la stagnation, à la peur de n'arriver nulle part, de ne pas réussir, de ne pas être quelque chose, de ne pas devenir quelque chose – voilà certainement une des raisons qui nous font accepter des croyances avec tant d'avidité. Et par l'acceptation de quelque croyance, pouvons-nous nous connaître ? Au contraire, une croyance religieuse ou politique, nous interdit de nous connaître. Elle agit comme un écran à travers lequel nous nous regardons. Mais nous est-il possible de nous voir nous-mêmes si nous n'avons pas de croyances ? Je veux dire que si nous écartons toutes ces croyances, les nombreuses croyances que nous avons, reste-t-il encore quelque chose en nous à regarder ? Si nous n'avons pas de croyances auxquelles notre pensée nous a identifiés,

65

l'esprit n'étant identifié à rien est capable de se voir tel qu'il est – et c'est là que commence la connaissance de soi.

Ce problème des croyances et du savoir est en vérité bien intéressant. Quel rôle extraordinaire il joue dans nos vies ! Que de croyances nous avons ! Il est certain que plus une personne est intellectuelle, cultivée et adonnée à la spiritualité, moins elle est capable de comprendre. Les sauvages ont d'innombrables superstitions, même dans le monde moderne. Les personnes les plus réfléchies, les plus éveillées, les plus vives, sont peut-être celles qui croient le moins. Car les croyances enchaînent ; elles isolent. Nous voyons qu'il en est ainsi partout dans le monde, dans le monde politique et aussi dans le soi-disant spirituel. Vous croyez que Dieu existe, et il se peut que selon moi il n'existe pas ; peut-être croyez-vous que l'État doit tout contrôler et diriger les individus et peut-être suis-je pour l'entreprise privée et que sais-je encore ; vous croyez qu'il n'y a qu'un Sauveur et qu'à travers lui vous parviendrez à votre épanouissement, et moi je ne le crois pas. Pourtant, nous parlons tous deux de paix, d'unité humaine, de la vie une – ce qui n'a absolument aucun sens, car en réalité, la croyance même est un processus d'isolement. Vous êtes un Brahmane, moi un Non-Brahmane, vous un Chrétien, moi un Musulman et ainsi de suite. Vous parlez de fraternité et moi aussi je parle de cette même fraternité, et d'amour de la paix. Mais en fait nous sommes divisés, nous nous séparons l'un de l'autre. L'homme qui veut la paix et qui veut créer un nouvel univers, un monde heureux, ne peut pas s'isoler au sein d'une croyance, quelle qu'elle soit. Est-ce clair ? Cela peut être clair verbalement, mais si vous voyez l'importance et la vitalité de cette vérité, elle commencera à agir.

Nous voyons que lorsqu'un processus de désir est en œuvre, il y a aussi nécessairement un processus d'isolement par le truchement d'une croyance, parce qu'il est évident que nous croyons afin de trouver une sécurité économique, spirituelle et aussi psychologique. Je ne parle pas

66

de ces personnes qui professent certaines croyances pour des raisons économiques car on leur a appris à vivre dans la dépendance de leur emploi et par conséquent elles seront catholiques, hindouistes, n'importe quoi tant qu'il y aura un emploi pour elles dans ces cadres. Nous ne parlons pas non plus des personnes qui préfèrent une croyance par commodité. Peut-être sommes-nous nombreux dans ce cas et croyons-nous à certaines choses parce que cela nous est commode. Écartant ces raisons purement matérielles, allons plus profondément dans la question.

Considérons les personnes qui croient très fermement à certaines choses, dans le monde politique, économique, social ou spirituel. Le processus sous-jacent à ces croyances est le désir psychologique de sécurité, n'est-ce pas ? Et ensuite, il y a le désir de durer. Nous ne cherchons pas ici à savoir s'il existe une continuité de l'être ou non : nous ne faisons qu'étudier le désir, l'impulsion qui nous poussent à croire. Un homme qui serait en paix, un homme qui réellement voudrait comprendre le processus entier de l'existence humaine, ne serait pas enchaîné par une croyance, car il verrait son désir à l'œuvre comme moyen de se sentir en sécurité. Veuillez, je vous prie, ne pas sauter à la conclusion que je prêche la non-religion. La question n'est pas là. Je dis que tant que nous ne comprendrons pas le processus du désir sous forme de croyances il y aura fatalement un état d'inimitié, de conflit et de souffrance entre les hommes dressés les uns contre les autres. C'est ce que l'on voit tous les jours. Donc si je perçois clairement que ce processus, qui prend un aspect de croyances, est l'expression de mon désir insatiable de sécurité intérieure, mon problème n'est pas de savoir si je dois croire ou non, mais de me libérer de mon désir de sécurité psychologique. L'esprit peut-il être affranchi du désir de sécurité ? Voilà le problème, et non s'il faut croire ou comment il faut croire. Ces questions ne sont encore que des expressions de cette même soif intérieure d'une certitude, quelle qu'elle soit, lorsque tout est si incertain dans le monde.

Mais un esprit, un esprit conscient, un esprit conscient d'être une personnalité, peut-il être affranchi de ce désir de sécurité ? Nous voulons une sécurité et par conséquent avons besoin de nos propriétés, de nos possessions, de notre famille. Nous voulons aussi une certitude intérieure et spirituelle et la créons en érigeant des murs de croyances, qui révèlent notre avidité. Et vous, en tant qu'individus, pouvez-vous être affranchis de cette avidité ? Si nous ne sommes pas libérés de tout cela, nous sommes une source de querelles, non de paix, nous n'avons pas d'amour en nos cœurs. La croyance détruit ; nous le constatons tous les jours. Et puis-je me voir moi-même tel que je suis, pris dans ce processus du désir, lequel s'exprime par mon attachement à une croyance ? L'esprit peut-il se libérer de toute croyance ? Non pas trouver un succédané à la croyance, mais en être entièrement affranchi ? Il vous est impossible de répondre verbalement à cela, par un oui ou un non ; mais vous pouvez certainement savoir si votre intention est de vous libérer des croyances. Vous arriverez ainsi inévitablement au point où vous chercherez le moyen de vous libérer de votre soif de certitude. Il n'existe évidemment pas de sécurité intérieure qui puisse durer indéfiniment, ainsi qu'il vous plaît de le croire. Il vous plaît de croire en un Dieu qui veille avec vigilance sur votre monde mesquin, qui vous dise ce que vous devriez être, ce que vous devriez faire et comment le faire. Cette façon de penser est enfantine. Vous pensez qu'un Père glorifié observe chacun de vous. C'est une simple projection de ce qui vous est personnellement agréable. Cela n'est évidemment pas vrai. La vérité doit être tout autre chose.

Notre problème suivant est celui du savoir. Le savoir est-il nécessaire à la compréhension de la vérité ? Lorsque je dis « je dis », cela implique que la connaissance existe. Mais l'esprit qui pense que la connaissance existe, est-il capable de mener sérieusement une enquête sur ce qu'est le réel ? Et d'ailleurs que savons-nous, dont nous sommes si orgueilleux ? En fait, que savons-nous au juste ? Nous

68

avons des informations, nous sommes pleins d'informations et d'expériences basées sur notre conditionnement, notre mémoire, nos capacités. Lorsque vous dites « je sais », que voulez-vous dire ? Que vous acceptez la constatation d'un fait, ou bien que vous avez eu une expérience personnelle. La perpétuelle accumulation d'informations, l'acquisition de diverses formes de connaissances, tout cela constitue le « je sais » ; et vous voici en train de traduire vos lectures selon votre conditionnement, vos désirs, votre expérience. Votre savoir est un ensemble de données dans lequel est en œuvre un processus identique à celui du désir. Vous remplacez la croyance par les connaissances. « Je sais ; j'ai de l'expérience ; cela ne peut pas être réfuté ; mon expérience est ceci ; sur cela je puis absolument m'appuyer » : tels sont les symptômes de cette connaissance. Mais lorsque vous allez plus au fond, lorsque vous analysez et examinez ces indications intelligemment et avec soin, vous voyez que la seule affirmation « je sais » est un autre mur qui vous sépare de moi. Derrière ce mur vous prenez refuge, cherchant une certitude, une sécurité. Donc, plus un esprit est surchargé de connaissances, moins il est accessible à la compréhension.

Je me demande si vous avez jamais pensé à ce problème de l'acquisition des connaissances. Avez-vous cherché à savoir si les connaissances nous aident, en fin de compte, à aimer, à nous libérer de ce qui produit des conflits en nous-mêmes et entre nous et nos voisins, à nous libérer de l'ambition ? Car l'ambition est une de ces qualités qui détruisent les relations humaines, qui dressent l'homme contre l'homme. Si nous voulons vivre en paix les uns avec les autres, il est évident que l'ambition politique, doit complètement disparaître, non seulement l'ambition politique, économique, sociale, mais aussi l'ambition plus subtile et pernicieuse qu'est la spirituelle : celle d'être quelque chose. Est-il jamais possible à l'esprit d'être affranchi de ce processus cumulatif du savoir, de ce désir de posséder des connaissances ?

Il est très intéressant d'observer le rôle extraordinaire que jouent dans nos vies les croyances et les connaissances. Voyez comment nous vénérons ceux qui possèdent une immense érudition. Comprenez-vous le sens de ce culte ? Pour être à même de découvrir du neuf, d'éprouver quelque chose qui ne soit pas une projection de votre imagination, votre esprit doit être libre, n'est-ce pas ? Il doit être capable de voir ce qui est neuf, sans encombrer chaque fois sa vision de toute l'information que vous possédez déjà, de vos connaissances, de vos souvenirs. C'est ce que vous faites, malheureusement, et cela vous empêche de vous ouvrir au neuf, à ce qui ne se rapporte pas aux choses du passé. Veuillez, je vous prie, ne pas immédiatement traduire cela dans des détails tels que « si je ne connaissais pas le chemin de mon domicile je serais perdu ; il faut bien que je connaisse le fonctionnement d'une machine pour m'en servir ». Il s'agit de tout autre chose. Nous parlons des connaissances dont on se sert pour asseoir une sécurité intérieure, une certitude psychologique. Qu'obtenez-vous par le savoir ? De l'autorité, du poids, un sentiment de votre importance, une dignité, un sens de vitalité et je ne sais quoi encore. L'homme qui dit « je sais », « il y a », ou « il n'y a pas » a certainement cessé de penser, cessé de poursuivre tout ce processus du désir.

Notre problème est, tel que je le vois, que nous sommes étouffés, écrasés par nos croyances et nos connaissances. Et est-il possible à un esprit de se libérer du passé ou des croyances acquises par le processus du passé ? Comprenez-vous la question ? Est-il possible pour moi, en tant qu'individu, et pour vous en tant qu'individus, de vivre dans cette société et pourtant d'être affranchis des croyances dans lesquelles nous avons été élevés ? Est-il possible à l'esprit d'être libéré de toutes ces connaissances, de toutes ces autorités ? Nous lisons un certain nombre de livres sacrés et nous y trouvons, soigneusement expliqués, des enseignements sur ce que nous devons faire et ne pas faire, sur comment atteindre le but, sur ce qu'est le but et ce que

Dieu est. Vous savez tout cela par cœur et vous avez poursuivi tout cela, cela qui est votre savoir, votre acquisition, cela que vous avez appris et qui est votre voie. Il est évident que ce que vous poursuivez vous le trouvez ; mais est-ce la réalité, ou est-ce la projection de vos connaissances ? Ce n'est pas la réalité. Et je dis : ne vous est-il pas possible de vous en rendre compte *maintenant*, non pas demain ? De vous dire : « je vois la vérité en cette affaire », et clôturer celle-ci séance tenante, de sorte que votre esprit ne soit pas mutilé par ce processus d'imagination, de protection ?

L'esprit est-il capable de se libérer des croyances ? Vous ne pouvez vous en libérer qu'en comprenant la nature interne des causes qui vous y maintiennent ; non seulement des motifs conscients mais aussi de ceux inconscients qui vous font croire. Car nous ne sommes pas que des entités superficielles fonctionnant à fleur de conscience, et nous pouvons découvrir nos activités inconscientes les plus profondes si nous voulons bien permettre à ces couches secrètes de se révéler. Leurs réactions sont beaucoup plus rapides que celles de l'esprit conscient. Pendant que celui-ci pense tranquillement, écoute et observe, la partie inconsciente est beaucoup plus agile, plus réceptive et peut, par conséquent, émettre une réponse. Mais un esprit qui a été subjugué, intimidé, forcé à croire, un tel esprit est-il libre de penser ? Peut-il avoir un regard neuf et éliminer le processus d'isolement qui nous sépare de nos semblables ? Ne dites pas, je vous prie, que les croyances unissent les hommes. Cela n'est pas vrai. Il est évident qu'aucune religion organisée n'a uni les hommes. Observez-vous vous-mêmes dans votre pays : vous êtes tous croyants, mais êtes-vous unis ? Vous savez bien que non. Vous êtes divisés en je ne sais combien de parties mesquines, en castes, en compartiments de toutes sortes.

Et il en est de même partout dans le monde, à l'Est comme à l'Ouest ; des Chrétiens détruisent des Chrétiens, s'assassinent les uns les autres pour des fins misérables, vont à cet effet jusqu'à l'horreur des guerres, des camps de concentration et tout le reste. Non, les croyances n'unissent pas les hommes, c'est clair. Et si c'est clair et si c'est vrai et si vous le voyez, vous devez agir en conséquence. Mais la difficulté est que la plupart d'entre nous ne voient pas, car nous ne sommes pas capables d'affronter cette insécurité intérieure, ce sens interne d'esseulement. Nous voulons un appui, quel qu'il soit : caste, État, nationalisme, Maître ou Sauveur ; mais lorsque nous voyons combien faux est tout cela, notre esprit devient capable – ne serait-ce que temporairement, pendant une seconde – de voir la vérité. S'il ne peut pas la supporter, il retombe là où il était. Mais cette vision temporaire est suffisante ; un fragment de seconde suffit ; car on voit alors une chose extraordinaire se produire : on voit l'inconscient à l'œuvre, encore que le conscient puisse se dérober. Cette seconde n'est pas progressive ; elle est la seule chose qui soit ; et elle produira son fruit, en dépit de l'esprit conscient qui a beau lutter contre elle.

Ainsi notre question est : est-il possible à l'esprit d'être affranchi des connaissances et des croyances ? L'esprit n'est-il pas fait de connaissances et de croyances ? Sa structure même est croyance et connaissance. Ce sont les éléments du processus de récognition, qui est le centre de la faculté de penser. Ce processus s'enferme en lui-même ; il est à la fois conscient et inconscient. L'esprit peut-il s'affranchir de sa propre structure ? Peut-il cesser d'être ? C'est cela le problème. L'esprit, tel que nous le connaissons en tant que faculté de penser, est mû par ses croyances, par ses désirs, par sa soif de certitudes, par ses connaissances et par une accumulation de puissance. Si, malgré son pouvoir et sa supériorité, nous ne parvenons pas à tout repenser à nouveau, il n'y aura pas de paix dans le monde. Vous pourrez parler de paix, organiser des partis politiques, clamer du haut de vos édifices, vous n'aurez pas de paix, parce que votre faculté de penser, telle qu'elle est, est la base même qui engendre les contradictions, qui isolent et séparent. L'homme réellement paisible et sincère ne peut pas à la fois s'enfermer en lui-même et parler de paix et de fraternité. Ce n'est là qu'un jeu, politique ou religieux, qui satisfait le désir de réussir et l'ambition. L'homme qui veut en toute honnêteté découvrir la vérité doit affronter le problème des connaissances et des croyances. Il doit le creuser afin de découvrir à l'œuvre tout le processus du désir de sécurité, du désir de certitude.

L'esprit qui se trouverait dans un état où le neuf peut avoir lieu – le neuf que vous pouvez appeler la vérité, ou Dieu, ou autrement – aurait cessé d'acquérir, d'amasser ; il aurait délaissé toutes ses connaissances. Un esprit surchargé de savoir ne peut absolument pas comprendre le réel, l'immesurable.

# 7
## *L'effort*
## *est-il nécessaire ?*

L'existence de la plupart d'entre nous est basée sur l'effort, sur une certaine forme de volition. Nous ne pouvons concevoir l'action qu'en tant que volonté tendue vers un but ; notre vie est faite de cela ; notre vie sociale, économique et notre vie soi-disant spirituelle sont une suite d'efforts lesquels culminent toujours en un certain résultat. Et nous pensons que cette application est nécessaire, essentielle.

Pourquoi en est-il ainsi ? N'est-ce pas en vue d'obtenir un résultat, de parvenir à un but, de devenir quelque chose ? Si nous ne faisons pas d'efforts nous avons l'impression d'être stagnants. Nous nous formons une idée du but vers lequel nous tendons et ce labeur devient partie intégrante de notre vie. Si nous voulons nous modifier, provoquer en nous un changement radical, nous faisons un effort immense pour éliminer de vieilles habitudes, pour résister aux influences du milieu, etc. On nous a dressés à nous surmonter sans cesse en vue de trouver quelque chose ou de réussir, bref, en vue simplement de vivre.

Tout cet effort n'est-il pas l'activité du moi ? N'est-il pas une activité égocentrique ? Si notre action a pour point de départ le centre du moi, elle doit produire inévitablement encore plus de conflits, plus de confusion, plus de souffrance. Et pourtant, nous nous y acharnons. Peu de personnes comprennent que cette activité égocentrique n'éclaircit aucun de nos problèmes, qu'au contraire elle amplifie l'état général de confusion. Et les personnes qui se rendent compte de ce fait espèrent, par l'exercice de la volonté, briser le cercle égocentrique où les enferme l'activité même de l'effort.

Je pense que nous saurons le sens de la vie lorsque nous comprendrons ce que l'effort signifie. Le bonheur se réalise-t-il par l'effort ? Avez-vous jamais « essayé » d'être heureux ? C'est impossible, n'est-ce pas ? Vous luttez pour être heureux et il n'y a pas de bonheur. La joie ne vient ni par la répression ou la domination, ni par un laisser-aller non plus, car celui-ci finit dans l'amertume. Vous pouvez refouler mais il y a toujours conflit dans ce qui se cache. Nous savons tout cela, et pourtant nos vies sont une longue suite de répressions ou de regrettables laisser-aller. Il y a en nous un conflit perpétuel qui nous met aux prises avec nos passions, notre avidité, notre paresse d'esprit. Et cette lutte pénible, ne la soutenons-nous pas dans l'espoir de trouver du bonheur, de trouver un sentiment de paix, un peu d'amour ? Et pourtant l'amour et la compréhension s'obtiennent-ils par des batailles ? Je pense qu'il est très important de comprendre ce que nous espérons obtenir par ces moyens.

L'effort n'est-il pas une lutte en vue de changer ce qui « est » en ce qui n'est pas, ou en ce qui devrait être ou devrait devenir ? En d'autres termes, nous luttons perpétuellement afin de ne pas nous trouver face à face avec ce qui « est » : nous cherchons à nous en évader ou à le modifier. Mais le vrai contentement est celui de l'homme qui comprend ce qui « est », et lui accorde sa véritable signification. C'est là qu'est le vrai contentement et non dans des possessions plus ou moins nombreuses. Pour accorder à la totalité de ce qui « est » sa vraie valeur, il faut admettre ce qui « est », en être conscient, et non pas essayer de le modifier ou de le remplacer par autre chose.

Nous voyons donc que l'effort est une lutte, un conflit, dont le but est de transformer ce que nous sommes en quelque chose que nous désirons être. Je ne parle que des

75

conflits psychologiques, et non des efforts que l'on peut faire pour résoudre un problème physique, technique, se rapportant par exemple à l'application des sciences, etc. Je parle de cette lutte psychologique, laquelle finit toujours par dominer les problèmes techniques. Car vous pouvez construire avec beaucoup de soins une société merveilleuse en utilisant les infinies connaissances acquises scientifiquement, mais tant que les luttes, les batailles psychologiques ne seront pas comprises et les excitations et courants psychologiques surmontés, cette superbe structure sociale s'écroulera, ainsi que cela s'est toujours produit.

L'effort nous éloigne de ce qui « est ». Dès l'instant que j'accepte ce qui « est » il n'y a pas de lutte. Toute forme de lutte indique que l'on se détourne de la réalité et cette séparation, qui est effort, doit exister tant que, psychologiquement, l'on désire transformer ce qui « est » en ce qui n'est pas.

Il nous faut d'abord être libres pour voir que la joie et le bonheur ne se produisent pas par un effort. Y a-t-il création par exercice de la volonté, ou au contraire lorsque cesse l'effort ? C'est alors que l'on crée, n'est-ce pas, que l'on écrit, peint ou chante, lorsqu'on est complètement ouvert, lorsque à tous les niveaux on est en communication, lorsqu'on est intégré. C'est alors qu'il y a de la joie, que l'on s'exprime ou que l'on façonne un objet. Cet instant de création n'est pas le produit d'une lutte.

Peut-être est-ce en comprenant l'état créateur que nous parviendrons à voir ce que l'effort est en réalité. La création est-elle le résultat de cette perception aiguë de soi qu'est l'effort, ou s'accompagne-t-elle au contraire d'une sorte de non-présence à soi-même, en laquelle il n'y a aucune agitation ni même la perception du mouvement de la pensée ? En cet état de richesse totale, de plénitude, y a-t-il intervention laborieuse de la volonté ? Je ne sais pas si vous avez remarqué que la vraie création se produit sans effort. Nos vies étant principalement une succession de batailles, nous ne pouvons pas imaginer un état d'être dans

76

lequel cette agitation a complètement cessé. Pour comprendre ce qu'est cet état d'être, cet état créatif, il nous faut élucider tout le problème de l'effort.

Ce que nous appelons effort est une tension active en vue de nous réaliser, de devenir quelque chose, n'est-ce pas ? Je suis ceci et veux devenir cela, je ne suis pas ainsi et veux le devenir. En devenant « cela » il y a une tension, une lutte, une bataille. Ce conflit est inévitablement centré sur un but à atteindre ; nous cherchons une réalisation intérieure, un épanouissement, par le truchement d'un objet, d'une personne, d'une idée. Nous en sommes ainsi venus à considérer que l'effort est inévitable, mais je me demande si cette lutte pour devenir quelque chose est vraiment nécessaire. Pourquoi existe-t-elle ? À cause du désir que nous avons de nous accomplir, évidemment. L'accomplissement personnel, à quelque degré, à quelque niveau qu'il se trouve, est le mobile de l'effort, la force qui le suscite, que cela soit chez le grand administrateur, la ménagère ou le pauvre diable.

Et pourquoi ce désir existe-t-il ? Ce désir de se réaliser, de devenir quelque chose surgit lorsque l'on a le sentiment de n'être rien du tout. Parce que je ne suis rien, parce que je suis insuffisant, vide, pauvre intérieurement je lutte pour m'accomplir en une personne, une chose ou une idée. Remplir ce vide est tout le processus de notre existence : extérieurement nous collectionnons des objets ou bien nous cultivons des richesses intérieures. Il n'y a d'effort que lorsqu'on cherche à s'évader de ce vide intérieur, par l'action, par la contemplation, par des acquisitions, par des réussites, par le pouvoir, etc. C'est de cela qu'est faite notre existence quotidienne.

Or, si l'on ne fait pas d'efforts pour fuir ce vide intérieur, qu'arrive-t-il ? L'on vit avec lui, avec cette solitude ; et en l'acceptant l'on peut alors découvrir qu'il existe un état créateur, lequel n'a rien de commun avec la lutte ou l'effort. Ne cherchant plus à éviter ce sens intérieur de vacuité, nous regardons, nous observons, nous acceptons ce qui « est » ; alors surgit un état créateur où toute lutte a cessé, un état qui n'est pas le produit de l'effort. Ce qui « est » est vacuité, insuffisance et lorsqu'on vit avec ce vide intérieur et qu'on le comprend, une réalité surgit, une intelligence créatrice en laquelle, seule, est le bonheur.

L'action telle que nous la connaissons habituellement n'est donc que création ; c'est un perpétuel devenir, lequel est la négation de ce qui « est », le refus de l'admettre. Mais lorsqu'il y a perception de ce vide, sans choix, ni condamnation ni justification, en cette compréhension de ce qui « est » est une action, laquelle est un état créateur. L'on peut comprendre cela lorsqu'on est parfaitement conscient de ce qui se passe en soi au moment où l'on agit. Observez-vous au cours d'une action ; observez non seulement vos gestes mais le mouvement de votre pensée et de vos sentiments. Si vous le percevez clairement, vous verrez que le processus de la pensée, lequel est aussi sentiments et action, est basé sur l'idée de devenir. Et cette idée ne surgit que lorsqu'il y a un sens d'insécurité, et ce sens d'insécurité provient de la perception du vide intérieur. Si l'on est conscient de ce processus de la pensée et de l'émotion, l'on voit qu'il s'y déroule une perpétuelle bataille où s'exerce un effort de changer, de modifier, de transformer ce qui « est ». Et, par la connaissance de soi, par l'effort d'une constante lucidité, l'on voit que cette lutte, que ces efforts en vue de devenir, ne mènent qu'à la déception, à la douleur, à l'ignorance. Mais vivre en état de connaissance en ce qui concerne ce vide intérieur et vivre avec lui en l'acceptant totalement, c'est découvrir une extraordinaire tranquillité, un calme qui n'est pas fabriqué, construit, mais qui résulte de la compréhension de ce qui « est ». Seul cet état de paix est un état d'être créateur.

# 8
## *Sur l'état*
## *de contradiction*

Nous voyons des contradictions partout en nous et autour de nous ; et parce que nous sommes plongés dans des contradictions, il n'y a de paix ni en nous, ni, par conséquent, dans le monde. Nous nous trouvons dans un perpétuel état de négation et d'affirmation entre ce que nous « voulons » être et ce que nous « sommes ». Cet état n'engendre que des conflits, lesquels – c'est un fait simple et évident – ne se résoudront jamais par une paix. Et nous devons nous garder de traduire cette contradiction intérieure dans les termes d'un dualisme philosophique, car ce serait là une évasion bien facile : en expliquant que cette contradiction est un état de dualité, nous penserions l'avoir comprise, ce qui ne serait évidemment qu'une convention, une voie offerte à la fuite hors du réel.

Or, qu'entendons-nous par conflit et contradiction, et pourquoi existe en nous cette lutte perpétuelle pour être autre chose que ce que nous sommes ? Je suis « ceci » et veux devenir « cela ». Cette contradiction est un fait et non une dualité métaphysique. La métaphysique ne nous aide en aucune façon à comprendre ce qui « est ». L'on peut discuter sur le dualisme ou même sur son existence ; mais de quelle valeur seraient ces discussions, si nous n'affrontons pas la contradiction qui, en nous, oppose des désirs, des intérêts, des poursuites ? Je veux être vertueux et ne peux pas l'être, etc. C'est en nous que ces oppositions doivent être comprises, car elles provoquent des conflits ; et les conflits, les luttes, nous empêchent d'être dans un état d'individualité créatrice. La contradiction est une destruction, un gâchis. En cet état, nous ne pouvons rien produire que des antagonismes, de l'amertume et un surcroît de souffrance. Si nous parvenons à comprendre cela pleinement, donc à nous affranchir de l'état de contradiction, une paix intérieure peut surgir, qui créera l'entente entre nous et les autres.

Le problème est le suivant : alors que nous voyons que l'état de conflit est une destruction, un gâchis, pourquoi cette contradiction subsiste-t-elle en chacun de nous ? Pour comprendre cela, allons un peu plus loin : pourquoi éprouvons-nous tant de désirs contradictoires ? Je ne sais pas si vous êtes conscients de cette contradiction intérieure, de ce vouloir et de ce non-vouloir. Observez cela en vous : il s'agit d'une chose simple et normale ; il n'y a rien là d'extraordinaire. La contradiction est un fait. Pourquoi donc est-elle là ? N'implique-t-elle pas un état non permanent auquel vient s'opposer un autre état également transitoire ?

Je m'imagine avoir un désir permanent ; je pose en moi l'idée d'un désir permanent, et un autre désir surgit qui le contredit ; cette contradiction engendre un conflit, un désordre épuisant dû au fait que deux désirs se nient mutuellement, dont les poursuites cherchent, l'une et l'autre à prendre le dessus. Mais « un désir permanent » est-ce que cela existe ? Non. Tous les désirs sont passagers, non pas métaphysiquement, en fait. Je désire avoir une situation ; je la désire comme moyen d'atteindre le bonheur ; et lorsque je l'obtiens, je suis insatisfait. Je veux devenir le directeur, puis le propriétaire, et ainsi de suite, non seulement en ce monde mais dans le monde soi-disant spirituel, le prêtre devenant évêque, le disciple devenant un Maître.

Ce perpétuel devenir, ce parvenir à un état succédant à un autre engendre une contradiction, n'est-ce pas ? Alors pourquoi ne pas admettre que notre vie ne comporte pas un désir permanent mais est faite d'une suite de désirs fugitifs, s'opposant l'un l'autre ? Notre esprit ne serait plus en état de contradiction. Si je considère la vie non comme un désir permanent mais comme une succession de désirs temporaires qui changent tout le temps, il n'y a plus de contradiction.

La contradiction n'existe que lorsque l'esprit a un point fixe de désir, c'est-à-dire qu'au lieu de considérer tous les désirs comme étant mouvants, transitoires, il s'empare de l'un d'eux et en fait une aspiration permanente. Alors il y a contradiction aussitôt que surgit un autre désir. Mais tous les désirs sont perpétuellement en mouvement ; il n'y a pas de fixation du désir, pas de point auquel il se fixe ; c'est l'esprit qui établit ce point parce qu'il se sert de tout pour parvenir à être quelque chose, pour obtenir quelque chose et en cette notion de « parvenir » il y a nécessairement contradiction et conflit.

Vous voulez arriver, réussir, trouver un Dieu ou une vérité ultime qui vous donneront une satisfaction permanente, donc ce n'est pas Dieu que vous cherchez, ce n'est pas la vérité, mais un plaisir durable et ce plaisir vous le revêtez d'une idée, d'un mot éminemment respectable, tel que Dieu ou la Vérité. En fait, c'est le plaisir que nous recherchons tous, le situant au point le plus haut, qui est Dieu, ou le plus bas, qui est la boisson. Tant que l'esprit est à la recherche de sa satisfaction, il n'y a pas une grande différence entre la boisson et Dieu. Socialement il se peut que la boisson soit mauvaise, mais le désir intérieur d'obtenir un résultat, un profit, est encore plus nocif. Si vous voulez réellement trouver la vérité, il vous faut être extrêmement honnête, non pas verbalement, mais dans la totalité de votre être : il vous faut une clarté extraordinaire, que vous ne pourrez pas avoir tant que vous ne regarderez pas les faits en face.

En abordant les faits tels qu'ils sont, nous voyons donc que la cause de la contradiction qui est en chacun de nous est notre désir de devenir quelque chose : soit de réussir dans le monde extérieur, soit, intérieurement, de parvenir à un résultat. Or, tant que nous pensons en termes de durée, en fonction du temps, la contradiction est inévitable. Après tout, notre esprit est le produit du temps. La pensée est basée sur le « hier », sur le passé ; et tant qu'elle fonctionne dans le champ du temps et que nous pensons à un avenir, à un devenir, à un accomplissement, la contradiction est inévitable parce que nous sommes incapables d'affronter exactement ce qui « est ». Ce n'est qu'en nous rendant compte de ce qui « est », en le comprenant, sans rien choisir, que nous pouvons nous libérer de ce facteur désintégrant qu'est la contradiction.

Il est donc essentiel de comprendre la totalité de notre processus de pensée, car c'est là que nous trouvons la contradiction. La pensée elle-même est devenue contradiction parce que nous n'avons pas compris le processus total de nous-mêmes. Et cette compréhension n'est possible que lorsque nous sommes pleinement conscients de notre pensée, non en tant qu'observateurs opérant sur cette pensée, mais intégralement et sans l'intervention d'un choix, ce qui est extrêmement ardu. Alors seulement se produit la dissolution de cette contradiction, si nuisible et douloureuse.

Tant que nous essayons d'obtenir un résultat psychologique, tant que nous voulons une sécurité intérieure, la contradiction dans notre vie est inévitable. Je ne crois pas qu'en général nous soyons conscients de cette contradiction ; ou, si nous le sommes, nous ne la voyons pas sous son vrai jour ; au contraire, elle agit comme un stimulant, car ce frottement, cette résistance nous donnent un sens de vitalité. C'est pour cela que nous aimons la guerre, c'est pour cela que nous prenons plaisir aux batailles des frustrations. Le but que recherche notre désir de sécurité psychologique, en créant en nous une contradiction, empêche nos esprits d'être tranquilles. Et un esprit calme est essentiel pour comprendre la pleine signification de la vie. La pensée ne peut jamais être tranquille ; la pensée, qui est le produit du temps, ne peut jamais trouver l'intemporel, ne peut pas connaître ce qui est au-delà du temps. La nature même de notre pensée est contradiction, parce que nous pensons toujours en termes de passé ou de futur ; nous n'avons donc jamais la pleine perception du présent.

Être pleinement conscient du présent est une tâche extra-ordinairement difficile, parce que l'esprit est incapable de faire face à un fait directement sans illusion. La pensée est le produit du temps et ne peut par conséquent fonctionner qu'en termes de passé ou de futur ; elle ne peut pas être complètement consciente d'un fait dans le présent. Tant que la pensée – qui est le produit du passé – essaie d'éliminer la contradiction et ses problèmes, elle ne fait que poursuivre un résultat, chercher à réaliser un but, et une telle pensée ne peut qu'intensifier la contradiction, donc aussi les conflits, les souffrances et la confusion en nous et par conséquent autour de nous.

Pour être affranchi de la contradiction, l'on doit être conscient du présent, sans rien choisir. Et en effet, peut-il être question de choix lorsqu'on est mis en face d'un fait ? Mais la compréhension du fait est rendue impossible tant que la pensée essaye d'agir sur lui en fonction d'un devenir, de changements, de modifications. La connaissance de soi est le début de la compréhension ; sans cette connaissance, les contradictions et les conflits existeront toujours. Et pour connaître le processus total de soi-même l'on n'a besoin d'aucun expert, d'aucune autorité. La soumission à l'autorité n'engendre que la crainte. Aucun expert, aucun spécialiste ne peuvent nous montrer comment comprendre le processus de notre moi. Chacun de nous doit s'étudier soi-même. Vous et moi pouvons mutuellement nous aider en en parlant, mais personne ne peut mettre au jour nos replis secrets, aucun spécialiste, aucun sage ne peuvent les explorer pour nous. Nous ne pouvons être réellement conscients de notre moi qu'au cours de nos relations avec les choses, les possessions, les personnes, les idées. C'est dans l'ordre de ces relations que nous voyons comment la contradiction surgit aussitôt que l'action cherche à se conformer à une idée. L'idée n'est qu'une cristallisation de la pensée en un symbole et l'effort de se conformer au symbole engendre une contradiction.

Ainsi, tant qu'existe un moule dans lequel vient se couler la pensée, la contradiction continuera ; et pour briser ce moule et dissiper la contradiction, la connaissance de soi est nécessaire. Cette compréhension du moi n'est pas un processus réservé à une minorité. Le moi peut et doit être compris au cours de nos conversations quotidiennes, dans la façon dont nous pensons et sentons, dans la façon dont nous nous dévisageons mutuellement. Si nous parvenons à être conscients de chaque pensée, de chaque sentiment, d'instant en instant, nous verrons qu'au cours de nos rapports quotidiens, les façons d'être du moi sont comprises. Alors seulement peut se produire cette tranquillité de l'esprit en laquelle l'ultime réalité peut naître.

# 9
## Qu'est-ce que le moi ?

Savons-nous ce que nous appelons le moi ? Par cela j'entends l'idée, la mémoire, la conclusion, l'expérience, les diverses formes d'intentions définissables et non définissables, les tentatives conscientes d'être ou de ne pas être, la mémoire accumulée de l'inconscient, mémoire de la race, du groupe, du clan, de l'individu lui-même, et tout le reste qui se projette extérieurement en action ou spirituellement en vertus. L'effort à la poursuite de tout cela est le moi. En lui est inclus l'esprit de compétition, le désir d'être. Tout ce processus est le moi et nous savons par perception directe, lorsque nous le voyons en face, qu'il est mauvais. J'emploie avec intention ce mot « mauvais » car le moi est un instrument de division : il nous informe en nous-mêmes et ses activités, quelque nobles qu'elles soient, nous séparent les uns des autres, nous isolent. Nous savons tout cela. Nous connaissons aussi ces instants extraordinaires où le moi n'est pas là, en lesquels il n'y a aucun sens d'effort, de volonté pénible, et qui se produisent lorsqu'il y a de l'amour.

Il me semble qu'il est important de comprendre comment les expériences par lesquelles passe le moi, le renforcent. Si nous sommes honnêtes avec nous-mêmes, nous comprendrons ce problème de l'expérience. Or, qu'entendons-nous par expérience ? Nous passons tout le temps par des expériences, nous enregistrons des impressions et nous réagissons ou nous agissons en conséquence, calculant, développant certaines habiletés, etc. Il y a constamment

85

interaction entre ce qui est perçu objectivement et nos réactions à ce contact, interaction entre ce qui est conscient en nous et la mémoire accumulée de l'inconscient.

Selon cette accumulation de mémoire, je réagis à tout ce que je vois, à tout ce que je sens. Au cours de ce processus de réaction à ce que je vois et sens, à ce que je crois, à ce que je sais, l'expérience a lieu. La réaction, la réponse à quelque chose que je perçois est l'expérience par laquelle je passe. Lorsque je vous vois, je réagis. Le fait de nommer cette réaction est l'expérience. Si je ne nomme pas cette réaction, ce n'est pas une expérience.

Observez vos propres réactions et ce qui a lieu autour de vous. Il n'y a expérience que si se déroule en même temps un processus d'appellation, de langage. Si je ne vous reconnais pas, comment puis-je faire l'expérience de vous rencontrer ? Je veux dire que si je ne réagis pas selon ma mémoire, selon mon conditionnement, selon mes préjugés, comment puis-je savoir que je passe par une expérience ?

Il y a ensuite la projection de divers désirs. Je désire être protégé, je désire avoir une sécurité intérieure ; ou je désire avoir un maître, un « gourou », un guide spirituel, un Dieu ; et je subis l'expérience de ce que j'ai projeté : j'ai projeté un désir, lequel a pris une forme, à laquelle j'ai donné un nom, auquel je réagis. Ainsi se déroulent ma projection et le nom que je lui donne. Ce désir m'a fait avoir une expérience ; il m'a fait dire : « j'ai rencontré le Maître » ou : « je n'ai pas rencontré le Maître ». Vous connaissez tout cela. C'est le désir que vous appelez expérience, n'est-ce pas ?

Et lorsque je désire le silence de l'esprit, qu'arrive-t-il ? Que se produit-il ? Je vois l'importance d'avoir un esprit silencieux, un esprit calme. Je le vois pour diverses raisons : parce que les Upanishad l'ont dit ; des écritures sacrées l'ont dit ; des saints l'ont dit ; et, aussi, à l'occasion, je sens moi-même combien il est agréable d'avoir des moments tranquilles, après que l'esprit a été si bavard toute la journée. Le désir est d'avoir l'expérience du silence, et

86

je me demande alors : « comment l'obtenir ? » Je sais ce que disent tel ou tel livre sur la méditation et sur différentes disciplines, et par conséquent je cherche, au moyen d'une discipline, à faire l'expérience du silence. Ainsi le soi, le moi, s'établit dans l'expérience du silence.

Je veux savoir ce qu'est la vérité : tel est mon désir, mon aspiration ; alors la projection s'ensuit de ce que je considère être la vérité, car j'ai lu beaucoup d'ouvrages à ce sujet, j'ai entendu beaucoup de personnes en parler et des écritures sacrées l'ont décrite. Je veux tout cela. Et que se produit-il ? Cette aspiration même, ce désir est projeté et j'obtiens l'expérience souhaitée parce que je reconnais l'état que j'ai projeté. Si je ne le reconnaissais pas, je ne l'appellerais pas vérité. Je le reconnais et en fais l'expérience, et cette expérience donne de la force à l'ego, au moi. Ainsi le moi se retranche dans l'expérience, et vous dites : « je sais », « le Maître existe », « Dieu est », ou « il n'y a pas de Dieu », ou que tel système politique est bon et les autres mauvais.

Ainsi l'expérience renforce constamment le moi. Plus vous êtes retranché dans votre expérience, plus le moi acquiert de la force. Le résultat est que vous déployez une « force » de caractère, une « force » de connaissances ou de croyance vis-à-vis d'autres personnes moins habiles que vous, qui n'ont pas vos dons d'écrire ou de parler. Et parce que c'est toujours votre moi qui est en action, vos croyances, vos Maîtres, vos castes, vos systèmes économiques sont des processus de division et provoquent par conséquent des querelles. Il vous faut, si vous êtes tant soit peu sérieux et honnêtes, dissoudre ce centre complètement et non pas le justifier. Voilà pourquoi il est nécessaire de comprendre le processus de l'expérience.

Est-il possible à l'esprit, au moi, de ne pas projeter, de ne pas désirer, de ne pas passer par des expériences ? Nous voyons que toutes ces expériences du moi sont une négation, une destruction, et pourtant nous les appelons des actions positives. Nous disons que c'est la façon positive d'aborder la vie. Et pour vous, défaire tout ce processus est une négation. Avez-vous raison ? Pouvons-nous, vous et moi, aller à la racine de cette question et comprendre le processus du moi ? Qu'est-ce qui peut provoquer la dissolution du moi ? Des groupements religieux – et d'autres – proposent des identifications : ils disent « identifiez-vous avec plus grand que vous et le moi disparaît ». Mais l'identification est encore à l'intérieur du processus du moi ; ce qui est plus grand que lui est simplement une projection de lui-même, laquelle, devenant expérience, renforce le moi.

Toutes les formes de discipline, de croyance, de connaissance, ne font que renforcer le moi. Pouvons-nous trouver un élément qui le dissolve ? Ou cette question est-elle mal posée ? C'est pourtant cela que nous voulons : nous voulons trouver quelque chose qui dissolve le moi. Et nous pensons que divers moyens existent pour y parvenir, tels que l'identification, la croyance, etc. Mais ces moyens n'ont pas plus de valeur l'un que l'autre parce qu'ils ont tous le même pouvoir de renforcer l'ego, le moi. Puis-je donc voir le moi à l'œuvre partout où il se trouve, armé de ses forces et de son énergie destructrices ? Quel que soit le nom que je lui donne, c'est une force qui isole, qui détruit, et je veux trouver le moyen de la dissoudre. Vous avez dû vous poser cette question : « je vois le moi en train de fonctionner perpétuellement et d'engendrer l'anxiété, la peur, la frustration, le désespoir, la misère, non seulement en moi-même mais en tous ceux qui m'entourent ; puis-je donc le dissoudre, non partiellement mais complètement ? » Pouvons-nous parvenir à sa racine et le détruire ? Puis-je aller « jusqu'au bout » ? Car je n'aspire pas à être partiellement intelligent, je veux l'être intégralement. La plupart d'entre nous sont intelligents à certains niveaux seulement : vous à un certain niveau probablement et moi d'une autre façon. Certains d'entre nous sont intelligents en affaires, d'autres autrement ; mais nous ne possédons pas une intelligence intégrale. Car *être inté-*

*gralement intelligent c'est être sans ego.* Mais est-ce possible ?

Est-il possible au moi d'être maintenant, en ce moment, absent ? Vous savez que c'est possible, mais quelles sont les conditions requises à cet effet ? Quel est l'élément qu'il faut ? Où puis-je le trouver ? Mais aussitôt que je pose la question « puis-je le trouver ? » je suis convaincu que cela est possible ; j'ai donc déjà créé une expérience par laquelle le moi sera renforcé. La compréhension du moi exige beaucoup d'intelligence, une observation diligente et toujours sur le qui-vive afin que le moi ne s'échappe pas. Moi, qui suis déterminé à poursuivre cette enquête jusqu'au bout, je veux dissoudre le moi. Lorsque je le dis, je sais que cela est possible. Dès l'instant que je dis « je veux le dissoudre » il y a déjà là une expérience du moi, donc le moi est renforcé. Est-il alors possible au moi de ne pas éprouver l'expérience ? L'on peut voir que l'état de création n'est pas du tout dans le champ d'expérience du moi, car la création n'est pas un produit de l'intellect, n'est pas du monde de la pensée, n'est pas une projection de l'esprit, mais est au-delà de toute expérience. Est-il donc possible à l'esprit d'être tout à fait immobile, dans un état de non-récognition, de non-expérience, où la création peut avoir lieu, ce qui veut dire absence du moi ? C'est cela le problème, n'est-ce pas ? Tout mouvement de l'esprit, positif ou négatif, est une expérience, laquelle, en fait, renforce le moi. Est-il possible à l'esprit de ne pas reconnaître ? Cela ne peut avoir lieu que lorsqu'il y a silence total, mais non pas un silence tel qu'il constituerait une expérience par laquelle passerait le moi et qui ne ferait que le renforcer.

Existe-t-il une entité séparée du moi, qui pourrait l'observer et le dissoudre ? Existe-t-il une entité spirituelle qui transcende le moi et qui pourrait le détruire, ou du moins l'écarter ? Nous pensons que oui, n'est-ce pas ? La plupart des personnes religieuses pensent qu'un tel élément existe. Les matérialistes affirment qu'il est impossible de détruire le moi, qu'on ne peut que le conditionner et le brider politiquement, socialement, économiquement ; qu'on peut le maintenir fermement dans un moule ; qu'on peut le briser et par conséquent lui faire mener la vie que l'on considère être la plus élevée et la plus morale, sans qu'il ait à intervenir dans le choix des valeurs, de sorte que, façonné conformément à un modèle social, il fonctionne comme une machine. Nous savons tout cela. Les autres personnes, soi-disant religieuses – qui prétendent l'être et ne le sont pas – disent au contraire qu'un tel élément existe, qu'on peut entrer en contact avec lui et qu'alors il peut dissoudre le moi.

Existe-t-il un élément qui puisse dissoudre le moi ? Voyez, je vous prie, ce que nous sommes en train de faire : nous sommes en train de forcer le moi dans ses retranchements. Et si vous acceptez de vous laisser forcer dans vos retranchements, vous verrez ce qui se produira. Nous aimerions qu'existe un élément intemporel, qui ne serait pas du monde du moi, qui viendrait intercéder en faveur de la destruction du moi, et que nous appellerions « Dieu ». Mais un tel élément, conçu par l'esprit, existe-t-il ? Il se peut que oui, comme il se peut que non : la question n'est pas là. Lorsque l'esprit recherche un état intemporel spirituel, lequel entrerait en action en vue de détruire le moi, n'est-ce pas encore une autre forme d'expérience qui renforce le moi ? Si vous êtes croyant, c'est justement cela qui se produit. Lorsque vous croyez que la vérité, Dieu, l'état intemporel, l'immortalité existent, n'est-ce point là un processus du renforcement du moi ? Le moi a projeté cette chose dont vous pensez et sentez qu'elle viendra détruire le moi. Ainsi, ayant projeté cette idée de continuité dans un état intemporel en tant qu'entité spirituelle, vous passez par une expérience ; et une telle expérience ne peut que renforcer le moi ; alors qu'avez-vous fait ? Vous n'avez pas détruit le moi, vous lui avez seulement donné un nom différent, une différente qualité ; il est toujours là parce que vous en avez fait l'expérience. Ainsi notre action, du commence-

90

ment à la fin, est toujours la même ; nous nous imaginons qu'elle a évolué, grandi, qu'elle est devenue de plus en plus exaltée, mais si vous l'observiez intérieurement, vous verriez que c'est toujours le même processus qui continue, c'est le même moi qui fonctionne à des niveaux différents, sous des étiquettes et des noms différents.

Lorsque vous voyez ce processus tout entier, les inventions extraordinaires, l'intelligence du moi, la façon dont il se déguise avec ses identifications, sa vertu, son expérience, ses croyances, ses connaissances ; lorsque vous voyez que l'esprit tourne en rond dans la cage qu'il se fabrique, qu'arrive-t-il ? Lorsque vous en êtes pleinement conscient, vous voici merveilleusement immobile, et non par contrainte, ni par peur, ni pour obtenir une récompense. Lorsque vous reconnaissez que tout mouvement de l'esprit n'est qu'une façon de renforcer le moi ; lorsque vous voyez cela, lorsque vous observez cela, lorsque vous en êtes tout à fait conscient au cours de cette action, lorsque vous en êtes à ce point – non pas idéologiquement, verbalement, non pas par la projection d'une expérience, mais lorsque vous « êtes » dans cet état –, vous voyez que l'esprit étant totalement immobile, n'a pas le pouvoir de créer. Car ce qu'il crée, lorsqu'il est en mouvement, est toujours à l'intérieur d'un cercle, dans le champ du moi. Lorsque l'esprit ne crée pas, il y a création, ce qui n'est pas un processus reconnaissable.

La réalité, la vérité, n'est pas quelque chose que l'on puisse reconnaître. Pour que survienne la vérité, il faut qu'aient disparu les croyances, les connaissances, les expériences, la poursuite de la vertu. Tout cela doit s'en aller. La personne vertueuse et consciente de poursuivre la vertu ne peut jamais trouver la réalité. Elle peut être très respectable, mais être un homme de vérité et de compréhension est une chose entièrement différente. Pour l'homme de vérité, la vérité est entrée en existence. L'homme vertueux et qui sait l'être et qui se drape dans sa vertu ne peut jamais comprendre ce qu'est la vérité, parce que la vertu, pour lui, est le déguisement du moi, de ce moi qui se renforce en poursuivant la vertu. Lorsqu'il dit : « je dois être sans avidité », cet état de non-avidité dont il fait l'expérience ne fait que renforcer son moi. Voilà pourquoi il est si important d'être pauvre, non seulement des choses de ce monde, mais pauvre aussi de croyances et de connaissances. Un homme riche de biens terrestres ou riche de connaissances et de croyances ne connaîtra jamais que les ténèbres et sera un centre de désordre et de misère. Mais si vous et moi, individuellement, pouvions voir tout ce fonctionnement du moi, nous saurions ce qu'est l'amour. Je vous assure que c'est la seule réforme qui puisse changer le monde. L'amour n'est pas dans le champ de l'ego. Le moi ne peut pas reconnaître l'amour. Vous dites « j'aime » mais alors, dans le fait même de le dire, de faire cette expérience, l'amour n'est pas. Mais si vous connaissez l'amour, le moi n'est pas. Là où est l'amour, le moi n'est pas.

# 10
## Qu'est-ce que la peur ?

Qu'est-ce que la peur ? La peur ne peut exister que par rapport à quelque chose, ce n'est pas un phénomène isolé. Comment puis-je avoir peur de la mort, comment puis-je redouter ce que je ne connais pas ? Je ne peux avoir peur que de ce que je connais. Lorsque je dis que j'ai peur de la mort, est-ce vraiment l'inconnu que je crains, c'est-à-dire la mort, ou n'ai-je pas plutôt peur de perdre ce que j'ai connu ? Ce n'est pas la mort que je crains mais de perdre mes associations avec ce qui m'appartient. La peur est toujours par rapport au connu, non à l'inconnu.

Je m'interroge maintenant sur comment me libérer de la peur du connu, c'est-à-dire la peur de perdre ma famille, ma réputation, mon caractère, mon compte en banque, mes appétits et le reste. Vous pouvez dire que la peur est un phénomène de conscience ; mais votre conscience est formée par votre conditionnement, par conséquent elle aussi est le résultat du connu. De quoi se compose le connu ? D'idées, d'opinions diverses, du sens de continuité que l'on a par rapport au connu, et c'est tout. Les idées appartiennent à la mémoire, elles sont le résultat d'expériences, c'est-à-dire de réactions à des provocations. J'ai peur du connu : cela veut dire que j'ai peur de perdre des personnes, des choses ou des idées ; j'ai peur de découvrir ce que je suis, peur d'être désemparé, peur de la douleur que je ressentirai en cas de perte, ou de bénéfice manqué, ou de plaisir refusé.

93

Il y a la peur de souffrir. La douleur physique est une réaction nerveuse ; mais la douleur psychologique surgit lorsque je m'accroche à des choses qui me sont agréables, car je redoute alors tout ce qui pourrait m'en priver. Les accumulations psychologiques constituent un barrage à cette souffrance tant qu'elles ne sont pas menacées : je suis un paquet d'accumulations et d'expériences qui s'opposent à tout ce qui pourrait les déranger. Je refuse de me laisser déranger, donc j'ai peur, et c'est du connu que j'ai peur, de ces accumulations physiques et psychologiques dont je me suis entouré pour écarter la douleur ou pour empêcher l'affliction de se produire. Mais l'affliction est incluse dans le processus même de ces accumulations destinées à éviter la souffrance psychologique. Les connaissances aussi ont pour but de l'éviter. De même que les connaissances médicales sont utiles contre la douleur physique, les croyances le sont contre la douleur psychologique, et c'est pour cela que j'ai peur de perdre mes croyances, bien que je sois imparfaitement renseigné à leur sujet et que je n'aie pas de preuve concrète de leur réalité. Il peut m'arriver de rejeter certaines croyances traditionnelles qui m'avaient été inculquées et de m'appuyer sur une expérience personnelle qui m'éclaire et me donne confiance en moi ; mais ces croyances et cette expérience sont de même nature : ce sont des moyens d'éloigner la douleur.

La peur existe donc tant qu'il y a accumulation du connu, laquelle engendre la crainte que l'on a de la perdre. La peur est une souffrance ; ainsi mon intention, au cours du processus d'accumulation, est d'éloigner la souffrance mais celle-ci est inhérente à ce processus.

Le principe de la défense engendre l'offense. Je veux une sécurité physique, donc je crée un état souverain, lequel a besoin de forces armées, qui impliquent la guerre, qui détruit la sécurité. Partout où existe un désir de se protéger, la peur surgit. Lorsque je vois que ces protections sont illusoires, je cesse d'accumuler. Si vous me dites que vous vous rendez compte qu'accumuler est une erreur, mais que vous ne pouvez pas vous empêcher de le faire, c'est que vous ne voyez pas la souffrance que cela implique. Mon fils meurt et je crois à la réincarnation afin de calmer ma souffrance psychologique ; mais le processus même de la croyance comporte le doute. Extérieurement j'accumule des objets et j'engendre la guerre, intérieurement j'accumule des croyances et j'engendre la douleur. Tant que je veux une sécurité, un compte en banque, des plaisirs, etc., tant que je veux devenir quelque chose, physiologiquement ou psychologiquement, la douleur est inévitablement engendrée par tout ce que je fais pour l'écarter.

La peur survient aussitôt que je désire vivre selon un mode déterminé. Vivre sans peur c'est vivre sans se fixer dans la nécessité d'un cadre particulier. Lorsque j'ai le désir de vivre d'une façon particulière, ce désir même est une source de craintes. Ma difficulté est mon désir de vivre d'une certaine façon. Puis-je briser ce cadre ? Je ne peux le faire que lorsque je vois la vérité, qui est que le cadre fait naître la crainte et que celle-ci renforce le cadre. Si je dis que je veux briser le cadre parce que je veux m'affranchir de la peur, je ne fais qu'adopter un nouveau cadre, lequel fait naître une nouvelle peur. Toute action de ma part basée sur le désir de briser le cadre, ne fera que créer un nouveau cadre, donc de nouvelles craintes. Comment puis-je briser le cadre sans faire naître une nouvelle peur, c'est-à-dire sans exercer sur ce cadre aucune action, consciente ou inconsciente ? Il résulte de cette question que je ne dois pas agir, que je ne dois faire aucun mouvement en vue de briser le cadre. Et que m'arrive-t-il lorsque je ne fais que regarder le cadre sans essayer d'agir sur lui en aucune façon ? Je vois que c'est mon esprit lui-même qui est le cadre, la forme qu'assume mon mode de vie : il vit à l'intérieur de cette forme créée par lui. Ainsi l'esprit lui-même est peur. Et quelle que soit son action, elle ne peut que renforcer d'anciennes représentations ou en créer de nouvelles. Ceci veut dire que tout ce que fait l'esprit pour se débarrasser de la peur engendre de la peur.

La peur trouve des évasions de formes différentes. La plus commune est l'identification, l'identification avec un pays, une société, une idée. N'avez-vous pas observé la façon dont vous réagissez lorsque vous assistez à un défilé militaire ou à une procession religieuse, ou lorsque votre pays est sous le coup d'une invasion ? Vous vous identifiez à un pays, à un être, à une idéologie. En d'autres occasions, vous vous identifiez avec votre enfant, avec votre femme, avec telle ou telle forme d'action ou d'inaction. L'identification est un processus d'oubli de soi : tant que je suis conscient du moi, je sais qu'il y a là de la souffrance, des conflits, une peur incessante. Mais si je peux m'identifier à quelque chose de grand et de réellement valable, tel que la beauté, la vie, la vérité, la croyance, la connaissance, ne serait-ce que temporairement, j'échappe au moi, n'est-ce pas ? Si je parle de « mon pays » je m'oublie pour un temps. Si je parle de Dieu, je m'oublie. Si je peux m'identifier avec ma famille, avec un groupe, un parti, une idéologie, je jouis d'une évasion temporaire.

L'identification est donc une façon de fuir le moi, tout comme la vertu est une façon de le fuir. Je parle de l'homme qui poursuit la vertu : il s'évade du moi et son esprit étroit n'est pas un esprit vertueux, car la vertu ne peut être l'objet d'une poursuite. Plus on cherche à devenir vertueux, plus on renforce le soi, le moi. La peur, qui est commune à la plupart d'entre nous sous différentes formes, doit toujours trouver quelque déguisement et par conséquent alimenter notre conflit intérieur. Plus vous vous identifiez à l'un de ces déguisements, plus vous développez la force en vous de vous accrocher à ce pour quoi vous êtes prêt à combattre et mourir : car derrière ce déguisement est la peur.

Savez-vous maintenant ce qu'est la peur ? N'est-ce point la non-acceptation de ce qui « est » ? Il nous faut comprendre le mot « acceptation ». Je ne l'emploie pas dans le sens d'un effort que l'on peut faire pour accepter. Il n'est pas question de vouloir ou non accepter ce qui

« est », car c'est alors que je fais intervenir le processus d'acceptation. Je disais que la peur est la non-acceptation de ce qui « est ». Or, comment puis-je, moi qui suis un paquet de toutes ces réactions, de ces réponses, souvenirs, espoirs, dépressions et frustrations, moi qui ne suis que le mouvement d'une conscience bloquée, comment puis-je aller au-delà ? L'esprit peut-il même être conscient sans ce blocage ? Nous savons quelle joie il y a lorsque ces résistances sont absentes. Ne connaissez-vous pas la joie d'un corps en parfaite santé, en état de bien-être ? Et ne connaissez-vous pas, de même, la joie d'un esprit complètement libre, non bloqué, lorsque le centre de récognition en tant que « moi » n'est pas là ? N'avez-vous jamais été dans cet état où le moi est absent ? Vous l'avez sûrement été.

Je ne peux comprendre le moi et donc m'en affranchir que lorsque je le vois complètement, intégralement, comme un tout ; et cela ne m'est possible que si je comprends le processus total de toute activité engendrée par le désir (lequel est l'expression de la pensée, car la pensée n'est pas différente du désir) sans la justifier, ni la condamner, ni la refouler. Ce n'est qu'après avoir compris cela que je pourrai savoir s'il existe une possibilité d'aller au-delà des restrictions du moi.

# 11
## *Sur la vraie simplicité*

Je voudrais examiner ce qu'est la simplicité et peut-être de là arriver à la découverte de la sensibilité. Nous avons l'air de croire que la simplicité n'est qu'une expression extérieure, un retrait du monde : avoir peu de possessions, se vêtir d'un pagne, n'avoir pas de foyer, ne posséder qu'un très petit compte en banque. Mais tout cela n'est pas de la simplicité, ce n'est qu'une représentation publique. Il me semble que la simplicité est essentielle, mais elle ne peut exister que lorsque nous commençons à comprendre le sens de la connaissance de soi.

La simplicité ne consiste pas à s'adapter à telle ou telle façon de vivre, quelque valable qu'elle puisse être ; elle exige au contraire beaucoup d'intelligence. Malheureusement nous commençons en général par la simplicité extérieure, se rapportant à des objets. Il est relativement facile d'avoir peu de possessions et de s'en satisfaire ; d'être content de peu et même de partager ce peu. Mais cette expression extérieure de la simplicité ne s'accompagne pas nécessairement d'une simplicité intérieure. Le monde moderne nous offre avec beaucoup d'insistance des objets de plus en plus nombreux ; la vie devient de plus en plus complexe. Afin d'échapper à cela, nous essayons de renoncer au monde, de nous détacher de ces objets, de ces maisons, de ces organisations, de ces cinémas, bref de ces contingences que l'on cherche à nous imposer. Nous pensons ainsi trouver la simplicité. Des saints, des sages ont renoncé au monde ; mais il me semble qu'un tel renoncement, pratiqué par l'un quelconque d'entre nous, ne résoudrait pas le problème. La simplicité fondamentale, réelle, ne peut naître que de l'intérieur ; et de là se produit l'expression extérieure. Comment être simple est donc le problème ; car la simplicité nous rend de plus en plus sensibles. Un esprit sensitif (un cœur sensitif) est essentiel, car il est alors susceptible de perception rapide.

Il est évident que l'on ne peut être simple intérieurement que par la perception des innombrables fardeaux, attachements et craintes dans lesquels nous sommes empêtrés. Mais la plupart d'entre nous éprouvent de la satisfaction à être prisonniers de gens, de possessions, d'idées. Nous aimons être des prisonniers. Intérieurement, nous « sommes » des prisonniers, même si nous paraissons simples extérieurement. Nous sommes les prisonniers de nos désirs, de nos besoins, de nos idéologies, de nos innombrables mobiles. La simplicité ne peut être trouvée qu'en nous libérant intérieurement.

Il se produit une extraordinaire liberté lorsqu'on comprend tout le processus de la croyance, et pourquoi l'esprit est attaché à ses croyances. La simplicité est le fruit de notre affranchissement. Mais cette simplicité exige de l'intelligence et être intelligent c'est être conscient de ses entraves. Pour en être conscient l'on doit être constamment en état d'observation, ne pas être établi dans une façon particulière de vivre, de penser, d'agir. Ce que l'on est intérieurement affecte le monde extérieur. La société – ou toute forme d'action – est la projection de nous-mêmes ; et si nous ne nous transformons pas intérieurement, les législations ont très peu d'effet : elles peuvent amener certaines réformes, mais le monde intérieur vaincra toujours l'extérieur. Si, intérieurement, nous sommes avides, ambitieux, à la poursuite d'un idéal, cette complexité bouleversera, renversera la société la mieux ordonnée.

Donc, l'on doit commencer intérieurement mais sans exclure, sans rejeter l'extérieur ; au contraire il faut comprendre celui-ci, voir comment y existent des conflits, des luttes, des souffrances ; et, au fur et à mesure que l'on avance dans ces explorations, on en arrive naturellement à examiner les états psychologiques qui produisent ce chaos. L'expression extérieure n'est que l'indication d'un état intérieur mais celui-ci, pour être compris, doit être abordé par l'extérieur. Nous faisons presque tous cela, d'ailleurs. En comprenant le monde extérieur pour parvenir ensuite à un examen de notre monde intérieur et de ses associations avec le premier, nous découvrons les complexités de notre être et devenons ainsi de plus en plus sensitifs, libres. C'est cette simplicité intérieure qui est si essentielle, car elle développe la sensibilité. Un esprit qui n'est pas vif, lucide, sensitif, n'est pas réceptif, n'est pas capable de créer.

Nous conformer à telle ou telle façon de vivre, en vue d'atteindre la simplicité c'est, en réalité, émousser, insensibiliser nos esprits et nos cœurs. Toute forme de contrainte, qu'elle soit imposée par la société ou par nous-mêmes ou par un idéal quelconque, toute conformité adoptée, nous insensibilisent, nous empêchent d'être simples intérieurement. Vous pouvez vous conformer à certains signes extérieurs de simplicité, ainsi que le font tant de personnes dévotes. Elles se livrent à des disciplines, adhèrent à des groupements, méditent d'une façon spéciale et donnent toute l'apparence de la simplicité. Mais aucune contrainte d'aucune sorte ne nous conduit à la simplicité. Au contraire, plus vous vous dominez, plus vous provoquez de transferts et de sublimations, moins il y a de simplicité. Mais plus vous comprenez ce processus de sublimation, de refoulements et de transferts, plus vous avez de chances d'être simple.

Nos problèmes – sociaux, politiques, religieux – sont si complexes que nous ne pouvons les résoudre qu'en étant simples, non en devenant extraordinairement érudits et habiles. Une personne simple voit bien plus directement, a une expérience plus immédiate, qu'une personne complexe. Nos esprits sont si encombrés de ce que tant de personnes ont dit et de la connaissance de tant de faits que

100

nous sommes devenus incapables d'être simples et d'avoir des expériences directes. Tous nos problèmes ont besoin d'être abordés d'une façon neuve et pour cela il nous faut être vraiment simples intérieurement. Cette simplicité ne vient qu'avec la connaissance de soi qui consiste à nous comprendre tels que nous agissons avec nos façons de penser et de sentir ; avec les mouvements de notre pensée et nos réactions ; avec notre peur qui nous pousse à nous conformer à l'opinion publique, à ce que l'on dit, à ce que le Bouddha, le Christ, les Saints ont enseigné ; bref avec tout ce qui indique que notre nature est de trouver un abri, une sécurité. Et lorsqu'on est à la recherche d'une sécurité, c'est que l'on est manifestement dans un état de crainte, lequel exclut la simplicité.

Si l'on n'est pas simple on ne peut pas être sensitif, sensible aux arbres, aux oiseaux, aux montagnes, au vent, à tout ce qui se meut autour de nous dans le monde ; si l'on n'est pas simple on ne peut pas être sensible aux signes intérieurs des choses. Nous vivons si superficiellement, aux niveaux extérieurs de notre conscience ! Là, nous essayons d'être réfléchis ou intelligents, ce qui pour nous est synonyme de religieux ; nous essayons de rendre nos esprits simples par la contrainte et la discipline. Mais la simplicité n'est pas cela. Lorsque nous contraignons à la simplicité cette partie de notre esprit qui est à fleur de conscience, nous ne faisons que le durcir, nous ne le rendons pas souple, clair, vif. Être simple dans le processus total de notre conscience est extrêmement ardu ; car nous ne devons laisser subsister aucune réserve intérieure, nous devons donc être mus par une impulsion irrésistible à connaître jusqu'au tréfonds le processus de notre être, ce qui veut dire être éveillés à chaque appel intérieur, à chaque murmure, à nos craintes, à nos espoirs et y pénétrer et en être libres, de plus en plus, de plus en plus. Ce n'est qu'alors, – lorsque l'esprit et le cœur sont réellement simples, non cristallisés – que nous pouvons résoudre les nombreux problèmes qui se dressent devant nous.

Les connaissances ne résoudront pas nos problèmes. Il se peut, par exemple, que vous sachiez que la réincarnation existe, qu'il y a une continuité après la mort. Il se « pourrait » que vous le sachiez ; je ne dis pas que vous le savez ; ou peut-être en êtes-vous convaincus. Mais cela ne résout pas le problème. La mort ne peut pas être classée à la suite de vos explications, de vos informations, ou de vos convictions. Elle est bien plus mystérieuse, plus profonde, plus créatrice que cela.

L'on doit être capable de réexaminer toutes ces choses avec un esprit neuf, car ce n'est que par *expérience directe* que nos problèmes seront résolus. Et l'expérience directe ne se produit que s'il y a simplicité, donc sensibilité. Le poids des connaissances émousse l'esprit. Le passé et le futur émoussent l'esprit. Seul l'esprit capable de s'ajuster au présent continuellement, d'instant en instant, peut affronter les puissantes influences et les pressions que notre milieu exerce constamment sur nous.

Ainsi, l'homme religieux n'est pas, en vérité, celui qui se revêt d'un froc ou d'un pagne, qui ne fait qu'un repas par jour ou qui a prononcé d'innombrables vœux pour être ceci ou pour ne pas être cela, mais c'est celui qui est intérieurement simple, qui n'est pas en train de « devenir » quelque chose. Un tel esprit est extraordinairement réceptif parce qu'il n'y a plus de barrières, plus de peur en lui, il n'y a plus d'acheminement vers quelque chose ; il est par conséquent capable de recevoir la Grâce, Dieu, la Vérité, nommez cela à votre guise. Mais l'esprit qui « poursuit » le réel n'est pas un esprit simple. Celui qui cherche, qui est à la recherche, qui tâtonne, qui s'agite, n'est pas un esprit simple. Celui qui se conforme à un modèle établi par une autorité extérieure ou intérieure ne peut pas être sensitif. Et ce n'est que lorsqu'un esprit est réellement vif, conscient de tout ce qui se passe en lui, de ses réactions, de ses pensées, lorsqu'il n'est plus dans un devenir, lorsqu'il n'agit pas sur lui-même afin d' « être quelque chose », qu'il est capable de recevoir ce qui est la vérité.

102

Alors le bonheur peut exister car le bonheur n'est pas une fin : c'est le résultat de la réalité. Lorsque nos esprits et nos cœurs seront devenus simples, donc sensitifs – sans contrainte et sans aucune indication de direction – nous verrons que nos problèmes pourront être abordés très simplement, d'une façon directe et neuve, quelle que soit leur complexité. C'est ce dont le monde a besoin aujourd'hui : il a besoin d'hommes neufs capables d'aborder cette confusion, ce chaos, d'une façon directe et créatrice, non avec des théories et des formules, de gauche ou de droite. Et vous ne serez jamais ces hommes neufs si vous n'êtes pas simples.

Un problème ne peut être résolu que si nous l'abordons de cette façon-là et non selon des façons de voir, religieuses, politiques ou autres, dont nous nous libérerons au contraire, si nous voulons être simples. Voilà pourquoi il est si important d'être lucides en ce qui nous concerne, d'avoir la capacité de comprendre le processus de notre pensée et de nous percevoir tels que nous sommes, dans notre totalité. Cette perception engendre une simplicité, qui est ni une vertu ni une pratique. Une humilité obtenue cesse d'être humilité. L'esprit qui se rend humble, n'est plus un esprit humble. Ce n'est que lorsqu'on a une humilité non cultivée que l'on est capable d'aborder les choses si pressantes de la vie ; parce qu'alors, n'étant pas une personne importante, on ne regarde pas les choses à travers le poids et le sentiment d'importance qu'autrement on s'attribuerait ; on regarde le problème lui-même, donc on est capable de le résoudre.

## 12
### L'état de perception

Nous connaître veut dire connaître nos rapports avec le monde ; non seulement avec le monde des idées et des hommes mais aussi avec la nature et avec les objets que nous possédons. Car c'est cela notre vie : la vie est un état de relation avec le tout. Et pour comprendre ces relations, est-il nécessaire d'être un spécialiste ? Évidemment pas. Il suffit d'être assez lucide pour aborder la vie en tant que totalité. Comment être lucide ? C'est cela notre problème : comment être en état de perception aiguë ? Comment aborder la vie intégralement, non seulement dans nos relations avec le monde extérieur, mais aussi dans nos rapports avec ce que l'esprit fabrique sous formes d'idées, d'illusions, de désirs, etc. ? Comment être conscient de tout ce processus des relations. Car c'est de cela qu'est faite notre vie ; il n'y a pas de vie sans relations. Baser la connaissance de soi sur la perception claire et totale du processus des relations est le contraire de l'isolement.

Comment être lucide ? Comment sommes-nous conscients de quoi que ce soit ? Des relations que nous avons avec les hommes, avec les arbres, avec les chants des oiseaux ? De celles que suscite en nous la lecture d'un journal ? Sommes-nous conscients de nos réactions profondes aussi bien que des réponses superficielles de l'esprit ? Nous sommes d'abord conscients d'une réaction à un stimulus, ce qui est évident : je vois un arbre et il y a réaction, puis sensation, contact, identification, désir. C'est le processus habituel et nous pouvons l'observer tel qu'il se produit sans avoir besoin de l'étudier dans des livres.

Par l'identification nous éprouvons du plaisir ou de la souffrance. Notre « capacité » consiste alors à adhérer au plaisir et à éviter la souffrance. Si une chose nous intéresse, si elle nous donne du plaisir, il y a immédiatement une « capacité », il y a une prise de conscience et si cette chose nous fait souffrir, la « capacité » se développe de l'éviter. Or, tant que pour nous connaître, nous développons notre « capacité » de le faire, je pense que nous devons échouer, car il ne peut être question de « capacité » dans la connaissance de soi. Il ne s'agit pas d'une technique à mettre au point, à perfectionner, à aiguiser en y mettant le temps. Cette perception de soi peut être constamment mise à l'épreuve au cours de nos relations avec les choses les plus simples, dans la façon dont nous parlons, dont nous nous comportons. Examinez-vous sans identification, sans comparaisons, sans condamnation ; observez simplement et vous verrez une chose extraordinaire avoir lieu : non seulement vous mettez fin à une activité qui est inconsciente (et la plupart de nos activités le sont) mais vous devenez conscient des mobiles de cette action, sans enquête, sans analyse.

La personne lucide est celle qui voit le processus total de sa pensée et de son action ; mais cette vision ne peut se produire que lorsqu'il n'y a aucune condamnation. En effet, condamner c'est ne pas comprendre ; c'est une façon d'éviter de comprendre. Je crois qu'en général nous le faisons exprès : nous condamnons immédiatement et croyons avoir compris. Si nous ne condamnons pas nos actes mais les regardons, leur contenu, leur vraie signification s'ouvrira, au contraire, à nous. Faites-en l'expérience et vous verrez qu'il en est ainsi. Soyez simplement en état de perception, sans aucun sens de justification. Cela peut vous paraître négatif, mais cela ne l'est pas. Au contraire, cette approche a un caractère de passivité qui est action directe ; vous vous en rendrez compte en l'essayant.

Après tout, si vous voulez comprendre quelque chose, vous devez vous mettre dans un état d'esprit passif ; vous ne spéculez pas indéfiniment dessus, émettant mille idées et mille questions ; car pour recevoir le contenu de la chose vous devez être sensitif ; vous devez l'être à la façon d'une plaque photographique. Si je veux vous comprendre, je dois être dans un état passif de perception, et alors vous commencez à me raconter toute votre histoire. Il ne s'agit évidemment pas là de capacité ou de spécialisation. Au cours de ce processus, nous commençons à nous comprendre nous-mêmes, non seulement dans les couches les plus en surface de notre conscience, mais dans les couches profondes, ce qui est bien plus important, car c'est là que sont nos mobiles, nos intentions, nos désirs confus et secrets, nos angoisses, nos craintes, nos appétits. Peut-être les dominons-nous extérieurement, mais intérieurement ils sont en ébullition. Tant que nous ne les comprenons pas par la conscience que nous en avons, il n'y a évidemment pas de liberté, pas de bonheur, pas d'intelligence.

L'intelligence n'est pas une affaire de spécialisation, mais est, au contraire, la perception du processus total de notre être. Faut-il se spécialiser pour se voir ? C'est ce que vous faites constamment, pourtant. Il y a le prêtre, le docteur, l'ingénieur, l'industriel, l'homme d'affaires, le professeur ; nous avons la mentalité inhérente à toute cette spécialisation. Pour réaliser la plus haute forme d'intelligence – qui est la vérité, qui est Dieu, qui ne peut pas être décrite – nous croyons qu'il nous faut devenir des spécialistes. Nous étudions, nous tâtonnons, nous explorons ; et, avec la mentalité de spécialistes, ou le concours de spécialistes, nous nous étudions afin de développer en nous une capacité, laquelle nous permettrait de mettre à nu nos conflits et nos misères.

Notre problème est – dès que nous sommes tant soit peu conscients – le suivant : les conflits, les misères et les chagrins de notre vie quotidienne peuvent-ils être résolus par d'autres que nous-mêmes ? Et s'ils ne le peuvent pas, comment devons-nous les aborder ? Tout problème, pour être bien compris, exige évidemment une certaine intelligence ; et cette intelligence ne peut pas être celle d'un esprit spécialisé ; elle ne naît que lorsqu'on perçoit passivement tout le processus de la conscience, c'est-à-dire lorsqu'on est conscient de soi-même, sans choisir entre ce qui est bien et ce qui est mal. Lorsque vous êtes passivement en état de perception, vous voyez qu'à travers cette passivité – laquelle, loin d'être paresse ou sommeil, est extrême vivacité – le problème a un tout autre sens ; en effet, il n'y a plus d'identification avec lui, donc pas de jugement et par conséquent il commence à révéler son contenu. Si vous êtes capable de faire cela constamment, continuellement, chaque problème peut être résolu en profondeur et non plus en surface. Là est la difficulté, car la plupart d'entre nous sont incapables d'être passivement lucides, de laisser le problème raconter son histoire sans que nous l'interprétions. Nous ne savons pas nous examiner sans passion. Nous en sommes incapables parce que nous voulons que notre conflit, en sa résolution, produise un résultat ; nous voulons une réponse, nous poursuivons une fin ; ou bien nous essayons de traduire le problème selon notre désir ou notre souffrance ; ou encore nous avons déjà une réponse sur la façon dont il faut le traiter. Ainsi nous abordons un problème qui est toujours neuf d'un point de vue qui est toujours vieux. La provocation est neuve, mais notre réponse est vieille, et notre difficulté est d'aborder la provocation d'une façon adéquate, c'est-à-dire pleinement. Le problème est toujours une question de relations – avec des choses, des personnes, des idées – : il n'y en a pas d'autres ; et pour correspondre exactement aux exigences perpétuellement changeantes de ces rapports, il faut voir ceux-ci à la fois clairement et passivement. Cette passivité n'est pas une question de détermination, de volonté, de discipline ; être conscients du fait que nous ne sommes pas passifs : voilà le début. Comprendre que c'est telle réponse particulière que nous voulons à tel problème, c'est déjà nous comprendre en relation avec ce problème ; et au fur et à mesure que nous nous connaissons dans nos rapports avec lui, voyant quelles réactions il éveille en nous, quels préjugés, quels désirs, quelles ambitions, cette prise de conscience nous révèle le processus même de notre pensée, de notre nature intérieure ; et en cela est une libération.

L'important est évidemment de ne pas choisir, car tout choix engendre des conflits. C'est lorsque mon esprit est confus que je choisis ; s'il n'y a pas de confusion, il n'y a pas de choix. Une personne simple et claire ne choisit pas entre faire ceci ou cela : ce qui est, est. Une action basée sur une idée est évidemment issue d'un choix ; une telle action n'est pas libératrice ; au contraire, elle n'engendre que de nouvelles résistances, de nouveaux conflits, conditionnés par l'idée.

L'important est d'être conscient d'instant en instant, sans accumuler les expériences qui en résultent ; car aussitôt que l'on accumule, on n'est plus conscient qu'en fonction de cette accumulation, de cette image, de cette expérience. Autrement dit, la perception étant conditionnée par l'accumulation, on cesse d'observer, on traduit. Traduction veut dire choix ; le choix engendre un conflit ; et dans l'état de conflit il n'y a pas de compréhension.

La vie étant relations et celles-ci n'étant pas statiques, notre perception doit être souple, agilement passive et non agressivement active. Ainsi que je l'ai dit, cette lucidité passive n'est le fruit d'aucune forme de discipline ; elle consiste à être conscient, d'instant en instant, de nos pensées et de nos sentiments, et non seulement à l'état de veille, car nous verrons, au fur et à mesure que nous nous approfondirons en nous-mêmes, que nous commencerons à rêver, à rejeter à la surface toutes sortes de symboles que nous traduirons sous formes de rêves. Ainsi nous ouvrons la porte à ce qui est caché en nous, qui devient le connu ; mais pour trouver l'inconnu il nous faut aller au-delà de la porte et c'est là notre difficulté. La réalité n'est pas une chose que l'esprit puisse connaître, car l'esprit est le résultat du connu, du passé ; donc l'esprit doit se comprendre et comprendre son fonctionnement, sa vérité, et alors seulement est-il possible à l'inconnu d' « être ».

# 13
## Le désir
## est-il un problème ?

Pour la plupart d'entre nous, le désir est un véritable problème : nous désirons des biens, une situation, le confort, l'immortalité ; nous désirons exercer notre pouvoir, être aimés, nous prolonger indéfiniment dans la durée, découvrir quelque chose de permanent qui nous procure une satisfaction indéfinie. Or, qu'est-ce que le désir ? Quelle est en nous cette impulsion, cette force qui nous pousse ? Je ne suggère pas ici qu'il serait bon que nous soyons satisfaits de ce que nous avons ou de ce que nous n'avons pas ; ce ne serait que l'opposé du désir. Nous allons essayer de voir ce qu'est le désir, et si nous pouvons pénétrer dans cette question avec précaution, sans nous fixer une ligne à suivre, je crois que nous provoquerons en nous une transformation qui ne sera pas la simple substitution d'un objet à un autre objet de désir. Car c'est cela que nous appelons « changer » n'est-ce pas ? Étant mécontents de l'objet de notre désir, nous en mettons un autre à sa place. Nous passons perpétuellement d'un objet que nous désirons, à un autre que nous considérons plus élevé, plus noble, plus délicat ; mais quelque raffiné que soit le désir, il demeure désir, et ce mouvement perpétuel comporte une lutte sans fin, un conflit d'éléments opposés.

N'est-il donc pas important de découvrir ce qu'est le désir et si l'on peut le transformer ? Le désir est à la fois symbole et sensation. Le symbole est un objet, une personne, un mot, un nom, une image, une idée qui me donne une sensation, laquelle est agréable ou désagréable. Si elle est agréable elle me pousse à atteindre l'objet, à le posséder, à m'accrocher à son symbole, afin de faire durer le plaisir. De temps en temps, selon mon inclination ou mon intensité, je change d'image, d'objet, de symbole. Si une certaine forme de plaisir me lasse et m'ennuie je cherche une nouvelle sensation au moyen d'un nouvel objet ; je rejette l'ancienne sensation et j'accompagne la nouvelle de nouveaux mots, de nouveaux points de vue, de nouvelles expériences. Je résiste à l'ancienne et me laisse entraîner par la nouvelle, que je considère plus élevée, plus noble, plus satisfaisante. Ainsi, dans le désir il y a résistance et relâchement, ce qui entraîne l'idée de tentation ; et lorsque nous cédons à un symbole particulier du désir, il y a toujours, naturellement, la crainte d'une frustration.

Si j'observe en moi-même tout le processus du désir, je vois qu'il comporte toujours un objet vers lequel se tend mon esprit afin de me procurer une sensation et je vois qu'en ce processus il y a résistance, tentation et discipline. Il y a perception, sensation, contact et désir, et l'esprit devient l'instrument mécanique de ce processus en lequel les symboles, les mots, les objets, sont le centre sur lequel se bâtissent tous les désirs, toutes les poursuites, toutes les ambitions. Et ce centre est le moi. Puis-je dissoudre ce centre de désir, dissoudre non pas un désir particulier, un certain appétit, mais la structure entière du désir, de l'aspiration, de l'espoir, en laquelle existe toujours la crainte de la frustration ? Plus je suis frustré, plus je renforce le moi. Sous-jacente à l'aspiration, à l'espérance, il y a toujours la peur, laquelle aussi renforce ce centre. Et il n'y a de révolution possible qu'en ce centre : un changement de surface ne serait qu'une distraction superficielle aboutissant à un désordre.

Lorsque je suis conscient de toute cette structure du désir, je vois que mon esprit est devenu un centre mort, un processus mécanique de mémoire. Étant fatigué d'un désir, je veux automatiquement me réaliser dans un autre. Les expériences de mon esprit sont toujours en termes de sensations ; mon esprit est l'instrument de sensations. Ayant épuisé les anciennes, je puis appeler la nouvelle « réalisation de Dieu » mais ce n'est jamais qu'une sensation. Ou encore, je puis être las de ce monde et de ses peines et vouloir la paix, une paix durable ; à cet effet, je médite, je me discipline, je façonne mon esprit en vue de goûter à cette paix. Mais l'expérience de cette paix est toujours sensation. Ainsi je vois que cet instrument mécanique de la sensation et de la mémoire est le centre mort d'où dérivent mes actes et mes pensées. Les objets que je poursuis sont des projections de l'esprit sous l'aspect de symboles dont il obtient des sensations. Les mots « Dieu », « amour », « communisme », « démocratie », « nationalisme », sont des symboles qui provoquent des sensations et c'est pour cela que l'esprit s'y accroche. Mais, ainsi que nous le savons tous, chaque sensation arrive à une fin ; alors nous passons de l'une à l'autre et chacune d'elles renforce notre habitude de rechercher des sensations ; c'est ainsi que l'esprit devient l'instrument mécanique de la sensation et de la mémoire et que nous tombons sous l'emprise de ce processus. Tant que l'esprit recherche de nouvelles expériences, il ne peut penser qu'en termes de sensations, et alors toute expérience qui pourrait être spontanée, créatrice, vitale, inattendue par sa nouveauté, il la réduit à une sensation et part à la poursuite de cette impression qui n'est déjà plus qu'un souvenir. L'expérience, par conséquent, est morte et l'esprit n'est plus que l'eau stagnante du passé.

Ce processus nous est familier, pour peu que nous l'ayons observé avec assez d'attention. Mais il semble que nous soyons incapables d'aller plus loin. Nous « voudrions » aller au-delà, parce que nous sommes las de cette perpétuelle routine, de cette poursuite mécanique de la sensation. Notre esprit projette alors l'idée de vérité, de Dieu, il rêve d'un changement vital, de jouer un rôle principal dans cette métamorphose, et ainsi de suite, et ainsi de suite.

En moi, je vois ce processus du désir se dérouler, se répéter d'une façon mécanique, emprisonner l'esprit dans une routine et en faire le centre mort du passé, incapable de spontanéité créatrice. Et, parfois, se produisent aussi de soudains moments de création, de « cela » qui n'est pas du monde de la pensée, de la mémoire, de la sensation, du désir.

Notre problème est donc de comprendre le désir : non pas de savoir jusqu'où il devrait aller ni où il devrait cesser, mais de comprendre le processus total du désir, des aspirations, des appétits brûlants. La plupart d'entre nous s'imaginent que posséder très peu indique que l'on est affranchi du désir ; et combien nous vénérons ceux qui ont peu de possessions ! Un pagne, une robe spéciale, symbolisent notre désir de nous libérer du désir, et cette réaction est bien frivole. Pourquoi commencer par ce côté superficiel qu'est le renoncement aux possessions extérieures lorsqu'on a l'esprit mutilé par des désirs, des exigences, des croyances innombrables, par d'innombrables conflits ? C'est là, en vérité, que la révolution doit se faire, et non dans la liste de nos possessions, la qualité de nos vêtements ou le nombre de repas que nous faisons dans la journée. Mais ces choses nous impressionnent parce que nos esprits sont superficiels.

Votre problème et le mien consistent à voir si l'esprit peut jamais se libérer du désir, de la sensation. La création n'a rien à faire avec la sensation. La réalité, Dieu, quelque nom que vous lui mettiez, n'est pas un état qui puisse être perçu en tant que sensation. Qu'arrive-t-il au cours d'une expérience ? Elle vous a donné une certaine sensation, un sentiment d'exaltation ou de dépression. Naturellement, vous essayez d'éviter l'état dépressif, mais si c'est un état joyeux, un sentiment de félicité, vous le poursuivez. Votre expérience vous a procuré une sensation agréable et vous en voulez encore, et le « encore » renforce le centre mort de l'esprit, toujours avide de prolonger l'expérience. Il en résulte que l'esprit ne peut pas faire l'expérience de ce qui est neuf ; il en est incapable parce qu'il aborde toujours l'expérience par la mémoire, par la récognition ; et ce qui est reconnu par la mémoire n'est pas la vérité, la création, la réalité. Un tel esprit ne peut pas connaître le réel, il ne connaît que la sensation. La création n'est pas sensation, mais quelque chose d'éternellement neuf, d'instant en instant.

Je reconnais donc maintenant l'état de mon esprit ; je vois que la pensée est l'instrument de la sensation et des désirs, ou, plutôt, qu'elle « est » sensation et désir et qu'elle est mécaniquement tombée dans une routine. Un tel esprit est incapable de recevoir le neuf parce que le neuf est évidemment au-delà de la sensation, laquelle est toujours du passé. Donc je me dis que ce processus mécanique avec ses sensations doit cesser. Cette poursuite de symboles, de mots, d'images et encore d'images ; tout cela doit cesser. Alors seulement l'esprit pourra-t-il être dans cet état de création où il est toujours possible au neuf d'entrer en existence. Si, sans vous laisser hypnotiser par des mots, des habitudes, des idées, vous voulez bien comprendre combien il est important de permettre au neuf de frapper constamment à notre porte, peut-être comprendrez-vous le processus du désir, de l'ennuyeuse routine qui est cette perpétuelle soif d'expériences. Je pense que vous pourrez voir alors que le désir a très peu d'importance dans la vie de l'homme qui cherche réellement. Il y a, évidemment, certains besoins physiques de nourriture, de vêtements, de logement, et tout le reste. Mais ils se transforment en appétits psychologiques, en symboles sur lesquels l'esprit se construit en tant que centre du désir. Mis à part les besoins physiques, toutes les formes du désir, jusqu'au noble désir de vérité et de vertu, deviennent un processus psychologique au moyen duquel l'esprit construit l'idée du moi et se consolide en tant que centre.

Lorsqu'on voit ce processus, lorsqu'on en est réellement conscient sans opposition, sans la notion de tentation, sans résistance, sans justifier ou juger, on découvre que l'esprit

114

est devenu capable de recevoir le neuf et que le neuf n'est jamais une sensation, qu'il ne peut, par conséquent, jamais être reconnu, jamais être revécu. C'est un état d'être dans lequel la création en puissance survient sans invitation, sans mémoire ; et c'est cela le réel.

# 14

## L'état de relation
## et l'isolement

La vie est une expérience, l'expérience est relation. Il est impossible de vivre isolé ; ainsi la vie est relation, et les contacts sont action. Et comment pouvons-nous acquérir la capacité de comprendre notre état de relation, qui est la vie ? Être réellement en état de relation c'est communier avec les hommes et être en intimité avec le monde des objets et des idées. Nos relations expriment la vie dans nos contacts avec les choses, les personnes, les idées. Les comprendre c'est être à même d'aborder la vie d'une façon adéquate, avec plénitude. Notre problème n'est donc pas l'acquisition de capacités – puisque celles-ci ne sont pas indépendantes des relations – mais plutôt la compréhension de l'ensemble de nos relations, car cette perception produira d'une façon naturelle en nous la souplesse et la vivacité qui nous permettront d'adhérer et de répondre au mouvement rapide de la vie.

Le monde de nos relations est le miroir dans lequel nous pouvons nous découvrir. Sans contacts nous ne sommes pas ; être c'est être en état de relation ; l'état de relation est l'existence même ; nous n'existons que dans nos relations ; autrement nous n'existons pas, le mot existence n'a pas de sens. Ce n'est pas parce que je pense que je suis, que j'entre en existence ; j'existe parce que je suis en état de relation ; et c'est le manque de compréhension de cet état qui engendre les conflits.

Or ce manque de compréhension est dû au fait que nous n'utilisons nos rapports que comme moyen pour nous réaliser, pour nous transformer, pour devenir, tandis qu'ils sont le seul moyen de nous connaître, car les relations ne peuvent qu' « être » : elles « sont » existence, sans elles je ne « suis » pas ; pour me comprendre je dois les comprendre, c'est le seul miroir où je puisse me découvrir. Ce miroir, je peux le déformer ou l'admettre tel qu'il « est », reflétant ce qui « est ». Et la plupart d'entre nous n'y voient que ce qu'ils veulent y voir, non ce qui « est ». Nous préférons idéaliser, fuir, vivre dans le futur, plutôt que comprendre l'état de nos relations dans le présent immédiat.

Or, si nous examinons notre existence, nous voyons que nos rapports avec autrui sont un processus d'isolement. L'« autre » ne nous intéresse pas. Bien que nous en parlions beaucoup, en fait nous n'avons de rapports avec lui que dans la mesure où ils nous procurent du plaisir, un refuge, une satisfaction. Mais dès qu'un trouble dans ces relations nous dérange, nous les écartons. En d'autres termes, il n'y a relation que tant qu'il y a plaisir. Cette assertion peut sembler un peu brutale, mais si vous examinez votre vie de près, vous verrez que c'est un fait, et éviter un fait c'est vivre dans l'ignorance, ce qui ne peut produire que des relations fausses. En examinant l'état des relations humaines, nous voyons que ce processus consiste à construire une résistance contre les autres, un mur par-dessus lequel nous regardons et observons les autres ; mais nous conservons toujours le mur et demeurons derrière lui, ce mur étant psychologique, matériel, social ou national. Tant que nous vivons isolés derrière un mur, il n'y a pas de relation proprement dite avec autrui ; mais nous vivons enfermés parce que nous pensons que c'est bien plus agréable, que cela offre bien plus de sécurité qu'autrement. Le monde est si explosif, il comporte tant de souffrances, d'afflictions, de guerres, de destructions, de misères, que nous voulons nous en évader et vivre derrière les murs de sécurité de notre propre être psychologique. Ayant transformé nos relations en un processus d'isolement, il est évident que de telles relations construisent une société qui, elle aussi, s'isole. C'est exactement ce qui se produit partout dans le monde : vous demeurez dans votre isolement et tendez la main par-dessus le mur en proclamant l'unité nationale, la fraternité ou autre chose ; et, en réalité, les États souverains, les armées continuent leur œuvre de division. Vous accrochant à vos limitations, vous pensez pouvoir créer une unité humaine, une paix mondiale, ce qui est impossible. Tant que vous avez une frontière, qu'elle soit nationale, économique, religieuse ou sociale, le fait évident est qu'il ne peut pas y avoir de paix dans le monde.

Le processus d'isolement est celui de la volonté de puissance. Soit que vous recherchiez le pouvoir personnel ou que vous souhaitiez le triomphe de tel groupe racial ou national, il y a forcément isolement. Le simple désir d'occuper une situation est un élément de division. Et, en somme, c'est ce que veut chacun de nous, n'est-ce pas ? Nous voulons une situation importante qui nous permette de dominer, soit dans notre foyer, soit en affaires, soit dans un régime bureaucratique. Chacun cherche à exercer son pouvoir là où il le peut ; et c'est ainsi que nous engendrons une société basée sur la puissance, militaire, économique, industrielle, etc., ce qui, encore, est évident. La volonté de puissance n'est-elle pas, de par sa nature même, un élément de division ? Je pense qu'il est très important de le comprendre, pour l'homme qui veut un monde paisible, un monde sans guerres, sans ces effrayantes destructions, sans ces malheurs catastrophiques à une échelle incommensurable. L'homme bienveillant, l'homme qui a de l'amour en son cœur, n'a pas le sens du pouvoir, et par conséquent n'est attaché à aucune nationalité, à aucun drapeau. Il n'a pas de drapeau.

Une vie isolée est une chose qui n'existe pas. Aucun pays, aucun peuple, aucun individu ne vit isolé ; et pourtant, parce que vous exercez votre volonté de puissance de tant de façons différentes, vous engendrez l'isolement. Le nationalisme est une malédiction, parce que, par son esprit patriotique, il crée un mur d'isolement. Il est si identifié à son pays qu'il construit un mur autour de lui, contre « les autres ». Et qu'arrive-t-il alors ? C'est que « les autres » ne cessent de cogner contre ce mur. Lorsque vous résistez à quelque chose, cette seule résistance indique que vous êtes en conflit avec « les autres ». Le nationalisme, qui est un processus d'isolement, qui est le résultat de la volonté de puissance, ne peut pas donner la paix au monde. Le nationalisme qui parle de fraternité ment ; il vit dans un état de contradiction.

Peut-on vivre dans le monde sans volonté de puissance, sans le désir d'occuper une situation, d'avoir une certaine autorité ? On le peut certainement. On le fait lorsqu'on ne s'identifie pas à quelque chose de plus grand que soi. Cette identification avec un parti, ou un pays, ou une race, ou une religion, ou Dieu, est une volonté de puissance. Parce que vous, en vous-même, êtes vide, atone, faible, vous aimez vous identifier avec quelque chose de grand. Ce désir est le désir de vous sentir puissant.

Lorsque mes relations avec le monde me révèlent tout ce processus de mes désirs et de mes pensées, elles deviennent une source perpétuelle de connaissance de moi-même ; et sans cette connaissance il est bien inutile d'essayer d'établir un ordre extérieur sur un système, sur une formule. L'important est de nous comprendre nous-mêmes dans nos rapports avec les autres. Alors les relations ne sont plus un processus d'isolement mais un mouvement par lequel nous découvrons nos mobiles, nos aspirations ; et cette découverte même est le début d'une libération, d'une transformation.

## 15
## *Le penseur*
## *et la pensée*

Au cours de toutes nos expériences, il y a toujours en nous la notion d'une entité qui passe par l'expérience, qui l'observe, qui s'y prête en s'enrichissant, ou qui s'y refuse. Ce processus n'est-il pas erroné du fait que ces successions d'expériences n'engendrent pas un état créateur ? Et s'il est erroné, pouvons-nous l'écarter complètement ? Nous pouvons l'écarter si nous cessons d'être un « penseur » qui passe par une expérience, si nous nous rendons compte que cette idée est fausse, et qu'il n'y a, au cours de l'expérience, qu'un état où le penseur « est » la pensée.

Tant que « je » passe par des expériences, tant que « je » suis en devenir, il y a nécessairement dualité entre le penseur et la pensée, c'est-à-dire deux processus se déroulant à la fois ; il n'y a pas d'intégration mais toujours un centre qui agit par la volonté d'être ou de ne pas être, individuellement ou collectivement (volonté nationale, etc.). Tel est le processus universel. Et tant que l'effort est ainsi divisé dans une dualité, il y a détérioration. L'intégration n'est possible que si le penseur n'est plus l'observateur. L'idée que nous nous faisons du penseur et de la pensée, de l'observateur et de l'objet, du sujet et de l'expérience, comporte deux états différents, et notre effort consiste à les unifier.

La volonté d'action est toujours un état de dualité. Est-il possible d'aller au-delà de cette volonté qui divise et de découvrir un état en lequel la dualité n'est pas ? Cet état ne peut être trouvé que par l'expérience directe du fait que le penseur « est » la pensée. Nous pensons que la pensée est différente du penseur, mais est-ce exact ? Nous voudrions que cela soit ainsi afin que le penseur puisse « s'expliquer » les choses au moyen de la pensée. L'effort du penseur est de devenir plus qu'il n'est ou moins qu'il n'est ; et dans cette lutte, dans cette action de la volonté, dans ce devenir, il y a toujours un facteur de détérioration ; ce n'est pas un processus de vérité mais d'erreur.

Y a-t-il une séparation entre le penseur et la pensée ? Tant qu'ils sont divisés, notre effort est vain, car nous sommes pris dans un processus destructeur. Supposons que le penseur constate qu'il est avide, possessif, brutal ; pensant qu'il devrait être différent, il essaye de modifier ses pensées et fait un effort pour « devenir ». Dans le processus de cet effort, il poursuit l'illusion qu'il s'agit de deux processus, tandis qu'il n'y en a qu'un. Je pense que c'est là que réside le facteur fondamental de la détérioration.

Est-il possible de vivre un état où il n'y aurait qu'une entité et non deux processus distincts ? Peut-être pourrions-nous savoir alors ce qu'est l'état créatif, en lequel il n'y a de détérioration à aucun moment, quelle que soit la situation dans laquelle nous nous trouvons.

Je suis avide ; moi et l'avidité, nous ne constituons pas deux états différents ; il n'y a qu'une seule chose : l'avidité. Et si je me rends compte que je suis avide, qu'arrive-t-il ? Je fais un effort pour ne pas l'être, soit pour des raisons sociales soit pour des raisons religieuses. Cet effort ne s'exercera jamais que dans un petit cercle limité ; je pourrai élargir le cercle, mais il sera toujours limité. Donc le facteur de détérioration est là. Mais si je m'examine d'un peu plus près, je vois que le faiseur d'efforts est la cause même de l'avidité, qu'il est l'avidité elle-même ; et je vois aussi qu'il n'existe pas un « moi » et de l'avidité existant séparément, mais rien que de l'avidité. Si je me rends compte que je suis avide, il n'existe pas un observateur avide, mais je suis moi-même avidité, et alors toute notre

121

question est entièrement différente, notre réponse est différente et notre effort n'est pas destructeur.

Que faites-vous, lorsque tout votre être est avidité, lorsque chacun de vos actes est avidité ? Malheureusement cette question n'est pas dans notre ligne de pensée : nous avons le « soi », l'entité supérieure, le soldat qui contrôle et domine. Ce processus destructeur et illusoire, nous savons bien en vérité pourquoi nous le poursuivons : je me divise en deux afin de durer. Mais s'il n'y a que de l'avidité, complètement, au lieu de « moi » qui en suis affecté et agis sur elle, qu'arrive-t-il ? Il se produit évidemment un nouveau processus, un problème différent a lieu. Et c'est ce problème qui est créatif, dans lequel n'existe pas le sentiment d'un « soi » qui domine, d'un « moi » en devenir, positivement ou négativement. Il nous faut parvenir à cet état, si nous voulons être créatifs. Là, le « faiseur d'efforts » n'existe pas ; mais il est inutile de commenter cet état ou d'essayer même de le découvrir : procéder ainsi c'est le perdre et ne jamais plus le retrouver. Ce qu'il est important de voir c'est que le « faiseur d'efforts » et l'objet vers lequel il tend sont une seule et même chose. Et ceci exige une immense compréhension et une observation aiguë ; car il est très difficile de voir comment l'esprit se divise en deux parties, l'inférieure et la supérieure. Cette dernière est la sécurité, l'entité permanente, mais qui demeure pourtant à l'intérieur du processus de la pensée, donc du temps. Si nous pouvons comprendre cela par expérience directe, nous voyons naître un facteur entièrement nouveau.

## 16
### *Penser,*
### *cela peut-il résoudre*
### *nos problèmes ?*

La pensée n'a pas résolu nos problèmes et je ne crois pas qu'elle puisse jamais les résoudre. Nous avons compté sur l'intellect pour sortir de nos complexités et plus l'intellect est subtil, rusé, hideux, plus les systèmes, les théories, les idées augmentent en nombre et en variétés. Les idées n'ont jamais résolu nos problèmes humains et ne les résoudront jamais. La pensée n'étant pas une solution, il me semble que nous devrions commencer par comprendre son processus afin de, peut-être, aller au-delà. Ayant fait taire la pensée, peut-être pourrons-nous trouver le moyen de résoudre nos problèmes, à la fois individuels et collectifs.

Penser ne résout pas nos problèmes. Les philosophes, les érudits, les hommes politiques les plus intelligents n'ont réellement résolu aucun de nos problèmes humains, lesquels sont la relation entre vous et l' « autre », entre vous et moi. Jusqu'ici, nous nous sommes servis de l'esprit, de l'intellect, pour trouver cette solution. Mais peut-on jamais, cérébralement, dissoudre le problème ? La pensée – sauf dans ses applications pratiques – ne tend-elle pas toujours à se protéger elle-même, à se perpétuer ? N'est-elle pas toujours conditionnée et son activité toujours égocentrique ? Et une telle pensée peut-elle jamais résoudre aucun des problèmes que la pensée elle-même a créés ?

Penser est évidemment une réaction. Si je vous pose une question vous y répondez selon votre mémoire, vos préjugés, votre éducation, les influences géographiques et toutes celles qui constituent votre conditionnement. Vous répondez et vous pensez selon tout cet arrière-plan, dont le centre est le moi en action. Tant que l'arrière-plan n'est pas compris, tant que ce processus de pensée, ce moi qui crée le problème, n'est pas compris et porté à sa fin, nous ne pouvons pas éviter d'être en état de conflit, intérieurement et extérieurement, en pensée, en émotions, en action. Aucune solution d'aucune sorte, quelque savante qu'elle soit, ne mettra fin aux conflits entre l'homme et l'homme, entre vous et moi. Comprenant cela et voyant comment la pensée surgit de cette source, nous en venons à nous demander : « la pensée peut-elle jamais parvenir à une fin ? »

Voilà un de nos problèmes, n'est-ce pas ? Et la pensée peut-elle le résoudre ? En y pensant, pouvons-nous trouver sa solution ? D'ailleurs tout problème quel qu'il soit, – économique, social, religieux – a-t-il jamais été résolu du fait qu'on y a pensé ? Dans votre vie quotidienne, plus vous pensez à un problème, plus il devient complexe, confus, incertain. N'en est-il pas ainsi ? En pensant à différents aspects du problème, vous pouvez, certes, voir plus clairement le point de vue d'une autre personne, mais la pensée ne peut pas voir l'ensemble intégral du problème, elle ne peut en voir que des parties, or des réponses partielles ne sont évidemment pas une solution.

Puisqu'un problème devient de plus en plus complexe au fur et à mesure que nous l'examinons, l'analysons, le discutons, nous est-il possible de le voir d'un seul coup, dans son ensemble ? Comment cela serait-il possible ? Car il me semble que c'est là qu'est notre difficulté majeure. Nos problèmes ne cessent de se multiplier, nous sommes sous la menace d'une guerre imminente, les relations humaines sont troublées de mille façons, et comment pouvons-nous comprendre tout cela dans sa totalité ? Il est

124

évident que nous ne pouvons trouver de solution qu'en considérant l'ensemble dans son unité et non en le divisant en compartiments. Mais est-ce possible ? Cela n'est possible que lorsque le processus de la pensée – lequel a sa source dans le moi, dans le conditionnement de la tradition, des préjugés, de l'espoir, du désespoir – a pris fin. Et pouvons-nous comprendre ce moi, non pas en l'analysant mais en le voyant tel qu'il est en réalité ? Non pas en théorie, ni en cherchant à dissoudre le moi en vue d'un résultat, mais en voyant son activité constamment à l'œuvre ? Pouvons-nous le « regarder » sans faire aucun mouvement pour le détruire ou l'encourager ? C'est cela le problème, n'est-ce pas ? Si en chacun de nous le centre du moi était non-existant, avec sa volonté de puissance, son désir d'autorité, de continuité, de préservation personnelle, il est certain que nos problèmes prendraient fin !

Le moi est un problème que la pensée ne peut pas résoudre. Il faut pour cela une lucidité qui n'est pas du monde de la pensée. Percevoir les activités du moi sans condamner ni justifier, les percevoir suffit. Si vous percevez dans le but de trouver « comment » résoudre le problème, « comment » le transformer, vous êtes encore dans le champ du moi. Tant que nous voulons un résultat, que ce soit par analyse ou par perception directe ou par l'examen de chaque pensée, nous sommes toujours dans le champ de la pensée, qui est celui du « moi », du « soi », de l'« ego », appelez-le comme vous voudrez.

Tant que l'activité de l'esprit existe, il n'y a pas d'amour. Si l'amour existait, nous n'aurions pas de problèmes sociaux, mais l'amour n'est pas une chose qui se puisse acquérir. L'esprit peut chercher à l'acquérir, à la façon d'une nouvelle idée, d'un nouvel objet, d'une nouvelle façon de penser, mais il ne peut pas être en état d'amour tant qu'il cherche à l'être. Tant qu'il cherche à être dans un état de non-avidité il est avide, n'est-ce pas ? De même, tant qu'il se discipline parce qu'il désire se trouver dans un état d'amour, il nie cet état.

125

Lorsqu'on voit la complexité du problème de notre existence, lorsqu'on est conscient du processus de la pensée et du fait qu'il ne mène nulle part, il se produit un état d'intelligence qui n'est ni individuel ni collectif. Alors le problème des relations de l'individu et la société, de l'individu et la communauté, de l'individu et la réalité, disparaît. Seule cette intelligence, qui n'est ni personnelle ni impersonnelle, peut résoudre nos immenses problèmes. Cette compréhension ne s'acquiert pas ; elle ne naît que lorsqu'on voit le processus total de la pensée, non seulement au niveau conscient, mais aussi dans les couches les plus profondes et les plus secrètes de la conscience.

Pour comprendre n'importe quel problème, il nous faut avoir l'esprit très tranquille, très immobile, afin qu'il puisse examiner la question sans y interposer des idées ou des théories, sans s'en distraire. Et là encore est une de nos difficultés, car la pensée est devenue une distraction. Lorsque je veux comprendre, examiner une question, je n'ai guère besoin d'y penser : je la « regarde ». Dès l'instant que je commence à y penser, à avoir à son sujet des idées et des opinions, je suis déjà dans un état de distraction, regardant ailleurs. Ainsi la pensée, lorsque vous avez un problème, devient une distraction, – la pensée étant une idée, une opinion, un jugement, une comparaison – elle nous empêche de regarder, donc de comprendre et de dissoudre le problème.

Malheureusement, pour la plupart d'entre nous, la pensée est devenue si importante ! Vous dites : « Comment puis-je exister, être, sans penser ? Comment puis-je avoir un esprit vide ? » Avoir l'esprit vide, c'est selon vous être dans un état de stupeur, d'idiotie (qualifiez-le comme vous voudrez) que votre réaction instinctive est de rejeter. Et pourtant un esprit qui serait très tranquille, qui ne serait distrait par aucune pensée, un esprit ouvert, pourrait regarder le problème très directement et simplement. Et c'est cette capacité de regarder sans distraction nos problèmes, qui est leur seule solution.

Un tel esprit, calme, immobile, ne peut pas être le produit de disciplines, de méditations, de contrôles. Il n'entre en existence par aucune contrainte ou sublimation, par aucun effort du moi, de la pensée ; il naît lorsque je comprends le processus entier de la pensée, lorsque je peux voir un fait sans distraction. En cet état de tranquillité d'un esprit réellement silencieux, est l'amour. Et seul l'amour peut résoudre tous nos problèmes humains.

# 17
## Sur la fonction
## de l'esprit

Si vous voulez connaître le fonctionnement de votre esprit, il n'y a qu'une façon de procéder : il faut observer l'ensemble de votre faculté de penser ; non seulement les régions dites supérieures mais aussi les régions inconscientes. C'est ainsi que vous pourrez vous rendre compte des activités réelles de l'esprit. Ne surimposez pas à votre observation ce que l'esprit « devrait » faire ou « devrait » penser, etc. car ce ne sont là que des assertions. Dès que vous dites que l'esprit devrait être ceci ou ne devrait pas être cela, vous arrêtez toute investigation et toute pensée ; ou, si vous citez le Bouddha, le Christ, au X, Y ou Z votre enquête a pris fin et votre pensée aussi. Vous devez vous mettre en garde contre cela et laisser de côté tous ces artifices, si vous voulez examiner avec moi ce problème.

Quelle est la fonction de l'esprit ? Pour le savoir, il faut découvrir son activité réelle. Que fait-il ? Il est certainement un processus de pensée. S'il n'y a pas de pensée, il n'y a pas de faculté de penser. Tant que l'esprit ne pense pas, consciemment ou inconsciemment, il n'y a pas de conscience. Ce que nous voulons savoir, c'est comment agit notre faculté de penser (celle dont nous nous servons dans la vie quotidienne et aussi celle dont la plupart d'entre nous sont inconscients) dans ses relations avec nos problèmes. Nous voulons la voir telle qu'elle « est », et non telle qu'elle « devrait » être.

Qu'est-ce que l'esprit tel qu'il est, tel qu'il fonctionne ? C'est un processus d'isolement qui prend une forme individuelle tout en demeurant pensée collective. Lorsque vous observez le déroulement de votre pensée, vous voyez que c'est un processus isolé, fragmenté. Vous pensez selon vos réactions, les réactions de votre mémoire, de votre expérience, de vos connaissances, de vos croyances. Vous réagissez selon tout cela, n'est-ce pas ? Lorsque je dis qu'il faut une révolution fondamentale, vous réagissez aussitôt. Vous objectez au mot « révolution » si vous avez fait de bons placements, spirituels ou autres. Ainsi votre réaction dépend de vos connaissances, de vos croyances, de votre expérience : c'est un fait évident. Il y a différentes formes de réactions. Vous dites : « Je dois être fraternel », « je dois coopérer », « je dois être charitable », etc. Ce ne sont là que des réactions. Mais le processus fondamental de la pensée est l'isolement. Vous êtes en train d'observer le processus de votre pensée : cela veut dire que chacun de vous observe ses actes, ses croyances, ses connaissances, ses expériences. Tous ces éléments vous donnent une certaine sécurité, n'est-ce pas ? Ils renforcent le processus de votre pensée, lequel ne fait que fortifier le moi, l'esprit, l'ego, que vous le considériez supérieur ou inférieur. Toutes vos religions, toutes vos sanctions sociales, toutes vos lois tendent à étayer l'individu, le moi individuel, l'action isolée ; et, en opposition à cela, il y a l'État totalitaire. Si vous allez plus profondément dans l'inconscient, vous y voyez le même processus en action : là vous êtes le collectif, influencé par le milieu, le climat, la société, le père, la mère, le grand-père. Là encore est le désir d'affirmer, de dominer en tant qu'individu, en tant que « moi ».

Le fonctionnement de l'esprit, tel qu'il est à l'œuvre quotidiennement, n'est-il pas un processus d'isolement ? N'êtes-vous pas en quête d'un salut personnel ? Vous « serez » quelqu'un dans l'au-delà ou, dans cette vie-ci, un grand homme, un grand écrivain. Toute notre tendance est d'être séparé. L'esprit peut-il faire autre chose ? Lui est-il

129

possible de ne pas penser en termes de séparation, d'isolement et d'une façon fragmentée ? Cela lui est impossible. Mais nous lui rendons un culte : l'esprit est extraordinairement important. Ne savez-vous pas combien vous devenez important dans la société, aussitôt que vous avez un peu d'habileté, un peu de vivacité d'esprit, un peu de connaissances et d'informations accumulées ? Vous savez quel culte vous rendez aux personnes supérieures intellectuellement, aux hommes de loi, aux professeurs, aux orateurs, aux grands écrivains, à tous les commentateurs et explicateurs. Vous avez cultivé l'intellect et l'esprit.

La fonction de l'esprit est d'être séparé : autrement, l'esprit n'est pas là. Ayant cultivé ce processus pendant des siècles, nous nous apercevons que nous ne pouvons pas coopérer ; nous ne pouvons qu'être poussés, contraints, menés par l'autorité économique ou religieuse et la peur. Si tel est, non seulement consciemment mais aussi aux niveaux les plus profonds de notre conscience, l'état de nos mobiles, de nos intentions, de nos poursuites, comment peut-il y avoir coopération entre nous ? Comment pouvons-nous nous réunir intelligemment pour réaliser quoi que ce soit ? Comme c'est à peu près impossible, les religions et les organisations sociales obligent l'individu à se soumettre à certaines disciplines. Dès lors, une discipline imposée devient nécessaire si nous voulons obtenir un travail collectif.

Tant que nous ne saurons pas transcender cette pensée qui ne tend qu'à diviser, à mettre l'accent sur le « moi » et le « mien » – sous une forme collective ou individuelle – nous n'aurons pas de paix, mais des conflits perpétuels et des guerres. Notre problème est : comment mettre fin à ce processus de pensée ? La pensée peut-elle jamais détruire le moi ? Ce processus d'appellation et de réaction – qui n'est que réaction – n'est pas créateur. Une telle pensée peut-elle mettre fin à elle-même ? Lorsque j'y pense en me disant : « Je dois me discipliner », « je dois apprendre à mieux penser », « je dois être ceci ou cela », la pensée

130

s'incite, se contraint à être quelque chose ou à ne pas être quelque chose. N'est-ce point un processus d'isolement ? Elle n'est donc pas cette intelligence intégrée dont nous avons besoin pour établir entre nous une coopération.

Comment pouvons-nous parvenir jusqu'au bout de la pensée ? Ou, plutôt, comment la pensée, laquelle est isolée, fragmentée et partielle, peut-elle parvenir à une fin ? Comment nous y prendrons-nous ? Vos soi-disant disciplines la détruiront-elles ? Manifestement, vous n'y êtes pas parvenus, au cours de toutes ces années, autrement vous ne seriez pas ici. Je vous prie d'examiner le processus de la discipline, lequel n'est qu'un processus de pensée où la sujétion, la régression, le contrôle, la domination affectent l'inconscient et le cristallisent plus tard, avec l'âge. Ayant essayé si longtemps sans résultat, vous devez avoir découvert que la discipline n'est pas un moyen de détruire le moi. Le moi ne peut pas être détruit par la discipline, parce que celle-ci est un processus qui tend à le renforcer. Et pourtant toutes vos religions la recommandent, toutes vos méditations, vos assertions sont basées sur cela. Les connaissances détruiront-elles le moi ? Les croyances détruiront-elles le moi ? En d'autres termes : est-ce que rien de ce que nous sommes en train de faire, est-ce qu'aucune des activités dans lesquelles nous sommes en ce moment engagés en vue de parvenir à la racine du moi peuvent réussir ? Ne sommes-nous pas en train de gâcher notre énergie dans un processus de pensée qui n'est qu'un processus de réactions, tendant à nous isoler ? Et que faisons-nous lorsque nous nous rendons compte, d'une façon radicale et profonde, que la pensée ne peut pas mettre fin à elle-même ? Observez-vous. Lorsque vous êtes pénétré de ce fait qu'arrive-t-il ? Vous comprenez que toute réaction est conditionnée et que, par le moyen d'un conditionnement, il n'y a de liberté ni au début ni à la fin (et la liberté est toujours au commencement, pas à la fin). Lorsque vous voyez que toute réaction est une forme de conditionnement et que, par conséquent, elle donne une continuité au moi de différentes façons, que se produit-il en fait ?

Il vous faut être très clairs en cette question. Croyances, connaissances, disciplines, expériences, et toute l'aspiration vers un but, vers un résultat ; l'ambition, le « devenir » quelque chose dans cette vie ou dans une vie future ; tous ces processus tendent à nous isoler et engendrent des destructions, des malheurs, des guerres qu'aucune action collective ne peut empêcher, malgré les menaces, les camps de concentration et le reste. Êtes-vous conscients de ce fait ? Et quel est l'état d'un esprit qui reconnaît : « C'est ainsi », « tel est mon problème », « voilà exactement où j'en suis », « je vois ce que les disciplines et les connaissances peuvent faire, ce que fait l'ambition » ? Si vous voyez tout cela, un nouveau processus est déjà à l'œuvre.

Nous voyons les voies de l'intellect mais nous ne voyons pas celle de l'amour. La voie de l'amour ne passe pas par l'intellect. L'intellect, avec toutes ses ramifications, avec tous ses désirs, ses ambitions, ses poursuites, doit parvenir à une fin pour que l'amour entre en existence. Ne savez-vous pas que lorsque vous aimez, vous coopérez avec les autres, vous ne pensez pas à vous-même ? Et c'est cela, la plus haute forme d'intelligence. Aimer et se croire une entité supérieure, aimer et occuper une bonne situation, ce ne sont là que des manifestations de la peur. Lorsque vos richesses bien gérées sont là, il n'y a pas d'amour, il n'y a que de l'exploitation, engendrée par la peur. Donc l'amour ne peut entrer en existence que lorsque la pensée n'est pas là. Vous devez, par conséquent, comprendre le processus entier de l'esprit, la fonction de la faculté de penser.

Sachons nous aimer les uns les autres et il pourra y avoir coopération, il pourra y avoir action intelligente en commun, dans n'importe quel domaine. Alors seulement la découverte de ce que Dieu est, de ce qu'est la vérité sera possible. Nous essayons de découvrir la vérité par l'intellect, par l'imitation, ce qui est de l'idolâtrie. Mais si l'on écarte complètement, par la compréhension que l'on en a, la structure entière du moi, alors l'éternel, l'intemporel, l'immesurable, peut entrer en existence. Vous ne pouvez pas aller à lui ; il vient à vous.

## 18
## *Se duper soi-même*

Je voudrais examiner les façons qu'a l'esprit de se leurrer et les illusions dans lesquelles il se complaît, qu'il s'impose et qu'il impose aux autres. C'est une question très sérieuse, surtout dans l'état de crise où le monde se trouve en ce moment. Afin de comprendre tout le processus des artifices de l'esprit, nous devons le suivre en nous-mêmes, – intrinsèquement et profondément. L'étudier au niveau verbal n'aurait aucun effet. Nous nous satisfaisons trop volontiers de mots, et étant des experts en expressions verbales, toute notre action consiste à espérer que les choses s'arrangeront. Les explications que d'innombrables historiens et théologiens nous donnent des guerres et de leurs origines ne les empêchent pas de se produire, de plus en plus destructrices. Aussi, les personnes réellement désireuses d'agir doivent introduire une révolution essentielle en elles-mêmes. C'est là le seul remède qui puisse apporter à l'humanité une rédemption durable, fondamentale.

Et de même, en examinant les tours que se joue l'esprit, nous devons nous mettre en garde contre toutes les explications superficielles et les argumentations. Nous devrions, si je puis le suggérer, non pas écouter une conférence à ce sujet, mais suivre le problème tel que nous le connaissons dans notre vie quotidienne ; en d'autres termes, nous devrions nous observer pendant que nous pensons et agissons, voir comment nous affectons les autres, et quels sont nos mobiles personnels.

134

Pour quelle raison fondamentale sommes-nous nos propres dupes ? Et combien, parmi nous, sont vraiment conscients de cette tricherie ? Car nous devons commencer par en être conscients et ce n'est qu'ensuite que nous pourrons chercher à savoir la nature et l'origine de nos illusions. Savons-nous que nous nous dupons ? C'est important de le savoir, car plus nous prolongeons notre erreur, plus elle acquiert d'intensité. Elle nous confère une certaine vitalité, une certaine énergie et la capacité de l'imposer à autrui. Ainsi, graduellement, nous nous prenons à ce jeu et y entraînons les autres. Il y a là un processus de tromperie réciproque. Et en sommes-nous conscients ? Nous nous croyons capables de penser très clairement et objectivement ; est-ce que nous nous rendons compte que cette façon de penser abuse nos esprits ?

La pensée elle-même n'est-elle pas la recherche d'explications et de justifications en vue de notre sécurité et de notre protection personnelles, comportant le désir d'acquérir l'estime des autres, une situation, du prestige, du pouvoir ? Ce désir d' « être », socialement ou religieusement, n'est-il pas la raison même pour laquelle nous nous dupons ? Dès l'instant que je veux autre chose que les nécessités purement matérielles de la vie, est-ce que je n'engendre pas en moi-même l'état d'esprit d'une dupe ?

Considérez, par exemple, ceci : nous nous préoccupons de savoir ce qui se passe après la mort, et plus nous vieillissons, plus cette question nous intéresse. Nous voulons la vérité à ce sujet ; et comment la découvrirons-nous ? Certainement pas par des lectures ni en écoutant des explications. Alors, comment nous y prendrons-nous ? Tout d'abord nous devrons nous purger l'esprit des éléments qui l'obstruent, de notre espoir, de notre désir de survivance, et du désir même que nous avons de savoir ce qu'il y a de l'autre côté. Car l'esprit est constamment en train de chercher une sécurité dans l'espoir de survivre ; il veut trouver le moyen de s'accomplir dans une existence future ; donc, bien que cherchant la vérité en ce qui concerne la vie après la mort – la réincarnation ou autre chose – il est incapable de la trouver. L'important n'est pas de savoir si la réincarnation existe ou non mais de voir que l'esprit se prouve à lui-même l'existence d'un fait réel ou imaginaire parce qu'il veut y croire. Ce qui est important, c'est notre façon d'aborder un problème, et les impulsions, les désirs qui nous animent.

Le chercheur s'impose sa propre illusion : nul ne peut faire cela pour lui, c'est lui seul qui le fait. Nous créons notre illusion et en devenons ensuite les esclaves. Le facteur fondamental de ce processus est notre constant désir d'être quelque chose, dans ce monde ou dans l'autre. Nous en connaissons l'effet dans ce monde : c'est une confusion totale où chacun de nous est en lutte avec les autres, où l'on se détruit au nom de la paix. Vous connaissez les ruses de ce jeu. C'est une extraordinaire façon de nous mentir à nous-mêmes. Et, de même, nous voulons une sécurité et une situation dans l'autre monde.

Nous commençons à tricher dès que nous avons cette soif d'être, de devenir, de nous accomplir. Et il est très difficile à l'esprit de s'arracher à cette impulsion. C'est un des problèmes fondamentaux de notre existence. Est-il possible de vivre en ce monde et de n'être rien ? Alors seulement serions-nous affranchis de toute illusion. Car l'esprit ne serait pas en quête d'un résultat, l'esprit ne chercherait pas une réponse satisfaisante, l'esprit ne s'abuserait pas lui-même par des justifications, l'esprit ne serait pas avide de sécurité. Et cela peut se produire s'il se rend compte des résonances et des subtilités de ses illusions. Il abandonne alors, par l'intelligence qu'il en a, toute forme de justification et de sécurité, ce qui veut dire qu'il devient capable de n'être absolument rien du tout. Est-ce possible ?

Tant que nous nous mentons à nous-mêmes, sous quelque forme que ce soit, il ne peut pas y avoir d'amour. Tant que l'esprit est capable de créer et de s'imposer une illusion, il se sépare de toute compréhension collective ou intégrée. C'est évident ; et c'est encore une de nos difficultés, que nous ne sachions pas coopérer. Tout ce que nous savons c'est essayer de travailler ensemble pour un but commun. Mais il ne peut y avoir de coopération que si vous et moi n'avons pas ce but commun créé par la pensée. Ce qui est important, c'est de nous rendre compte que la coopération n'est possible que lorsque vous et moi ne désirons être rien du tout. Lorsque vous et moi désirons être quelque chose, les croyances, les projections d'utopies et toute la gamme des illusions deviennent nécessaires. Mais si vous et moi créons anonymement sans nous leurrer quant à nos intentions, sans les barrières des croyances et des connaissances, sans le désir de sécurité, il s'établira une vraie coopération.

Nous est-il possible de coopérer, d'être unis, sans avoir un but en vue ? Pouvons-nous, vous et moi, travailler ensemble sans chercher un résultat ? Examinons ce qui se produit dans le cas contraire : supposons que vous et moi mettions au point un projet et que nous travaillions ensemble à le réaliser. Nos facultés intellectuelles coopèrent évidemment, mais émotionnellement il se peut que tout notre être soit en état de résistance et que nous soyons par conséquent en conflit. C'est un fait facile à observer dans notre vie quotidienne : vous et moi pouvons convenir intellectuellement de réaliser quelque chose, mais inconsciemment, profondément, nous serons ennemis, car je voudrai un résultat qui me donnera de la satisfaction, je voudrai dominer, que mon nom soit cité avant le vôtre, etc. Ainsi vous et moi, les créateurs de ce projet, nous nous opposons en fait l'un à l'autre.

N'est-il pas important de savoir s'il nous serait possible de coopérer profondément, de communier, de vivre ensemble dans un monde où vous et moi ne serions rien du tout ? C'est un de nos plus importants problèmes, peut-être le plus important. Je m'identifie avec un but à atteindre et vous vous identifiez avec le même but à atteindre ; cette façon de penser est bien superficielle, car l'identification engendre la division. Ainsi nous prêchons tous deux la

137

fraternité comme but ; vous vous identifiez à cette idée en tant qu'Hindou et moi en tant que Catholique, et nous nous sautons à la gorge. Pourquoi ? C'est un de nos problèmes, n'est-ce pas ? Inconsciemment et profondément vous avez vos croyances et moi j'ai les miennes. En parlant de fraternité nous n'avons pas résolu tout le problème des croyances, nous n'avons fait que tomber d'accord théoriquement et cérébralement sur la nécessité de le résoudre, mais profondément nous sommes ennemis.

Tant que nous ne ferons pas disparaître ces barrières qui nous abusent, qui nous donnent une certaine vitalité, il ne pourra pas y avoir de coopération entre vous et moi. L'identification avec un groupe, avec une idée, avec un pays, ne produira pas cette identification.

Au contraire, toute croyance divise. Nous voyons comment les partis politiques s'opposent l'un à l'autre. Chacun d'eux, ayant sa méthode pour résoudre les problèmes économiques, est en guerre contre tous les autres. Ils ne prennent pas la décision de combattre immédiatement la famine, par exemple, mais se battent entre eux pour faire triompher des théories censées devoir mettre fin à la famine. Le problème lui-même, ils ne s'en soucient guère ; ce qui les intéresse c'est la méthode à employer pour le résoudre. Ils sont donc en conflit, chacun se souciant plus de son idée que du problème commun. De même les personnes dévotes sont en conflit l'une avec l'autre, tout en proclamant – en paroles – la vie une, Dieu et le reste. Intérieurement, leurs croyances, leurs opinions, leurs expériences sont en train de les détruire et de les séparer de leurs semblables.

L'expérience devient un facteur de division dans nos relations humaines : l'expérience est une des voies de l'illusion. En effet, j'ai passé par une certaine expérience et je m'y accroche ; je ne vais pas profondément dans tout le problème des expériences vécues, mais parce que j'ai eu une certaine expérience, cela me suffit, je m'attache à elle et elle devient par conséquent un illusion que je m'impose.

Notre difficulté est que chacun de nous est si identifié à une certaine croyance, à une façon – ou à une méthode – particulière d'instaurer le bonheur spirituel ou matériel que nos esprits en sont captifs et qu'il nous est donc impossible d'entrer plus profondément dans le problème. Il en résulte que nous désirons demeurer isolés dans nos chemins individuels, dans nos croyances et nos expériences. Tant que nous ne les dissoudrons pas par la compréhension que nous en avons (non seulement au niveau le plus à fleur de notre conscience mais aussi dans notre conscience la plus profonde) il n'y aura pas de paix dans le monde. Voilà pourquoi il est si important que ceux qui sont réellement déterminés, comprennent la totalité du problème que pose le désir de devenir, de réussir, d'obtenir, le comprennent non seulement à sa périphérie mais fondamentalement, profondément, faute de quoi il n'y aura jamais de paix dans le monde.

La vérité n'est pas quelque chose qui se puisse acquérir. L'amour ne peut pas venir à ceux qui ont le désir de le posséder ou qui voudraient s'identifier à lui. Mais il peut se produire lorsque l'esprit ne cherche pas, lorsqu'il est complètement tranquille, lorsqu'il ne crée plus des mouvements et des croyances sur lesquelles il puisse s'appuyer ou dont il tire une certaine énergie, symptôme de ses illusions. Et l'esprit ne peut être ainsi immobile que lorsqu'il comprend le processus entier du désir. Lorsqu'il n'est plus en mouvement pour être ou pour ne pas être, il rend possible l'existence d'un état dépouillé de toute duperie.

## 19
### *Sur l'activité
égocentrique*

La plupart d'entre nous se rendent compte que toutes les formes possibles de persuasion et d'incitation nous sont offertes pour résister aux activités égocentriques. Les religions, avec leurs promesses, la menace de l'enfer et les condamnations de toutes sortes, essayent de détourner l'homme de cette constante activité engendrée par le centre du « moi ». Comme elles n'y réussissent pas, les organisations politiques prennent leur suite. Là encore, les législations, de la plus simple à la plus complexe, emploient tous les moyens possibles de persuasion – jusqu'aux camps de concentration – pour briser la résistance que l'on pourrait opposer à leurs espoirs utopiques. Et pourtant nous persistons dans nos activités égocentriques, qui semblent être les seules que nous connaissions. S'il nous arrive d'y penser, nous essayons de les modifier, d'en changer le cours ; mais il ne se produit pas une transformation fondamentale en nous qui mette radicalement fin à cette activité. Les personnes réfléchies s'en rendent compte et savent aussi qu'il ne peut pas y avoir de bonheur tant que cette activité égocentrique ne s'arrête pas. La plupart d'entre nous acceptent comme un fait acquis l'idée que cette activité est naturelle et que les actions qui en résultent inévitablement ne peuvent être que modifiées, façonnées, contrôlées. Mais des personnes plus sérieuses et plus fermes dans leur détermination (je ne parle pas de sincérité : on peut être sincère dans l'illusion) doivent découvrir si, étant conscientes du processus total de l'activité égocentrique, il leur est possible d'aller au delà.

Pour comprendre ce qu'est cette activité, il faut évidemment pouvoir l'examiner, la regarder, être conscient de tout son processus. On a une possibilité alors de la dissoudre. Mais pour en être totalement conscient, il faut avoir la ferme détermination de la regarder en face telle qu'elle est, sans l'interpréter, la modifier ou la condamner. Il nous faut être conscients de tout ce que nous sommes en train de faire, de toute l'activité qui surgit de l'état égocentrique. Une de nos plus grandes difficultés est que, dès l'instant que nous sommes conscients de cette activité, nous voulons la façonner, ou la contrôler, ou la condamner, ou la modifier, de sorte que nous sommes rarement capables de la regarder directement. Et lorsque cela nous arrive, très peu d'entre nous savent ce qu'il convient ensuite de faire.

Nous voyons que les activités égocentriques sont nocives, destructrices ; que toute forme d'identification, avec tel pays, tel groupe, tel désir ; que la recherche d'un résultat ici ou dans l'au-delà ; que la glorification d'une idée ; que l'imitation d'un modèle de vertu, etc. sont essentiellement le fait de personnes égocentriques. Tous nos rapports avec la nature, avec nos semblables, avec les idées, sont le produit de cette activité. Sachant tout cela, que devons-nous faire ? Toutes les activités de cette sorte doivent volontairement cesser, et cela sans contrainte intérieure ni influence extérieure.

S'il est vrai que nous sommes souvent conscients du caractère nocif de cette activité, le désordre qu'elle produit ne nous est perceptible que dans certaines directions, soit que nous le soyions chez autrui et pas en nous-mêmes, soit que, le constatant en nous au cours de nos rapports avec autrui, nous voulions transformer cette activité, lui substituer autre chose, la dépasser. Avant de pouvoir « traiter » ce processus, il est pourtant nécessaire de savoir comment il se produit. Il faut savoir regarder une chose pour pouvoir la comprendre et ce processus égocentrique doit être

141

examiné dans tous ses registres, conscients et aussi inconscients : nous devons connaître ses directives conscientes mais aussi les mouvements égocentriques de nos mobiles inconscients et de nos intentions secrètes.

Je ne suis conscient de cette activité du « moi » que lorsque je suis en état d'opposition, lorsque la conscience est frustrée, lorsque le « moi » est désireux de parvenir à un résultat ; ou encore lorsque cesse mon plaisir et que je veux le renouveler, et qu'il se produit alors une résistance, un façonnement volontaire de l'esprit en vue de me procurer un plaisir, une satisfaction. Je suis conscient du « moi » en tant que centre d'activité lorsque je poursuis la vertu de propos délibéré. L'homme qui, consciemment, veut être vertueux, ne l'est pas. L'humilité ne peut pas être l'objet d'une poursuite et c'est là sa beauté.

Ce processus égocentrique n'est-il pas un produit du temps ? Quelle que soit la direction où s'exerce ce centre d'activité, consciente ou inconsciente, il m'emporte dans le mouvement du temps, je suis conscient du passé et du présent par comparaison avec le futur. L'activité égocentrique du « moi » est un processus de durée. C'est la mémoire qui confère une continuité à l'activité du centre, lequel est le « moi ». Si l'on s'observe et que l'on est conscient de l'activité de ce centre, on voit qu'elle n'est que le processus du temps, de la mémoire, de l'expérience et de la traduction de chaque expérience selon la mémoire ; et l'on voit que cette auto-activité est récognition, c'est-à-dire aussi un processus de la pensée.

L'esprit peut-il être libre de tout cela ? Il le peut, à de rares moments. La plupart d'entre nous le peuvent au cours d'une action inconsciente, non intentionnelle, non délibérée ; mais est-il possible à l'esprit d'être jamais complètement affranchi de l'activité égocentrique ? Il est très important que nous nous posions cette question, car elle contient sa réponse. Si vous êtes conscient du processus total de l'activité égocentrique, à tous les niveaux de la conscience, vous en venez forcément à vous demander si cette activité peut parvenir à une fin. Est-il possible de ne pas penser en termes de durée, en termes de « ce que je serai, ce que j'ai été, ce que je suis » ? Car c'est dans cette pensée-là que commence l'activité égocentrique ; là aussi commence la volonté de « devenir » et celle de choisir et d'éviter, qui sont le processus du temps. Et nous voyons, en ce processus, une misère, une confusion, une déformation, une détérioration infinies.

Le processus du temps n'est évidemment pas révolutionnaire. Il n'y a pas de transformation en lui, il n'y a que continuité et jamais de fin, il n'y a que la récognition. Ce n'est qu'avec la cessation totale du processus du temps, de l'activité du moi, que se produit une révolution, une transformation, la naissance du neuf.

Étant conscient de ce processus entier du « moi » dans son activité, que doit faire l'esprit ? Ce n'est que par une révolution que peut se produire un renouveau, que le neuf peut surgir, *non par une évolution*, non dans un devenir du moi, mais lorsque le moi arrive à une fin totale. Le processus du temps n'engendre pas le neuf ; la durée n'est pas le mode de la création.

Je ne sais pas s'il est jamais arrivé à l'un d'entre vous d'avoir un moment créatif. Je ne parle pas de la création qui consiste à mettre en œuvre une certaine vision, je parle d'un moment créatif où il n'y a pas de récognition. Ce moment-là est un état extraordinaire où le « moi » en tant qu'activité par récognition a cessé. Si nous sommes attentifs nous pouvons voir qu'en cet état il n'existe pas une entité qui perçoit l'expérience, qui se souvient, qui traduit, qui reconnaît et qui ensuite s'identifie à elle ; il n'y a pas de processus de pensée car celui-ci appartient au temps. En cet état de création, qui est intemporel et où le neuf est créatif, il n'y a aucune action du « moi ».

Notre question est donc : est-il possible à l'esprit d'être en cet état non pas momentanément, non pas à de rares instants, mais (je ne voudrais pas employer les mots « toujours » ou « perpétuellement » qui impliqueraient une durée) peut-il être en cet état sans tenir compte du temps ? Voilà, certes, une découverte importante qu'il appartient à chacun de nous de faire, car elle est la porte de l'amour ; toutes les autres portes sont des activités de l'ego. Où est l'action de l'ego, il n'y a pas d'amour. L'amour n'appartient pas au temps. Vous ne pouvez pas « apprendre » à aimer. Si vous le faites, ce n'est là qu'une activité délibérée du « moi », lequel espère, par l'amour, obtenir un avantage.

L'amour n'est pas du monde du temps. Vous ne pouvez pas le rencontrer dans les chemins des efforts conscients, des disciplines ou des identifications, lesquels sont tous des processus du temps. L'esprit, ne connaissant que le processus du temps, ne peut pas reconnaître l'amour. L'amour est la seule chose qui soit éternellement neuve. Mais comme la plupart d'entre nous ont cultivé l'esprit, qui est un produit du temps, nous ne savons pas ce qu'est l'amour. Nous en parlons, nous disons que nous aimons nos enfants, notre femme, notre voisin, les hommes, la nature ; mais dès que nous sommes conscients que nous aimons, l'activité égocentrique surgit et ce n'est plus de l'amour.

Ce processus total de l'esprit ne peut être compris que dans nos relations avec la nature, avec les hommes, avec nos propres projections, avec tout ce qui nous entoure. La vie n'est que relations. Bien que celles-ci puissent être pénibles, nous ne pouvons pas les fuir au moyen de l'isolement, en devenant des ermites ou autrement : il n'y a pas de vie sans elles. Nos tentatives d'évasions ne sont que des indications de l'activité du moi. Mais sitôt que vous percevez tout ce processus en tant que conscience, que vous percevez tout ce tableau dans son ensemble, sans choisir, sans avoir aucune intention délibérée d'atteindre un certain résultat, vous voyez ce processus du temps parvenir volontairement à sa fin, sans y être poussés par le désir d'y parvenir. Et ce n'est que lorsque cesse ce processus que l'amour « est », l'amour qui est neuf éternellement.

144

Nous n'avons pas besoin de chercher la vérité. La vérité n'est pas un objet lointain : c'est la vérité en ce qui concerne notre esprit, en ce qui concerne ses activités, d'instant en instant. Si nous sommes conscients de cette « vérité-du-moment », notre perception libère une certaine conscience, ou dégage une certaine énergie, laquelle est intelligence, amour. Tant que l'esprit se sert de la conscience pour des activités du moi, il crée la durée avec ses misères, ses conflits, ses désordres et ses illusions. Ce n'est que lorsque l'esprit, comprenant ce processus total, s'arrête, que l'amour peut « être ».

# 20
## Sur le temps
## et le désir
## de se transformer

Je voudrais examiner la notion de durée, parce que je pense que la richesse, la beauté et l'importance de ce qui est intemporel, de ce qui est vrai, ne peuvent être vécues que si l'on comprend tout le processus du temps. Après tout, nous sommes en train de chercher, chacun à sa façon, un sens de bonheur et d'enrichissement, et il est certain qu'une vie ayant les richesses de la vraie félicité, n'est pas dans le champ de la durée. Comme l'amour, une telle vie est intemporelle ; et pour comprendre ce qui est intemporel, nous ne pouvons pas l'aborder par le truchement du temps, mais plutôt comprendre ce qu'est le temps : nous ne pouvons pas nous servir de lui comme moyen pour atteindre, réaliser, appréhender l'intemporel. Il est donc important de comprendre ce que le temps signifie pour nous, parce que je crois que nous pouvons nous en libérer. Mais il est nécessaire de le comprendre globalement. Une vue partielle de la question ne l'éclaircira pas.

Il est intéressant de se rendre compte que nos vies se passent presque entièrement au sein d'une durée. Je ne parle pas de la suite des heures d'horloge que totalisent nos vies, mais de la mémoire psychologique du temps. Nous en vivons, nous sommes le résultat du temps. Nos esprits sont le produit de nombreux hiers et le présent n'est que le passage d'hier à demain. Notre pensée, notre activité, notre être ont le temps comme fondation ; sans lui, nous

146

ne pourrions pas penser, car la pensée est son produit, elle est le résultat du passé : il n'y a pas de pensée sans mémoire.

Il y a deux temps, le chronologique et le psychologique, l'hier de l'horloge et celui de la mémoire. Vous ne pouvez pas rejeter le premier, ce serait absurde : vous manqueriez votre train. Mais existe-t-il réellement un temps en dehors de lui ? Le temps chronologique est une évidence, mais en existe-t-il un, tel que l'esprit le conçoit ? Existe-t-il en dehors de l'esprit qui le conçoit ? Non. Le temps psychologique n'est que le produit de l'esprit. Sans cette base qu'est la pensée, il n'y a pas de temps ; celui-ci est la mémoire en tant qu'hier, laquelle, en conjonction avec aujourd'hui, détermine demain. Je veux dire que la mémoire de l'expérience d'hier, en réagissant au présent, crée le futur. Et cela est encore un processus de pensée, un mode de l'esprit. Le processus de pensée donne lieu à un progrès psychologique dans la durée, mais est-ce réel aussi réel que le temps chronologique ? Et pouvons-nous nous servir de ce temps-là comme moyen pour atteindre l'éternel, l'intemporel ?

Ainsi que je l'ai dit, le bonheur n'est pas un produit du passé, du temps ; il est toujours dans le présent ; c'est un état intemporel. Je ne sais pas si vous avez remarqué que lorsque vous avez une extase, une joie créative, le temps, à ce moment-là, n'existe pas : il n'y a qu'un présent immédiat. Mais l'esprit, intervenant après l'expérience du présent, s'en souvient et désire la prolonger, s'en enrichir de plus en plus. Il crée ainsi du temps ; le temps est engendré par le « plus » ; le temps est acquisition (et aussi détachement, lequel est une acquisition de l'esprit). Discipliner l'esprit et le conditionner dans le cadre du temps – lequel est mémoire – cela ne révèle pas l'intemporel.

Le temps est-il nécessaire pour nous transformer intérieurement ? La plupart des personnes pensent que pour me transformer, tel que je suis, en tel que je devrais être, il me faut du temps. Je suis avide et pour que se produise une

147

transformation – une non-avidité – nous pensons que le temps est nécessaire. En d'autres termes, le temps est considéré comme un moyen pour évoluer en mieux, pour devenir quelque chose. Le problème est celui-ci : je suis violent, avide, envieux, vicieux ou passionné, et pour transformer ce qui « est », faut-il du temps ? Tout d'abord, pourquoi voulons-nous remplacer ce qui « est », ou le transformer ? Pourquoi ? Parce que nous ne sommes pas satisfaits de ce que nous sommes ; c'est un état qui provoque des conflits, des désordres, de la confusion, et nous voudrions quelque chose de mieux, de plus noble. Ainsi, nous désirons une transformation parce que nous souffrons, nous sommes en conflit. Or, un conflit peut-il se résoudre au moyen du temps ? Si vous le croyez, c'est que vous êtes encore en conflit. Vous pouvez dire qu'il vous faudra vingt jours ou vingt ans pour le surmonter, pour modifier ce que vous êtes, mais pendant tout ce temps vous serez encore en conflit et par conséquent le temps n'aura rien transformé. Lorsque nous comptons sur le temps pour acquérir une qualité, une vertu ou un état d'être, nous ne faisons qu'éviter ce qui « est » et je crois qu'il est important de comprendre ce point. L'avidité – ou la violence – provoque des troubles ou des souffrances dans le monde de nos rapports avec autrui, c'est-à-dire dans la société ; et, étant conscients de cet état de désordre que nous appelons avidité – ou violence – nous nous disons : « J'en sortirai avec le temps ; je m'entraînerai à la non-violence, je m'exercerai à la non-avidité, j'apprendrai à vivre en paix. » Vous voulez vous entraîner à la non-violence parce que la violence est un état douloureux et vous croyez qu'avec le temps vous acquerrez une non-violence grâce à laquelle vous surmonterez la violence. Mais que se passe-t-il en réalité ? Étant en état de conflit, vous voulez réaliser un état de non-conflit. Mais cet état sera-t-il engendré par une durée ? Évidemment pas, puisque au cours de cette durée pendant laquelle vous vous efforcerez d'être non-violent, vous serez violent et ferez durer le conflit.

148

Le problème est celui-ci : un désordre, un conflit, peut-il être surmonté dans la période d'un jour, d'un an ou d'une vie, bref par la durée ? Qu'arrive-t-il lorsque vous dites : « Je m'entraîne à la non-violence pendant une certaine période ? » Cet exercice même indique que vous êtes en état de lutte. Vous ne vous exerceriez pas si vous n'étiez pas en train de résister au conflit ; vous dites que cette résistance est nécessaire pour le dominer et qu'elle exige du temps. Mais cette résistance même est un combat. Vous dépensez votre énergie pour résister à un conflit sous une forme que vous appelez avidité, envie ou violence, cependant que votre esprit est lui-même en lutte. Il est donc important de voir l'erreur de cet appel au temps comme moyen de surmonter la violence, et, la voyant, de s'en affranchir du fait que l'on accepte d'être tout bonnement ce que l'on est : un trouble psychologique, violent en soi.

Pour comprendre quoi que ce soit, n'importe quel problème humain ou scientifique, il est important, essentiel, d'avoir un esprit tranquille, intensément appliqué à comprendre, qui ne soit pas exclusif, et ne fasse pas d'effort pour se concentrer, car l'effort est une résistance. Si réellement je veux comprendre quelque chose, il se produit immédiatement un calme dans mon esprit. Lorsque vous voulez écouter de la musique ou regarder un tableau que vous aimez, quel est votre état d'esprit ? C'est un état de quiétude, n'est-ce pas ? Vous écoutez la musique, votre esprit ne vagabonde pas, vous écoutez et c'est tout. De même, si vous voulez comprendre un conflit intérieur, vous n'attendez pas le secours du temps, vous vous mettez simplement et directement en contact avec ce qui « est », qui est le conflit. Et alors, immédiatement, se produit un silence, une immobilité de l'esprit. Lorsque vous ne comptez plus sur le temps pour transformer ce qui « est » (parce que vous avez compris l'erreur de ce procédé) vous vous trouvez alors face à face avec ce qui « est », et comme cela vous intéresse de comprendre ce qui « est » votre esprit est naturellement calme. En cet état, à la fois vif et passif, se produit l'entendement. Tant que l'esprit est en conflit, blâmant, résistant, condamnant, il ne peut pas y avoir de compréhension. Si je veux vous comprendre, je ne dois pas vous condamner, c'est évident. C'est cet esprit silencieux, cet esprit immobile qui nous transforme intérieurement. Lorsqu'il ne résiste plus, lorsqu'il ne se dérobe plus, lorsqu'il n'écarte ni ne blâme ce qui « est » mais est simplement en état de perception passive, dans cette passivité de l'esprit vous verrez, si vous entrez réellement dans le problème, que se produit en vous une transformation.

Une telle révolution n'est possible que maintenant, pas dans l'avenir. La régénération est aujourd'hui, pas demain. Si vous voulez faire l'expérience de ce que je vous dis vous verrez qu'il se produit immédiatement une régénération, un renouveau, une qualité de fraîcheur, car l'esprit est toujours immobile lorsque quelque chose l'intéresse vraiment, lorsqu'il a le désir et l'intention de comprendre. La difficulté chez la plupart d'entre nous est que nous n'avons pas l'intention de comprendre, parce que nous avons peur que notre compréhension n'introduise une action révolutionnaire dans notre vie. De là provient notre résistance. C'est notre mécanisme de défense qui est à l'œuvre lorsque nous nous appuyons sur le temps ou sur un idéal pour nous amener à une graduelle transformation intérieure.

La régénération n'est possible que dans le présent, pas dans un futur, pas demain. L'homme qui compte sur le temps pour atteindre le bonheur, ou pour réaliser la vérité ou Dieu, ne fait que se duper ; il vit dans l'ignorance, donc en état de conflit. Celui qui voit que le temps n'est pas un moyen de résoudre nos difficultés, cet homme, étant affranchi de l'erreur, a naturellement l'intention de comprendre ; par conséquent, son esprit est silencieux spontanément, sans contrainte, ni discipline, il n'est plus à la recherche de réponses ou de solutions, il ne résiste ni ne se dérobe, et est alors capable de percevoir ce qui est vrai. Et c'est la vérité qui libère, non l'effort que l'on fait pour se libérer.

## 21
### *Puissance et réalisation*

Nous voyons qu'un changement radical est nécessaire dans la société, en nous-mêmes, dans les relations entre les individus et entre les groupes ; et comment peut-on le susciter ? Tout changement provoqué selon un modèle projeté par l'esprit, en application d'un plan rationnel et étudié, demeure dans le champ de la pensée. Par conséquent, tous les projets que l'on conçoit deviennent le but, la vision pour laquelle les hommes sont prêts à se sacrifier et à sacrifier autrui. Si c'est cela que vous préconisez, il s'ensuit que les sociétés humaines sont selon vous des créations de l'esprit, ce qui implique l'imposition d'une conformité, la brutalité, la dictature, les camps de concentration et tout le reste. Lorsque nous rendons un culte à l'intellect, c'est tout cela qui en résulte. Et si je m'en rends compte, si je vois que les disciplines et les censures sont futiles et que les différentes formes de répression ne font que renforcer le « moi » et le « mien », que dois-je faire ?

Pour examiner ce problème à fond, nous devons entrer dans la question de ce qu'est la conscience. Je me demande si vous y avez pensé vous-mêmes directement ou si vous vous êtes contentés de consulter des autorités à ce sujet. Je ne sais pas si vous avez compris, par votre propre expérience, par l'étude de vous-mêmes, ce qui est impliqué dans la conscience ; non seulement dans celle de l'activité quotidienne mais aussi dans la conscience plus profonde, plus riche, plus secrète, laquelle est beaucoup plus difficile à atteindre. Si nous voulons réellement nous transformer nous-mêmes, donc transformer le monde et que ce changement suscite une vision, un enthousiasme, une foi, un espoir, une certitude, une impulsion à notre action, n'est-il pas nécessaire de pénétrer dans le problème de la conscience ?

Nous voyons aisément ce qu'est la conscience aux niveaux superficiels de l'esprit. Elle est évidemment le processus même de la pensée. La pensée est le résultat de la mémoire et du langage : elle consiste à nommer, à enregistrer et emmagasiner certaines expériences. À ce niveau, il y a aussi des inhibitions, des impositions, des sanctions, des disciplines. Tout cela nous est familier. Plus profondément, nous trouvons les accumulations de la race, les mobiles secrets, les ambitions collectives et personnelles, les préjugés, bref tout ce qui résulte des perceptions, des contacts et des désirs. Cette conscience totale, en partie cachée et en partie apparente, est centrée autour de l'idée du « moi », de l'ego.

Lorsque nous parlons de changement, nous entendons généralement un changement au niveau superficiel. Par des résolutions, des conclusions, des croyances, des contraintes, des inhibitions, nous luttons pour l'objectif que nous désirons ardemment atteindre et espérons obtenir le concours des couches les plus profondes de l'esprit qu'il nous semble donc nécessaire de déterrer. Mais il se produit alors un perpétuel conflit entre ces différents niveaux de la conscience. Tous les psychologues, tous ceux qui ont cherché à se connaître sont avertis de ce fait.

Et ce conflit intérieur peut-il produire un changement en nous ? Produire ce changement radical, n'est-ce pas la nécessité fondamentale de notre vie quotidienne ? Une simple modification des couches superficielles de notre conscience peut-elle suffire ? Est-ce que l'analyse des différentes couches de la conscience, du moi ; est-ce que l'exhumation du passé, de certaines expériences personnelles depuis l'enfance jusqu'à ce jour ; est-ce que la recher-

152

che en moi-même des expériences de mon père, de ma mère, de mes ancêtres, de ma race ; est-ce que l'examen de mon conditionnement tel que le détermine la société où je vis, peuvent produire un changement qui ne soit pas un simple ajustement ?

J'ai le sentiment – et vous l'avez certainement aussi – qu'un changement en nos vies est indispensable, qui ne soit pas une simple réaction, qui ne soit pas le résultat de l'état de tension où nous mettent les exigences de la vie. Comment l'obtenir ? Ma conscience est l'aboutissement de toute l'expérience humaine, à laquelle s'ajoute mon contact particulier avec le présent ; et cela, est-ce capable de provoquer un changement ? Est-ce que l'étude de ma conscience, de mes activités, est-ce que la perception de mes pensées et de mes sentiments, est-ce que le silence imposé à mon esprit afin qu'il observe sans condamner, est-ce que ce processus peut entraîner un changement ? Peut-il y avoir changement grâce à une croyance, à une identification avec une image projetée que j'appelle idéal ? Est-ce que tout cela ne révèle pas un conflit entre ce que je suis et ce que je devrais être ? Un conflit peut-il amener un changement radical ? Je suis constamment en guerre avec moi-même et avec la société ; il y a toujours lutte entre ce que je suis et ce que je veux être ; et je vois qu'un changement est nécessaire ; puis-je l'obtenir en examinant tout le processus de ma conscience, en luttant, en me disciplinant, en me dominant ? Je pense que ce procédé ne peut pas réussir, et qu'il faut commencer par en être tout à fait certain. Mais alors, que faut-il faire ?

Quelle est la force en nous capable de cette révolution radicale, et comment pouvons-nous libérer cette énergie créatrice ? Vous avez essayé des disciplines ; vous avez poursuivi des idéaux ; vous avez cru à diverses théories spéculatives qui disent que vous êtes une étincelle divine, que votre but est de réaliser Dieu pleinement, d'entrer en contact avec l'*Atman* ou autre chose, et qu'il en résulterait une transformation ; disent-elles vrai ? Vous commencez par postuler qu'il existe une Réalité dont vous faites partie, et vous construisez ensuite, autour de cette idée, des théories, des spéculations, des croyances, des doctrines, des dogmes selon lesquels vous vivez. Vous espérez, en pensant et en agissant conformément à cette construction, obtenir un changement radical. L'obtiendrez-vous ?

Supposons que vous postuliez, ainsi que le font la plupart des personnes dites religieuses, qu'existe en vous, profondément, l'essence de la réalité, et que, en cultivant la vertu et en vous livrant à différentes formes de disciplines, de contraintes, de répressions, de sacrifices, vous pourriez entrer en contact avec cette réalité, à la suite de quoi s'opérerait la transformation requise. Cette conjecture n'est-elle pas encore dans le champ de la pensée ? N'est-elle pas le produit d'un esprit conditionné, d'un esprit qui a appris à penser d'une certaine façon ? Ayant créé l'image, l'idée, la théorie, la croyance, l'espoir, vous invoquez ensuite votre création pour qu'elle produise un changement radical en vous.

L'esprit se livre à des activités extraordinairement subtiles, nous devons donc commencer par être conscients des idées, des croyances, des spéculations qui l'occupent et mettre ces illusions de côté. D'autres que vous ont peut-être connu la réalité, mais si « vous » ne la connaissez pas, à quoi bon spéculer à son sujet ou vous imaginer que vous êtes en essence immortel ou divin ? Cette notion demeure dans le champ de la pensée et est par conséquent conditionnée ; elle appartient au temps, à la mémoire ; elle n'est donc pas réelle. Si l'on se rend compte d'une façon directe – pas verbale et imaginative – du fait que toute recherche spéculative, toute pensée philosophique, toute espérance idéalisée n'est qu'illusion, l'on se demande alors quelle est la force en nous, quelle est l'énergie créatrice susceptible de nous transformer radicalement.

Parvenus à ce point, il se peut que certains d'entre nous n'aient fait que suivre mon argumentation, l'approuver ou la rejeter et la comprendre plus ou moins clairement. Pour aller plus loin, jusqu'à l'expérience directe, nos esprits doivent être à la fois silencieux et très vifs dans leur investigation. Ils doivent avoir abandonné « l'idée de la chose », sans quoi nous ne serions que des penseurs en train de « suivre une idée », et cela créerait immédiatement une dualité en nous. Si nous nous proposons d'aller plus loin dans cette question de changement radical, n'est-il pas indispensable que notre esprit s'immobilise ? Car ce n'est que lorsque l'esprit est tout à fait tranquille qu'il peut comprendre combien grandes sont les difficultés et combien complexes les conséquences de l'idée que le penseur et la pensée sont deux processus distincts. La vraie révolution, cette révolution psychologique créatrice en laquelle le moi n'est pas, ne se produit que lorsque le penseur et la pensée sont un, lorsqu'il n'y a pas de penseur qui « dirige » sa pensée. Et je suggère que l'expérience de cette non-dualité est la seule qui puisse libérer l'énergie créatrice laquelle, à son tour, provoque en nous la révolution radicale qui brise le moi psychologique.

Nous connaissons les nombreux moyens qu'a la volonté de puissance d'exercer le pouvoir, par la domination, la discipline, la contrainte. Nous espérons nous transformer radicalement par l'effet de tel ou tel pouvoir politique, lequel ne peut, en tout cas, que produire du mal, une désintégration sociale, un renforcement du moi. Les divers aspects individuels et collectifs de l'esprit d'acquisition nous sont familiers, mais nous n'avons jamais essayé les voies de l'amour. Nous ne savons même pas ce que ce mot veut dire, car l'amour est impossible tant qu'existe le penseur, le centre du moi. Nous rendant compte de tout cela, que devons-nous faire ?

Nous observer constamment, être d'instant en instant conscients de nos mobiles apparents et cachés, telle est la seule façon de provoquer en nous un changement radical, une libération psychologique créatrice. Lorsque nous comprenons que les disciplines, les croyances, les idéaux ne font que renforcer le moi et sont par conséquent futiles, lorsque nous constatons cette vérité tous les jours, ne parvenons-nous pas ainsi au point central où le penseur se sépare perpétuellement de sa pensée, de ses observations, de son expérience ? Tant que le penseur existe distinct de sa pensée (qu'il essaye de dominer), il ne se produit aucun changement réel en nous. Cette libération créatrice n'a lieu que lorsque le penseur « est » la pensée ; mais ce fossé, aucun effort ne peut nous le faire franchir. Lorsque l'esprit se rend compte que toute spéculation, toute activité verbale, toute forme de pensée ne font que renforcer le moi ; lorsqu'il voit que l'existence d'un penseur distinct de sa pensée, est une limitation, un conflit de la dualité, il devient vigilant et perpétuellement conscient de la façon dont il se sépare de l'expérience en s'affirmant par sa volonté de puissance. Et si l'esprit approfondit et élargit cette prise de conscience, sans désirer atteindre un but quelconque, un état se produit, en lequel le penseur et la pensée sont un. En cet état il n'y a pas d'effort, pas de devenir, pas de désir de changement ; en cet état, le moi n'est pas, et cette transformation n'est pas du monde de la pensée.

Il n'y a possibilité de création que lorsque l'esprit est vide. Je ne parle pas du vide superficiel que connaissent la plupart d'entre nous et qui se manifeste dans le désir de nous distraire. Étant toujours en quête de divertissements, nous avons des livres, des radios, nous allons écouter des conférenciers et des autorités spirituelles. L'esprit passe son temps à se remplir, et ce vide-là n'est qu'irréflexion. Je parle, au contraire, du vide qui accompagne l'extraordinaire état d'attention d'un esprit qui connaît son pouvoir de créer des illusions et qui va au-delà.

Ce vide créateur ne peut jamais se produire tant qu'un penseur est là qui attend, qui guette, qui observe afin d'amasser de l'expérience et de se consolider. L'esprit peut-il jamais être vide de symboles, vide de paroles et des sensations qu'elles procurent, de telle sorte que n'existe pas d'entité en état d'expérience, occupée à accumuler ?

156

Est-il possible à l'esprit de mettre de côté, complètement, les raisonnements, les expériences, les impositions, les autorités, de façon à être dans un état de vide ? Vous ne pourrez pas répondre à cette question, naturellement, parce que vous ne savez pas, vous n'avez jamais essayé. Mais, si je puis le suggérer, écoutez ce que je dis, permettez à cette question de vous être posée, acceptez que le grain soit semé en vous et il portera un fruit si vous ne lui résistez pas.

Seul le neuf peut transformer, jamais l'ancien. Si vous vivez à l'imitation d'un exemple donné, tout changement qui surviendra en vous ne sera qu'une continuité modifiée d'une chose ancienne, qui n'apportera jamais rien de neuf, rien de créateur. L'état créateur ne se produit que lorsque l'esprit lui-même est neuf, et l'esprit ne peut se renouveler que s'il est capable d'être conscient de « toute » son activité, jusqu'au niveau le plus profond de sa conscience. Il perçoit alors la nature de ses désirs, de ses exigences, de ses poursuites, la création de l'autorité, l'origine de ses craintes, les résistances qu'engendrent les disciplines et les projections de ses espoirs sous formes de croyances et d'idéals. Voyant à travers tout cela, l'esprit peut-il se vider de tout ce processus et être neuf ? Vous ne saurez s'il le peut ou non qu'en essayant, sans avoir d'opinion à ce sujet, ni le désir de connaître cet état. Si vous « voulez » cette expérience, vous l'aurez ; mais ce que vous trouverez ne sera pas le vide créateur, ce sera la projection de votre désir, ce sera une illusion. Mais commencez à vous observer, soyez conscients de vos activités d'instant en instant, regardez l'ensemble de votre processus comme dans un miroir, et, au fur et à mesure que vous irez plus profondément, vous arriverez enfin à cette vacuité en laquelle, seule, peut se produire le renouveau.

La vérité, Dieu (le nom importe peu) n'est pas quelque chose dont on puisse faire l'expérience ; car l'entité qui fait l'expérience est le résultat du temps, de la mémoire, du passé, donc tant qu'elle existe, la réalité est absente. Il n'y a de réalité que lorsque l'esprit est complètement affranchi de l'analyse, de l'expérience et de l'observateur. Alors, on trouve la réponse ; alors on voit que le changement se produit sans qu'on le demande et l'on comprend que l'état de vide créateur ne se cultive pas ; il vient dans l'ombre sans qu'on l'invite ; et ce n'est qu'en lui que peut s'accomplir la révolution du renouveau.

# QUESTIONS ET RÉPONSES

## 1. SUR LA CRISE CONTEMPORAINE

– *Vous dites que la crise actuelle est sans précédent. En quoi est-elle exceptionnelle ?*

– Il est évident que la crise mondiale actuelle est exceptionnelle, qu'elle n'a pas eu de précédent. Il y a eu, au cours des siècles, des crises de différentes sortes, sociales, nationales, politiques. Les crises arrivent et passent ; des dépressions économiques se produisent, subissent certaines modifications et continuent sous d'autres formes. Nous savons cela ; ce processus nous est familier. Mais la crise actuelle n'est pas du même ordre. Elle est différente, d'abord parce qu'elle est moins une crise d'argent, d'objets tangibles que d'idées. Elle est dans le champ de l'idéation. Nous combattons avec des idées. Dans le monde entier nous justifions le meurtre comme moyen pour des fins morales, ce qui est sans précédent. Anciennement, le mal était reconnu comme mal et le meurtre comme meurtre mais l'assassinat d'individus ou de masses est justifié aujourd'hui, parce que l'assassin, ou le groupe qu'il représente, affirment que c'est le moyen de parvenir à un résultat bénéfique pour l'humanité. Nous sacrifions le présent pour l'avenir et nos moyens importent peu tant que nous affirmons que notre but est le bien général. En somme, nous affirmons que les moyens les plus faux peuvent produire des fins justes, et nous justifions ces moyens par l'idéation.

Les crises précédentes concernaient l'exploitation des choses ou l'exploitation de l'homme. Il s'agit maintenant de l'exploitation des idées, laquelle est bien plus perni-

161

cieuse, plus dangereuse, plus dévastatrice. Nous connaissons aujourd'hui la puissance de la propagande ; cette utilisation des idées pour transformer l'homme est une des plus grandes calamités qui puissent se produire. Et nous la voyons se produire partout. L'homme n'est pas important ; les idées, les systèmes le sont. L'individu n'a plus aucune valeur. Nous pouvons détruire des millions d'hommes pour parvenir à nos fins, et celles-ci sont justifiées par des idées. Nous avons mis au point de magnifiques structures d'idées pour justifier le mal, il ne peut pas mener au bien. La guerre n'est pas un chemin vers la paix ; elle peut nous apporter des bénéfices secondaires comme, par exemple, des avions plus perfectionnés, mais elle n'apportera pas la paix aux hommes. La guerre est justifiée intellectuellement comme moyen pour établir la paix. Lorsque l'intellect prend le dessus dans les affaires humaines, il provoque une crise sans précédent.

D'autres faits aussi indiquent une crise sans précédent. L'un d'eux est l'extraordinaire importance que nous donnons aux valeurs sensorielles, aux possessions, aux noms, aux castes, aux pays et aux étiquettes que nous portons : l'on est musulman, hindou, chrétien, communiste ou autre chose. Tout cela a acquis une importance suprême, ce qui veut dire que l'homme est pris dans des valeurs sensorielles, dans la valeur des choses fabriquées par l'esprit ou par la main.

Les choses faites par la main ou par l'esprit sont devenues si importantes que nous nous tuons, égorgeons, liquidons, détruisons à cause d'elles. Nous arrivons ainsi au bord d'un précipice ; toutes nos actions nous y mènent ; toute notre activité politique et économique nous entraîne inévitablement dans cet abîme de confusion et de chaos. Par conséquent cette crise sans précédent exige une action sans précédent. Il faut en sortir d'un coup, à la façon dont on franchit un seuil, par une action instantanée, une action intemporelle qui ne s'appuie sur aucun système, car toute idée aboutit inévitablement à une frustration et nous ramène à l'abîme par une voie différente. Comme la crise est sans précédent, il faut aussi une action sans précédent. Nous devons comprendre que la régénération de l'individu ne peut être qu'instantanée ; elle n'est pas le résultat du temps. Elle doit avoir lieu maintenant, pas demain ; car demain est un processus de désintégration. Si je pense me transformer demain, j'invite la confusion, je suis toujours dans le champ de la destruction. Mais est-il possible de changer maintenant ? Est-il possible de complètement se transformer soi-même dans l'immédiat, dans le maintenant ? Je dis que c'est possible.

La crise ayant un caractère exceptionnel, nous ne pouvons l'aborder que par une révolution de la pensée ; et cette révolution ne peut pas nous être apportée par des personnes, par des livres ou par des organisations. Elle doit se produire à travers chacun de nous. Alors seulement pourrions-nous créer une nouvelle société, une nouvelle structure loin de l'horreur de ces forces extraordinairement destructrices qui s'accumulent partout. Et cette transformation ne peut se produire que lorsque l'individu commence à être conscient de lui-même dans chaque pensée, chaque acte et chaque sentiment.

## 2. SUR LE NATIONALISME

– *Qu'est-ce qui apparaît lorsque le nationalisme disparaît ?*

– Évidemment, l'intelligence. Mais je crains que ce ne soit pas ce qu'implique cette question. Son sens est : par quoi peut-on remplacer le nationalisme ? Or, toute substitution nous prive d'intelligence. Si j'abandonne une religion pour une autre ou que je démissionne d'un parti politique pour adhérer à autre chose, cette constante substitution indique un état dans lequel il n'y a pas de compréhension.

Comment le nationalisme disparaît-il ? Il ne peut disparaître que lorsque nous comprenons tout ce qu'il implique, lorsque nous sommes conscients de son action extérieure et intérieure. Extérieurement, il provoque des divisions entre les hommes, des classifications, des guerres et des destructions, ce qui est évident pour peu qu'on observe ce qui se passe. Intérieurement, psychologiquement, cette identification avec plus grand que soi, un pays, une idée, est manifestement une forme d'expansion de soi. Isolément je ne suis personne ; mais si je m'identifie avec quelque chose de grand, avec tout un pays, je me dis que je suis un Indien, cela flatte ma vanité, cela me donne une certaine satisfaction, un certain prestige, un sens de bien-être. Cette identification avec ce qu'on peut s'annexer de plus grand est une nécessité pour ceux qui pensent que l'expansion personnelle est essentielle, et crée, en fin de compte, des conflits entre individus. Le nationalisme non seulement provoque des conflits extérieurs mais aussi des frustrations intérieures. Chez la personne qui le comprend dans son entier, ce processus n'existe plus. Cette compréhension est fonction de l'intelligence que l'on met à observer soigneusement, à bien examiner tout le processus du nationalisme, du patriotisme. Cet examen même développe l'intelligence, et alors on ne remplace pas le nationalisme par autre chose. Dès qu'on le remplace par la religion, par exemple, celle-ci devient un autre moyen d'expansion personnelle, une autre source d'anxiété psychologique, due au fait que l'on se nourrit de croyances. Ainsi, toute forme de substitution, quelque noble qu'elle soit, est une forme d'ignorance, semblable à celle de l'homme qui remplace la cigarette par du chewing-gum ou autre chose. Par contre, chez celui qui comprend tout le problème de la cigarette, des habitudes, des sensations, des exigences psychologiques, et le reste, le désir de fumer disparaît. Cette compréhension totale est possible, car nous pouvons développer notre intelligence rien qu'en lui permettant de fonctionner ; et elle ne fonctionne pas tant qu'il y a substitution. La substitution est une façon de se soudoyer soi-même : on s'offre la tentation de faire une chose plutôt qu'une autre. Le poison du nationalisme et sa suite de misères et de conflits ne disparaîtra que par l'effet de l'intelligence, et celle-ci ne s'acquiert pas en passant des examens et en lisant des livres. L'intelligence nous vient lorsque nous comprenons les problèmes au fur et à mesure qu'ils surgissent. Lorsque nous les comprenons à tous leurs niveaux, c'est-à-dire non seulement sous leur aspect extérieur, mais aussi intérieurement, dans leurs implications psychologiques, en ce processus, l'intelligence naît. Lorsqu'il y a de l'intelligence, il n'y a pas de substitution ; lorsqu'il y a de l'intelligence, le nationalisme, le patriotisme, qui est une forme de stupidité, disparaît.

## 3. POURQUOI DES GUIDES SPIRITUELS ?

*– Vous dites qu'il n'est pas nécessaire d'avoir un* gou-rou, *mais comment puis-je trouver la vérité sans l'aide et l'assistance que seul un sage, un* gourou, *peut me donner ?*

– La question est de savoir si un *gourou* est nécessaire ou non. La vérité peut-elle être découverte par l'entremise de quelqu'un ? Les uns l'affirment, d'autres le nient. Nous voulons savoir où est la vérité. Il ne s'agit donc pas d'émettre des « opinions » contradictoires : je n'ai pas d'« opinions » à ce sujet. Il est nécessaire, ou il n'est pas nécessaire d'avoir un *gourou* ; l'une de ces deux assertions doit être vraie, et nous voulons savoir laquelle l'est, en fait, en réalité. Cela n'est pas une affaire d'opinion, quelque profonde, érudite, populaire, universelle qu'elle puisse être.

Tout d'abord, pourquoi voulons-nous un *gourou* ? Étant dans un état de confusion, nous disons que le *gourou* est une aide, qu'il nous indiquera la vérité, qu'il nous aidera à comprendre, qu'il connaît la vie beaucoup mieux que nous ; qu'il nous instruira à la façon d'un père, qu'il a une vaste expérience tandis que la nôtre est limitée, etc., etc. Le fait fondamental est notre état de confusion. Si tout était clair pour vous, vous ne vous approcheriez même pas d'un *gourou*. Si vous étiez profondément heureux, si vous n'aviez pas de problèmes, si vous compreniez la vie complètement, vous n'iriez consulter personne. J'espère que vous voyez ce que tout cela signifie. Parce que vous êtes dans la confusion, vous allez demander à un guide spirituel de vous indiquer une façon de vivre, d'éclairer votre juge-

166

ment, de vous aider à trouver la vérité. Parce que vous êtes dans la confusion, vous choisissez votre *gourou* en espérant qu'il vous donnera ce que vous demandez. En fait, vous choisissez le *gourou* qui vous donnera la réponse que vous souhaitez, vous le choisissez selon la satisfaction qu'il vous apporte ; votre choix dépend de votre satisfaction. Vous n'allez pas chez celui qui vous dit : « ne comptez que sur vous-même ». Vous choisissez selon vos préjugés. Donc, puisque votre choix est déterminé par votre satisfaction, ce n'est pas la vérité que vous cherchez, mais une issue à la confusion ; et l'issue à la confusion est, par erreur, appelée vérité.

Examinons d'abord l'idée qu'un *gourou* peut éclaircir notre confusion. Celle-ci étant le résultat de nos réactions, qui donc pourrait l'éclaircir pour nous ? Car c'est nous qui l'avons créée. Pensez-vous que ce soient « les autres » qui créent cette misère, cette bataille à tous les échelons de l'existence, en nous et hors de nous ? Cette confusion est le résultat de notre manque de connaissance de nous-mêmes : c'est parce que nous ne connaissons pas nos conflits, nos réactions, nos misères, que nous allons chez un *gourou* pour qu'il nous aide à en sortir. Mais nous ne pouvons nous comprendre que dans nos rapports avec le présent ; ces rapports mêmes sont le *gourou* et non pas quelqu'un en dehors de nous. Si je ne comprends pas mon monde de relations, tout ce que me dira un *gourou* sera inutile ; si je ne comprends pas mes relations avec les possessions, avec les hommes, avec les idées, qui donc pourra résoudre ce conflit en moi ? Pour le résoudre, c'est moi qui dois le comprendre, ce qui veut dire que je dois être parfaitement conscient de ce qui se passe en moi, au cours de mes relations. Pour me percevoir tel que je suis, aucun *gourou* n'est nécessaire ; et si je ne me connais pas, de quelle utilité est le *gourou* ? De même qu'un chef politique est choisi par ceux qui sont dans la confusion, et dont le choix, par conséquent, est à l'image de cette confusion, ainsi je choisis un *gourou*. Je ne peux le choisir que selon ma confusion : donc, tout comme le chef politique, lui aussi est dans la confusion.

L'important n'est pas de se demander si c'est moi qui ai raison ou celui qui dit qu'un *gourou* est nécessaire. L'important est de savoir « pourquoi » vous avez besoin d'un *gourou*. Les *gourous* existent pour exploiter les gens de différentes façons ; mais là n'est pas la question. Cela vous est très agréable d'avoir un guide spirituel pour vous dire que vous avancez dans la voie de la vérité ; mais la question n'est pas là non plus. « Pourquoi » avez-vous besoin d'un *gourou* ? Là est la clé.

Il peut arriver que quelqu'un vous indique le chemin, mais c'est à vous de faire tout le travail, même si vous avez un *gourou*. Ne voulant pas affronter ce fait, vous rejetez la responsabilité sur le *gourou*. Or, celui-ci devient inutile dès qu'il y a la moindre parcelle de connaissance de soi. Cette connaissance, aucun guide spirituel, aucune écriture sacrée, ne peuvent vous la donner. Elle vient lorsque vous êtes exactement conscient de ce qui se passe en vous, au cours de vos relations. Ne pas comprendre celles-ci – et en particulier vos rapports avec les possessions – est une source de souffrances, de confusion, et de conflits de plus en plus graves dans la société. Si vous ne comprenez pas l'état de vos relations avec votre femme, votre enfant, qui donc peut résoudre les conflits qui naissent de cette ignorance ? Et il en est de même de vos rapports avec le monde des idées, des croyances, etc. Étant partout dans la confusion, vous allez en quête d'un *gourou*. Si c'est un vrai *gourou* il vous dira de vous comprendre vous-mêmes. C'est « vous » la source de tous les malentendus, et vous ne pourrez résoudre ces conflits qu'en vous comprenant dans vos relations. Car « être » c'est être en relation.

Vous ne pouvez donc pas trouver la vérité ailleurs qu'en vous-mêmes. Comment cela serait-il possible ? La vérité n'est pas quelque chose de statique ; elle n'a pas de demeure ; elle n'a ni fin ni but. Au contraire, elle est mouvante, dynamique, vivante. Comment pourrait-elle être une

168

fin ? Si la vérité était un point fixe, ce ne serait pas la vérité, ce ne serait qu'une opinion. La vérité est l'inconnu et l'esprit qui la cherche ne la trouvera jamais, car tous les éléments qui le composent appartiennent au connu. L'esprit est le résultat du passé, le produit du temps. Vous pouvez l'observer vous-mêmes : l'esprit est l'instrument du connu, il ne peut donc pas découvrir l'inconnu ; il ne peut qu'aller du connu au connu. Lorsqu'il cherche la vérité, celle dont lui parlent des livres, cette vérité-là n'est qu'une projection de lui-même, car il ne fait que poursuivre un « connu », un connu plus satisfaisant que le précédent. Lorsque l'esprit « cherche » la vérité, c'est une projection de lui-même qu'il cherche, et non la vérité. Un idéal n'est en somme qu'une projection, une fiction, une irréalité. Le réel est ce qui « est », et non pas son opposé. Le Dieu auquel vous pensez n'est que la projection de votre pensée, le résultat d'influences sociales. Vous ne pouvez pas « penser » à l'inconnu, « méditer » sur la vérité. Dès que vous « pensez » à l'inconnu, vous avez affaire à une projection du connu. Vous ne pouvez pas « penser » à Dieu, à la Vérité. Sitôt que vous pensez, ce n'est pas la vérité. La vérité ne peut pas être recherchée : elle vient à vous. Vous ne pouvez poursuivre que le connu. Lorsque l'esprit n'est plus torturé par le connu, par les effets du connu, alors seulement la vérité se révèle. Elle est en chaque feuille, en chaque larme ; elle ne peut être connue que d'instant en instant. Personne ne peut vous conduire à elle ; si quelqu'un vous conduit, cela ne peut être que vers le connu.

La vérité ne peut se présenter qu'à l'esprit qui s'est vidé du connu. Elle vient lorsqu'on est dans un état d'où le connu est absent. L'esprit est l'entrepôt du connu, le résidu du connu ; et pour qu'il soit dans l'état où l'inconnu entre en existence, il doit être lucide en ce qui le concerne, en ce qui concerne ses expériences conscientes et inconscientes, ses réponses, ses réactions et sa structure. La totale connaissance de soi est la fin du connu et l'esprit est alors complètement vide de connu. Ce n'est qu'alors que la vérité peut venir à vous, non conviée. La vérité n'appartient ni à moi ni à vous. Vous ne pouvez pas lui rendre un culte. Aussitôt qu'elle est connue, elle est irréelle. Le symbole n'est pas réel, l'image n'est pas réelle, mais lorsqu'il y a compréhension de soi, lorsqu'il y a cessation de soi, l'éternité peut entrer en existence.

## 4. SUR LA CONNAISSANCE

– *Il résulte de ce que vous dites que le savoir et la connaissance sont des entraves. Des entraves à « quoi » ?*

– Les connaissances et le savoir sont évidemment des obstacles à la compréhension du neuf, de l'intemporel, de l'éternel. Parvenir à une technique parfaite ne vous rend pas créatif. Vous pouvez savoir peindre merveilleusement mais n'être pas un créateur. Ou savoir écrire un poème techniquement parfait et n'être pas un poète. Être poète, c'est être perméable au neuf, c'est être assez sensitif pour répondre à quelque chose de nouveau et de frais. Mais, pour la plupart d'entre nous, les connaissances, l'érudition sont devenues des habitudes invétérées, et nous croyons que ce savoir nous permettra de créer. Un esprit encombré, enfoui dans des faits, dans des connaissances, est-il susceptible de recevoir quoi que ce soit de neuf, de soudain, de spontané ? Si votre esprit est encombré par du connu, reste-t-il de la place en lui pour recevoir rien qui appartienne à l'inconnu ? Les connaissances se rapportent toujours au connu, c'est évident ; et, au moyen du connu, nous essayons de comprendre ce qui est inconnu, ce qui est au-delà de toute mesure.

Considérez, par exemple, le comportement de la plupart des personnes « religieuses » quel que soit le sens que nous donnions provisoirement à ce mot : elles essayent d'imaginer ce que Dieu est, ou de penser à ce qu'est Dieu. Elles ont lu des ouvrages innombrables et sont informées des expériences de Saints, de Maîtres, de Mahatmas ; elles cherchent alors à imaginer ou à sentir ce qu'a pu être l'expérience dont on leur a parlé ; en d'autres termes, elles voudraient, avec le connu, aborder l'inconnu. Et peuvent-elles le faire ? Peut-on penser à quelque chose qui n'est pas connaissable ? Non : on ne peut penser qu'à ce que l'on connaît. Mais il se produit en ce moment dans le monde une extraordinaire perversion. Nous nous imaginons que nous comprendrons lorsque nous aurons encore plus d'informations, plus de livres, plus de faits, plus d'imprimés.

Pour percevoir autre chose que la seule projection du connu, il faut éliminer le processus du connu, en le comprenant. Pourquoi l'esprit s'accroche-t-il toujours au connu ? N'est-ce point parce qu'il y cherche une certitude, une sécurité ? Sa nature même est fixée dans le connu, dans le temps ; et si ses fondements sont le passé, la durée, comment peut-il entrer en contact avec l'intemporel ? Il peut concevoir, formuler, se représenter l'inconnu, mais tout cela est absurde. L'inconnu ne peut entrer en existence que lorsque le connu est compris, dissous, mis de côté. Et cela est extrêmement difficile, car dès que l'on a une expérience quelconque, l'esprit la traduit en termes connus et la réduit à n'être que du passé. Je ne sais pas si vous avez remarqué que chaque expérience est immédiatement traduite en fonction du connu, nommée, formulée, enregistrée. Ainsi le mode du connu est le savoir et ces connaissances sont des entraves.

Supposez que vous n'ayez jamais lu aucun livre de religion ou de psychologie et que vous ayez à trouver le sens, la signification de la vie. Comment vous y prendriez-vous ? Supposez qu'il n'y a pas de Maîtres, pas de religions organisées, ni Bouddha ni Christ et que vous ayez à commencer depuis le commencement. Comment vous y prendriez-vous ? Tout d'abord il vous faudrait comprendre votre processus de pensée, n'est-ce pas, et ne pas vous projeter, vous et vos pensées, dans le futur et créer un Dieu qui vous fasse plaisir : ce serait trop enfantin. Donc, tout d'abord, il vous faudrait comprendre le processus de votre pensée. Et c'est la seule façon de découvrir quelque chose de neuf.

Lorsque nous disons que le savoir et les connaissances sont un obstacle, nous ne parlons pas des connaissances techniques nécessaires à l'industrie, etc., nous pensons à tout autre chose : à ce sens de félicité créative qu'aucune somme de savoir ou de connaissances ne donnera jamais. Être créatif, dans le vrai sens de ce mot, c'est être libéré du passé d'instant en instant ; car c'est le passé qui constamment projette son ombre sur le présent. Nous accrocher à des informations, aux expériences d'autrui, à ce qu'Un-tel a dit (quelque grand qu'il soit) et essayer de conformer nos actes à ces pensées, tout cela est du monde des connaissances. Mais pour découvrir du neuf, l'on doit partir tout seul, complètement démuni, surtout de connaissances ; car il est très facile, au moyen de connaissances et de croyances, d'avoir des expériences ; mais celles-ci n'étant que des produits de projections personnelles sont irréelles, fausses. Si vous voulez découvrir le neuf, ne vous chargez pas du fardeau du vieux ; surtout de connaissances ; des connaissances d'un autre ; même s'il est très grand. Vos connaissances vous servent de protection, de sécurité : vous voulez être tout à fait sûrs de participer aux expériences du Bouddha, du Christ, ou de X... Mais l'homme qui ne cesse de s'abriter derrière des connaissances n'est pas un chercheur de vérité.

La découverte de la vérité n'a pas de sentier. Vous devez entrer dans les océans inexplorés, ce qui n'est ni déprimant, ni aventureux. Lorsque vous voulez découvrir du neuf, lorsque vous expérimentez, votre esprit doit être très tranquille ; car s'il est encombré, rempli de faits et de connaissances, tout ce bagage est un obstacle au neuf. La difficulté est que, pour la plupart d'entre nous, l'esprit est devenu si important, a acquis une valeur prédominante, qu'il intervient chaque fois que se présente une chose neuve qui pourrait exister simultanément avec le connu. Ainsi les connaissances et le savoir sont un obstacle pour ceux qui voudraient chercher, pour ceux qui voudraient essayer de comprendre ce qui est intemporel.

# 5. SUR LA DISCIPLINE

*– Toutes les religions demandent que l'on se discipline afin de modérer les instincts de la brute dans l'homme. Des saints et des mystiques ont affirmé qu'en pratiquant des disciplines, ils ont trouvé Dieu. Mais il semble résulter de ce que vous dites, que de telles disciplines sont des obstacles à la réalisation de Dieu. Je suis dans un état de confusion. Qui a raison à ce sujet ?*

– Il ne s'agit pas de savoir qui a raison à ce sujet, mais où est la vérité. Il est important que nous la trouvions nous-mêmes, et non pas la vérité selon tel saint, ou selon telle personne qui vient des Indes, ou de quelque lieu encore plus exotique.

Vous êtes pris entre deux affirmations. Les uns disent : discipline. Les autres : pas de discipline. Ce qui arrive alors, en général, c'est qu'on choisit le système le plus avantageux, le plus satisfaisant ; l'on se sent attiré par la personne qui le propose, par sa façon d'agir, etc. Mettant tout cela de côté, examinons la question directement et cherchons la vérité nous-mêmes. Cette question couvre un champ très vaste et nous devons l'aborder avec beaucoup de précautions.

La plupart d'entre nous désirent être conseillés par des personnes autorisées. Nous nous faisons guider dans notre conduite, parce que notre instinct est d'être à l'abri, de ne pas souffrir davantage. Telle personne est censée avoir atteint le bonheur, la félicité ou autre chose et nous espérons qu'elle nous dira comment il faut s'y prendre pour parvenir à cet état. C'est cela que nous voulons : ce même bonheur, cette même quiétude intérieure, cette joie. Dans la folle confusion de ce monde, nous voulons que quelqu'un nous dise comment agir. Tel est notre instinct fondamental ; c'est lui qui guide notre action. Est-ce que Dieu, le très-haut, l'innommable qu'aucun mot ne contient, peut être atteint au moyen de disciplines, en se conformant à une certaine façon de penser ? Nous voulons atteindre un certain but et nous pensons que par des pratiques, des disciplines, des refoulements ou des sublimations, nous parviendrons à trouver ce que nous cherchons.

Que comporte l'idée de discipline ? Si nous nous disciplinons, pourquoi le faisons-nous ? La discipline et l'intelligence peuvent-elles coexister ? La plupart des personnes pensent que nous devons, par des disciplines, subjuguer, dominer la brute en nous. Cette brute, cette chose hideuse, peut-on la dompter par des disciplines ? Qu'entendons-nous par discipline ? Une action répétée qui promet une récompense ; une suite d'actes qui nous donnera ce que nous voulons (cela peut être positif ou négatif) ; un modèle de conduite, lequel, s'il est imité avec diligence, persévérance et très, très ardemment suivi, nous fera obtenir ce que nous désirons. Cela peut être pénible, mais nous nous y soumettons pour atteindre nos fins. Le moi, qui est agressif, égoïste, hypocrite, angoissé, craintif – vous savez tout cela – le moi, qui est la cause de la brute en nous, nous voulons le transformer, le subjuguer, le détruire. Comment y parviendrons-nous ? Par des disciplines, ou par une compréhension intelligente du passé du moi, de ce qu'est le moi, de ses origines, etc. ? Détruit-on la brute dans l'homme par la force ou par l'intelligence ? L'intelligence est-elle affaire de discipline ? Oublions pour l'instant ce que les saints ou les mystiques ont dit. Entrons dans la question nous-mêmes, comme si elle se présentait à nous pour la première fois ; alors peut-être y trouverons-nous enfin quelque chose de créatif au lieu de citations, lesquelles sont si vaines.

176

Constatons d'abord qu'existe en nous le conflit du noir contre le blanc, de l'avidité contre la non-avidité, etc. Je suis avide ; cela crée une souffrance ; et, pour me débarrasser de cette avidité, je veux me discipliner. En d'autres termes, je veux résister à un conflit qui m'est douloureux ; et celui-ci, je l'appelle avidité. Je me dis ensuite que cette avidité est anti-sociale, contraire à l'éthique et à la sainteté, et mille autres choses encore ; bref j'invoque toutes les raisons socialo-religieuses que l'on se donne pour résister à ce conflit. Mais l'avidité est-elle détruite ou éliminée par la contrainte ? Examinons le processus que comporte l'action de réprimer, contraindre, écarter, résister. Qu'arrive-t-il lorsque vous résistez à l'avidité ? Mais « qui » résiste ? Quelle est la chose qui résiste ? Voilà la première question à se poser. Pourquoi résistez-vous, et quelle est l'entité qui dit : « Je dois me libérer de l'avidité » ? Cette entité qui dit « je dois être libre » est aussi avidité, n'est-ce pas ? Jusque-là, elle avait tiré profit de l'avidité mais maintenant, parce qu'elle en souffre, elle veut s'en débarrasser. Le mobile de cette entité est encore un processus d'avidité, puisqu'il consiste pour elle à vouloir être quelque chose qu'elle n'est pas : la non-avidité est maintenant avantageuse, donc je la veux. Mon mobile, mon intention est d'« être » quelque chose : d'être non-avide, ce qui est encore de l'avidité, évidemment. C'est une façon négative de donner de l'importance au moi.

Nous voyons que l'avidité est douloureuse, pour diverses raisons qui sont évidentes. Tant qu'elle était une source de profits et de jouissances, il n'y avait pas de problème. La société encourage de différentes façons notre avidité ; et les religions l'encouragent aussi de différentes façons. Nous nous y livrons tant qu'elle nous convient, mais lorsqu'elle nous fait souffrir, nous voulons lui résister. C'est ce que nous appelons nous discipliner ; mais cela nous en libère-t-il ? Toute action du moi qui veut se libérer de l'avidité est avidité. Donc la solution n'est pas là.

Il nous faut avoir un esprit calme et serein si nous voulons comprendre quoi que ce soit, surtout lorsqu'il s'agit de cet inconnu, de cet insondable que l'on appelle Dieu. Tout problème exige une tranquille profondeur d'esprit pour être compris. Et cette tranquille profondeur s'obtient-elle par la contrainte ? La pensée superficielle peut s'obliger à s'immobiliser, mais cette immobilité est celle de la décomposition, de la mort, car elle est l'opposé de l'adaptabilité, de la souplesse, de la sensibilité. Donc la résistance n'est pas la solution.

Le comprendre exige déjà de l'intelligence. Voir que l'esprit s'émousse dans la contrainte, c'est déjà le commencement de l'intelligence. On s'aperçoit alors qu'une discipline qui nous fait agir à l'imitation d'un certain modèle a sa source dans la peur : nous avons peur de ne pas obtenir ce que nous voulons. Et qu'arrive-t-il lorsque vous disciplinez votre esprit, lorsque vous disciplinez votre être ? Il s'endurcit, n'est-ce pas ? Il perd toute souplesse, toute vivacité. Il n'est plus adaptable. Ne connaissez-vous pas des personnes qui se sont disciplinées ? Le résultat est manifestement un phénomène de décomposition. Le conflit intérieur a été écarté, caché, mais il est là, brûlant.

Ainsi l'exercice de la discipline est une résistance qui ne fait que créer une habitude. Et l'habitude n'est pas productrice d'intelligence. Vous pouvez vous exercer tous les jours au piano et acquérir une très grande habileté des doigts ; mais c'est l'intelligence qui est requise pour diriger les mains et c'est cette intelligence qui nous concerne en ce moment.

Vous voyez une personne dont vous pensez qu'elle est heureuse ou qu'elle s'est réalisée et, désirant ce bonheur, vous l'imitez. Cette imitation est appelée discipline. Nous imitons afin de recevoir ce qu'un autre possède ; nous copions afin d'avoir le bonheur que nous croyons être le sien. Trouve-t-on le bonheur par la discipline ? En obéissant à certaines règles, à certains modes de conduite, est-on libre ? Car ne faut-il pas être libre, pour découvrir ? Si vous voulez découvrir quoi que ce soit, il vous faut être intérieurement libre ; c'est évident. Êtes-vous libre lorsque vous façonnez votre esprit d'une façon particulière, que vous appelez discipline ? Certainement pas. Vous n'êtes qu'une machine à répétition, construite selon certaines déductions et obéissant à certaines règles de conduite. La liberté n'est pas un produit de la discipline. Elle n'est engendrée que par l'intelligence ; et cette intelligence s'éveille en vous, vous l'avez déjà, dès que vous voyez que toute forme de contrainte est une négation de la liberté, aussi bien intérieurement qu'extérieurement.

Ce qui est nécessaire et qui ne s'obtient pas par la discipline, c'est la liberté. La liberté ne s'acquiert que par la vertu. L'avidité est confusion, la colère est confusion, l'amertume est confusion. Lorsque vous « voyez » cela, vous vous en affranchissez naturellement, vous ne résistez pas mais vous comprenez qu'il n'y a de découverte qu'en la liberté et que toute forme de contrainte n'étant pas la liberté, ne mène à aucune découverte. Une personne non vertueuse est dans un état de confusion ; et comment peut-on découvrir quoi que ce soit dans la confusion ? Ainsi la vertu n'est pas le produit d'une discipline ; elle est liberté. La liberté ne peut pas être le résultat d'une action non vertueuse, d'une action qui ne serait pas vraie en elle-même. Notre difficulté est que nous avons trop lu, nous avons superficiellement essayé trop de disciplines – nous levant le matin à une certaine heure, prenant certaines postures, essayant de nous concentrer de certaines façons – nous exerçant, nous exerçant, nous disciplinant, parce qu'on nous a dit que si nous persévérions un certain nombre d'années, nous pourrions trouver Dieu au bout. Il se peut que je m'exprime un peu brutalement, mais c'est bien le fond de votre pensée. Mais Dieu ne vient pas aussi facilement que cela. Ce n'est pas un objet négociable : je fais ceci, moyennant quoi vous me donnez cela.

Nous sommes si conditionnés par des influences extérieures, par des doctrines religieuses, par des croyances et par un désir profond de parvenir à quelque chose, d'obtenir quelque chose, qu'il nous est très difficile de remettre tout ce problème en question, sans y penser en termes de discipline. Nous devons donc voir d'abord clairement toutes les conséquences des disciplines ; comment elles rétrécissent et limitent l'esprit, comment elles le contraignent à agir de telle ou telle façon, à se soumettre à nos désirs, à subir diverses influences. Un esprit conditionné, quelque « vertueux » que se prétende ce conditionnement, ne peut jamais être libre, ni, par conséquent, comprendre la réalité. Dieu, la réalité – le nom n'a aucune importance – ne peut entrer en existence que dans la liberté ; et celle-ci est niée par toute contrainte, positive ou négative, qu'engendre la peur. Il n'y a pas de liberté si vous cherchez une fin, car vous êtes lié à cette fin. Vous pouvez vous être affranchi du passé, mais le futur vous tient, et cela n'est pas la liberté. Toute discipline imposée nie la liberté, qu'elle soit politique ou religieuse ; l'esprit qui s'y soumet avec une fin en vue, ne peut que fonctionner dans ce sillon, à la façon d'un disque de gramophone ; il ne sera jamais libre.

Ainsi, par des exercices, et en s'imposant des habitudes, l'esprit ne fait que réaliser ce qu'il a en vue. Il n'est donc pas libre ; il ne peut pas réaliser l'immesurable. Être conscient de tout ce processus – qui consiste en somme à se soumettre à l'opinion (celle du voisin ou celle d'un saint : cela revient au même) et à subir à cet effet toutes sortes de refoulements et de sublimations plus ou moins subtiles – c'est déjà le commencement de la liberté, d'où surgit la vertu. La vertu n'est pas le produit d'une idée : par exemple, l'idée de non-avidité, si on la prend pour but, n'est plus vertu. Si vous êtes consciemment non-avide, êtes-vous vertueux ? C'est pourtant ce que vous faites avec vos disciplines. Elles développent en vous « la conscience d'être quelque chose ». L'esprit qui s'exerce à la non-avidité, n'est pas affranchi de sa propre conscience en tant que non-avidité, et par conséquent n'est pas réellement non-avide. Il n'a fait que revêtir un nouveau manteau qu'il

180

appelle non-avidité. Et nous pouvons voir la totalité de ce processus : les motifs que l'on se donne ; le désir d'un résultat ; l'imitation d'un modèle ; le besoin de sécurité dans l'imitation ; tout ce mouvement ne va que du connu au connu et demeure toujours dans les limites du processus du moi qui se renferme en lui-même.

Voir tout cela, en être conscient, est le commencement de l'intelligence. Et l'intelligence n'est ni vertueuse ni non-vertueuse : elle n'entre pas dans ces catégories. Elle engendre la liberté, laquelle n'est ni désordre, ni dérèglement. Sans cette intelligence il n'y a pas de vertu ; la vertu engendre la liberté ; et dans la liberté, la réalité entre en existence. Lorsqu'on voit ce processus dans son ensemble et dans sa totalité, il n'y a plus de conflit. C'est parce que nous sommes en conflit et que nous voulons en sortir que nous avons recours à des disciplines, à des privations, à des adaptations. Lorsque nous voyons le processus de ce conflit, il n'est plus question de discipline, parce qu'alors nous comprenons d'instant en instant le mode du conflit. Cela exige une grande vivacité et une observation constante de soi ; pourtant, ce qu'il y a de curieux c'est que même si l'on ne s'observe pas tout le temps, un processus d'enregistrement est mis intérieurement en action, dès que l'intention y est. La sensibilité, la sensibilité intérieure, enregistre sans interruption des vues instantanées qu'elle projette dès que nous sommes tranquilles. Et la sensibilité ne se développe jamais par la contrainte. Vous pouvez contraindre un enfant, le mettre en pénitence et le faire tenir tranquille ; mais intérieurement il est peut-être en ébullition, ne pensant qu'au moyen de s'enfuir.

Concluons qu'en matière de discipline, la question de savoir qui a raison et qui a tort ne peut être résolue que par vous-mêmes.

Il y a encore ceci : nous avons peur de faire fausse route, parce que nous voulons être « quelqu'un qui a réussi ». La peur est au fond de notre désir de nous discipliner ; mais l'inconnu ne se laisse pas capturer dans le filet de la discipline. Au contraire, l'inconnu a besoin de liberté ; il ne vient pas s'insérer dans les représentations de notre esprit ; c'est pour cela que la tranquillité de l'esprit est essentielle. Lorsque l'esprit est conscient de sa tranquillité il n'est plus tranquille ; lorsqu'il est conscient d'éprouver une non-avidité, il se reconnaît dans ce nouveau vêtement de non-avidité, mais cela n'est pas un état de tranquillité. C'est pour cela qu'il faut aussi comprendre ce problème sous l'aspect de la personne qui s'imagine se surmonter : l'entité qui domine et ce qui est dominé sont un. Ce ne sont pas deux phénomènes distincts.

# 6. SUR LA SOLITUDE

– *Je commence à me rendre compte que je suis dans un état d'extrême solitude. Que dois-je faire ?*

– Vous voulez savoir pourquoi vous éprouvez un sentiment de solitude. Savons-nous ce que veut dire la solitude et en sommes-nous conscients ? J'en doute fort, car nous sommes plongés dans des activités, dans des livres, dans des fréquentations, dans des idées qui nous empêchent de nous rendre compte de notre solitude. Qu'appelons-nous solitude ? Le sentiment d'être vide, de ne rien posséder, d'être extraordinairement incertain, sans racines nulle part. Ce n'est pas du désespoir, ni une désespérance, mais une vacuité et un sens de frustration. Je suis sûr que nous l'avons tous ressenti, ceux d'entre nous qui sont heureux, comme ceux qui sont malheureux, les très, très actifs comme ceux qui s'adonnent à l'étude. Nous connaissons tous cela. C'est le sens d'une douleur inépuisable, d'une douleur que l'on ne peut pas étouffer, quelque effort que l'on fasse dans ce sens.

Abordons ce problème en cherchant à voir ce qui se produit réellement, comment nous nous comportons au juste lorsque nous éprouvons ce sentiment de solitude. Nous essayons de le fuir. Vous poursuivez votre lecture interrompue, vous allez consulter un sage, vous allez au cinéma, vous devenez très, très actif socialement, vous allez prier, vous vous mettez à peindre, ou bien à écrire un poème sur la solitude. C'est cela qui se produit en fait. Prenant conscience de votre solitude, de la douleur qu'elle comporte, de la peur insondable qui l'accompagne, vous cherchez une évasion, et c'est cette évasion qui devient importante ; par conséquent vos activités, vos connaissances, vos dieux, vos radios deviennent importants aussi. Lorsque vous accordez de l'importance à des valeurs secondaires, elles mènent au chaos, car les valeurs secondaires sont inévitablement sensorielles. Et la civilisation moderne basée sur elles vous offre les évasions que vous cherchez, par le truchement de votre emploi, de votre famille, de votre nom, de vos études, de vos expressions artistiques, etc. Toute notre culture est basée sur ces évasions. Notre civilisation est fondée dessus, c'est un fait.

Avez-vous jamais essayé d'être seul ? Essayez, et vous verrez comme c'est extraordinairement difficile et quelle intelligence il faut pour être seul, car notre esprit ne nous permet pas de l'être. Il commence à s'agiter, à s'affairer autour d'évasions possibles. Que sommes-nous donc en train de faire à ce moment-là ? Nous essayons de remplir ce vide extraordinaire avec du connu. Nous apprenons à être actifs et sociables, à étudier, à manipuler la radio. Ainsi nous remplissons cette chose que nous ne connaissons pas – ce vide – avec toutes sortes de connaissances, de contacts ou d'objets. N'est-ce pas ainsi que cela se passe ? C'est cela notre processus ; c'est cela, notre existence. Or, sitôt que vous vous rendez compte de ce que vous faites, pensez-vous encore pouvoir remplir ce vide ? Vous vous y êtes efforcés par tous les moyens. Y êtes-vous parvenus ? Vous êtes allés au cinéma et cela n'a pas réussi, alors vous allez chez votre *gourou* ou dans une bibliothèque, ou vous devenez très actifs socialement. Êtes-vous parvenus à remplir le vide ou l'avez-vous simplement recouvert ? Si vous l'avez simplement recouvert, il est toujours là et surgira de nouveau. Si vous parvenez à une évasion totale, vous vous retrouverez dans un asile d'aliénés ou vous deviendrez complètement stupides. Et c'est exactement ce qui se produit dans le monde.

Ce vide, cette vacuité peut-elle être remplie ? Si elle ne peut pas l'être, pouvons-nous la fuir, nous en évader ? Si

184

nous avons tenté une évasion et que nous avons vu qu'elle n'a aucune valeur, ne voyez-vous pas que les autres ne valent pas plus ? Il importe peu que vous remplissiez ce vide avec ceci ou cela. Ce que vous appelez méditation est une évasion aussi. Il importe peu que vous modifiiez l'itinéraire de votre fuite.

Comment découvrirez-vous la façon de traiter cette solitude ? Vous ne la découvrirez que lorsque vous aurez cessé de fuir. Sitôt que l'on est décidé à affronter ce qui « est » – ce qui veut dire que l'on n'ouvre pas la radio, ce qui veut dire que l'on tourne le dos à la civilisation – cette solitude prend fin parce qu'elle est complètement transformée. Ce n'est plus de la solitude. Si l'on comprend ce qui « est », alors ce qui « est » est le réel. Mais parce que l'esprit ne cesse d'éviter de voir, de refuser de voir, de fuir ce qui « est », il crée ses propres obstacles. Et parce que nous avons érigé tant d'obstacles qui nous empêchent de voir, de comprendre ce qui « est », nous nous éloignons de la réalité. Voir ce qui « est » non seulement requiert une grande vivacité et une lucidité dans l'action, mais veut dire aussi tourner le dos à tout ce que nous avons échafaudé, à notre compte en banque, à notre nom, à tout ce que vous appelez civilisation. Lorsque l'on voit ce qui « est » on voit comment la solitude est transformée.

# 7. SUR LA SOUFFRANCE

– *Quel est le sens de la douleur et de la souffrance ?*

– Lorsque vous souffrez, lorsque vous avez une douleur, quel sens cela a-t-il ? Je ne pense pas que votre question se rapporte à la douleur physique, mais à la souffrance et à la douleur psychologiques, qui ont des sens différents, à différents niveaux de la conscience. Quel est le sens de la souffrance ? Pourquoi voulez-vous qu'elle ait un sens ? Non point qu'elle n'en ait pas : nous allons chercher à le savoir. Mais pourquoi voulez-vous le savoir ? Pourquoi voulez-vous savoir « pourquoi » vous souffrez ? Lorsque vous vous posez cette question « pourquoi est-ce que je souffre ? » et que vous cherchez la cause de la souffrance, n'êtes-vous pas en train de fuir la souffrance, d'essayer de vous évader ? Le fait est celui-ci : je souffre ; mais dès l'instant que je fais intervenir ma pensée pour agir sur ma souffrance en demandant « pourquoi ? » j'en ai déjà atténué l'intensité. En d'autres termes nous voulons que la souffrance soit diluée, allégée, écartée par des explications. Mais cela ne peut certes pas nous donner une compréhension de la douleur. Si je suis affranchi de ce désir de la fuir, je peux alors comprendre le « contenu » de la souffrance.

Qu'est-ce que la souffrance ? Une perturbation à différents niveaux, depuis le niveau physique jusqu'aux différentes couches du subconscient. C'est une forme aiguë de perturbation, qui m'est pénible. Mon fils est mort ; j'avais construit autour de lui tous mes espoirs (ou autour de ma fille, ou de mon mari, prenez n'importe quel exemple). J'en avais fait mon idole, à l'image de tout ce que je désirais. Et c'était mon compagnon, etc., vous savez tout ce qu'on dit. Or soudain il n'est plus là. C'est une grave perturbation, n'est-ce pas ? Et cette perturbation, je l'appelle souffrance. Si je n'aime pas cette souffrance, je me dis : « pourquoi est-ce que je souffre ? » « Je l'aimais tellement. » « Il était ceci. » J'essaye, ainsi que le font la plupart des personnes, de fuir dans des mots, qui agissent comme des narcotiques. Si je ne fais pas cela, qu'arrive-t-il ? Il arrive que je suis complètement conscient de la souffrance. Je ne la condamne pas, je ne la justifie pas, je souffre et c'est tout. Mais alors, je peux suivre son mouvement, je peux suivre tout ce contenu de sa signification ; le « suivre » dans le sens d'essayer de le comprendre.

Que veut dire souffrir ? Qu'est-ce qui souffre ? Je ne me demande pas « pourquoi » il y a souffrance, ni quelle est la « cause » de la souffrance, mais « que se passe-t-il en fait » ? Je ne sais pas si vous voyez la différence : je suis simplement dans l'état où la souffrance se perçoit ; elle n'est pas distincte de moi à la façon dont un objet est séparé de l'observateur ; elle est partie intégrante de moi-même, tout moi souffre. Dès lors, je peux suivre son mouvement, voir où elle me mène. Et ainsi elle se révèle et je vois que j'ai donné de l'importance à moi-même et non à la personne que j'aimais. Celle-ci avait comme rôle de me cacher ma misère, ma solitude, mon infortune. J'espérais qu'elle aurait pu accomplir tout ce que « moi » je n'avais pas pu être. Mais elle n'est plus là, je suis abandonné, seul, perdu. Sans elle, je ne suis rien. Alors je pleure. Non parce qu'elle est partie, mais parce que je demeure. Je suis seul.

Parvenir à ce point est très difficile. Il est difficile de simplement admettre, « je suis seul », de ne pas ajouter : « comment me débarrasser de cette solitude ? » ce qui serait une évasion. Il est difficile d'être parfaitement conscient de cet état et d'y demeurer, de voir son mouvement. Graduellement, si je lui permets de se révéler, de s'ouvrir à moi, je vois que je souffre parce que je suis perdu ; mon attention se trouve malgré moi attirée vers quelque chose

187

que je n'ai pas envie de regarder ; quelque chose m'est imposé qu'il me déplaît de voir et de comprendre. Et d'innombrables personnes sont là pour m'aider à m'évader : des milliers de personnes soi-disant religieuses, avec leurs croyances, leurs dogmes, leurs espoirs et leurs fantaisies : « c'est votre *karma* », « c'est la volonté de Dieu » ... vous connaissez toutes ces voies d'évasion. Mais si je peux demeurer avec cette souffrance, ne pas l'éloigner de moi, et ne pas essayer de la circonscrire ou de la nier, qu'arrivera-t-il ? Quel est l'état de mon esprit, lorsqu'il suit ainsi le mouvement de la souffrance ?

La souffrance n'est-elle qu'un mot, ou est-ce un fait ? Si c'est un fait, le mot, au point où j'en suis, n'a plus de sens ; il n'y a en moi que la perception d'une intense douleur. Une douleur par rapport à quoi ? Par rapport à une image, à une expérience, à quelque chose que je n'ai pas (lorsque je l'avais, je l'appelais plaisir). La douleur, la peine, est par rapport à quelque chose. Ce « quelque chose », n'est-ce qu'une représentation de mon esprit ou est-ce une réalité ? Si la souffrance n'existe que par rapport à quelque chose, il est important de savoir ce qu'est ce « quelque chose ». De même que la peur n'existe pas « en soi » mais est toujours la peur de quelque chose, la souffrance est toujours en relation avec un individu, un incident, un sentiment. Me voici maintenant pleinement conscient de la souffrance. Est-elle distincte de moi, ne suis-je que l'observateur qui la perçoit, ou est-elle « moi » ? Lorsqu'il n'y a pas un « observateur » qui souffre, la souffrance est-elle autre chose que moi-même ? Je « suis » elle. Et alors que se passe-t-il ? Il n'y a pas de mot, pas d'étiquette qui vienne écarter cette douleur en lui donnant un nom. Je ne suis que cela, cette souffrance, ce sentiment d'agonie. Et lorsque je ne suis que cela, que se produit-il ? Lorsque je ne la nomme pas, lorsqu'il n'y a pas de peur suscitée par elle, est-ce qu'il existe une relation entre cette souffrance et le moi en tant que centre de conscience ? Si ce centre est en état de relation avec cette souffrance, il en a peur. Mais s'il « est » cette souffrance même, que peut-on faire ? Il n'y a rien que l'on puisse faire. On « est » cela, on ne peut ni l'accepter ni le refuser, ni lui donner un nom. Si vous « êtes » cela, qu'arrive-t-il ? Pouvez-vous encore dire que « vous » souffrez ? Mais déjà une transformation fondamentale s'est produite. Il n'y a plus le « je » souffre, parce qu'il n'y a pas de centre pour souffrir. Le centre ne souffre que parce que nous n'avons pas examiné ce qu'est ce centre. Nous ne vivons qu'en passant d'un mot à un autre mot, d'une réaction à une autre réaction. Nous ne disons jamais : « voyons ce qu'est cette chose qui souffre ».

Et on ne peut pas la voir en se forçant, en se disciplinant. Il faut regarder avec intérêt, avec une compréhension spontanée. Et alors on s'aperçoit que ce que nous appelions souffrance, douleur, et que nous cherchions à éviter ou à discipliner, que tout ce processus a disparu. Tant que je ne suis pas en relation avec cette souffrance comme si elle était extérieure à moi, le problème n'existe pas. Dès que j'établis un rapport entre elle et moi, comme si elle m'était extérieure, le problème existe. Tant que je considère ma douleur comme une chose extérieure – « je souffre parce que j'ai perdu mon frère, parce que je n'ai pas d'argent, à cause de ceci ou cela » – j'établis une relation entre elle et moi et cette relation est fictive. Mais si je « suis » elle, si je vois ce fait, tout est transformé, tout a un autre sens. Car je suis dans un état d'attention totale, d'attention intégrée et ce qui est complètement considéré est complètement compris et dissous. Alors il n'y a pas de peur et, par conséquent, le mot « affliction » n'existe pas.

# 8. SUR L'ÉTAT DE PERCEPTION

– *Quelle différence faites-vous entre ce que vous appelez lucidité ou état de perception, et l'introspection ? Et, dans cet état, « qui » est lucide ?*

– Examinons d'abord ce que nous entendons par introspection. Cela consiste à se regarder, à s'examiner soi-même. Et pourquoi s'examine-t-on ? Pour s'améliorer, pour se modifier, pour changer. Vous vous livrez à l'introspection afin de devenir quelque chose, sans quoi vous n'y passeriez pas tant de temps. Vous ne vous examineriez pas si vous n'aviez pas le désir de vous modifier, de changer, de devenir autre chose que ce que vous êtes. Ce désir est la raison évidente de l'introspection. Je suis coléreux et je m'examine afin de me débarrasser de la colère, ou de la modifier, ou de la changer. L'introspection est l'expression du désir de modifier ou de changer les réactions et les réponses du moi ; elle a donc toujours un but en vue, et lorsque ce but n'est pas atteint, l'on est de mauvaise humeur et déprimé. Il en résulte que l'introspection s'accompagne invariablement d'un état dépressif. Je ne sais pas si vous avez remarqué que lorsque vous êtes d'humeur à vous livrer à l'introspection, vous subissez toujours une vague de dépression. Il y a toujours cette vague d'humeur chagrine contre laquelle vous bataillez de sorte que vous devez vous réexaminer afin de surmonter cette humeur, et ainsi de suite. L'introspection est un processus qui n'aboutit à aucune délivrance parce qu'il consiste à vouloir transformer ce qui « est » en quelque chose que cela n'est pas. En cette action il y a toujours un processus cumulatif, le « je » examinant quelque chose dans le but de le changer. Il y a donc là, toujours, le conflit d'une dualité, c'est-à-dire un processus de frustration, lequel ne libère jamais. Et parce qu'on ressent cette frustration, l'on est déprimé.

La lucidité est tout autre chose. C'est un état de perception qui ne comporte ni condamnation, ni identification, mais est silencieux et permet, par conséquent, de se comprendre. Quelle que soit la chose que je veux comprendre, je dois l'observer, et non pas la critiquer ou la condamner, ou la poursuivre en tant que plaisir, ou l'éviter si elle est déplaisante. Dans la silencieuse observation d'un fait, il n'y a aucun but à atteindre mais la perception de chaque mouvement, au fur et à mesure qu'il se produit. Cette observation, et la compréhension qui en résulte, cessent lorsqu'il y a condamnation, identification ou justification. L'introspection a pour but l'amélioration de soi-même ; c'est donc une activité égocentrique. La lucidité ne se propose pas comme but à un perfectionnement du moi mais, au contraire, grâce à elle, le moi prend fin, le « je », avec ses caractéristiques individuelles, ses souvenirs, ses exigences et ses poursuites. L'introspection comporte une identification et une condamnation ; la lucidité, ne comportant ni l'une ni l'autre, n'entraîne aucune amélioration de soi. Il y a une grande différence entre les deux.

L'homme qui veut s'améliorer ne peut jamais être lucide, car l'amélioration implique une condamnation et la réussite d'une entreprise. La lucidité ne comporte ni refus ni acceptation. Elle commence avec le monde extérieur, dans les contacts avec le monde extérieur, dans les contacts avec les objets, avec la nature : tout d'abord il y a une perception aiguë de ce qui est autour de nous, une sensibilité par rapport aux objets, à la nature, puis aux personnes – c'est-à-dire à tout notre monde de relations – et enfin la perception des idées. Cette lucidité, cette sensibilité en relation avec les choses, la nature, les personnes, les idées, n'est pas un assemblage de processus distincts, mais un

191

processus unique. C'est une constante observation de tout, de chaque pensée, de chaque sentiment, de chaque acte, au fur et à mesure qu'ils se produisent en nous. Et comme la lucidité ne comporte pas de condamnation, elle n'accumule rien. On ne condamne que lorsqu'on a un critérium, ce qui veut dire accumulation et, par conséquent, amélioration du moi. Être lucide, c'est comprendre les activités du moi, du « je », dans les rapports avec les personnes, les idées et les choses. Cette lucidité est d'instant en instant et, par conséquent, on ne peut pas s'y entraîner. S'exercer à quelque chose, c'est en faire une habitude, et la lucidité n'est pas une habitude. Un esprit routinier n'est pas sensitif ; un esprit qui fonctionne dans le sillon d'une action particulière est obtus, rigide, tandis que la lucidité exige de la souplesse et de la vivacité. Et cela n'est pas difficile à avoir : c'est, en fait, ce qui vous arrive chaque fois que quelque chose vous intéresse, lorsque vous observez votre enfant, votre femme, un paysage, les arbres, les oiseaux. Vous observez sans condamnation, sans identification, de sorte qu'en cet état il y a communion complète : l'observateur et ce qu'il observe sont en complète communion. C'est ce qui se produit en fait, lorsque quelque chose vous intéresse profondément.

Il y a donc une très grande différence entre l'état de perception et l'expansion de soi par l'amélioration que recherche l'introspection. Celle-ci mène à une frustration, tandis que la lucidité est un processus qui libère de l'action du moi en nous rendant conscients de tous nos mouvements intérieurs et conscients, et de ceux d'autrui. Mais cela ne peut se produire que si vous aimez quelqu'un, si votre intérêt est capté profondément. Lorsque je veux me connaître, connaître mon être entier, tout le contenu de moi-même et pas seulement une ou deux zones de ma conscience, il est évident qu'il ne doit y avoir aucune condamnation. Car je dois m'ouvrir à chaque pensée, à chaque sentiment, à chaque humeur, à chaque refoulement ; et au fur et à mesure que cette lucidité s'élargit, il se produit une liberté de plus en plus grande par rapport aux mouvements cachés des pensées, des mobiles et des poursuites. La lucidité est liberté ; elle engendre la liberté, elle dégage la liberté, tandis que l'introspection entretient des conflits en un processus qui se referme sur lui-même et qui contient toujours, par conséquent, une frustration et de la peur.

Vous me demandez aussi « qui » est lucide. Au cours d'une expérience très profonde, que se passe-t-il ? Êtes-vous en train de « subir » une expérience ? Lorsque vous êtes en colère, dans ce fragment de seconde d'extrême intensité de colère, de jalousie ou de joie, êtes-vous conscient d'être en colère, jaloux ou joyeux ? Ce n'est que lorsque l'expérience est passée que surgit le sujet, l'observateur distinct de l'objet de l'expérience. Au moment même de l'expérience, il n'y a ni observateur, ni objet d'observation, il n'y a qu'expérience. Mais la plupart d'entre nous ne sont pas en état d'expérience. Nous sommes en dehors de cet état, et c'est pourquoi nous posons la question : « qui » est lucide ? C'est une question mal posée. Au moment de l'expérience, il n'existe pas une « entité » lucide face à un objet qu'elle verrait clairement ; il n'y a qu'un état d'expérience. Mais il est très difficile d'être dans cet état ; il y faut une souplesse, une rapidité, une sensibilité extraordinaires et qui nous font défaut, lorsque nous poursuivons un résultat, lorsque nous voulons réussir, lorsque nous avons un but en vue, lorsque nous calculons, car toutes ces actions ne créent en nous qu'un sens de frustration. Par contre, l'homme qui n'a aucun de ces désirs, qui n'aspire à aucune réussite d'aucune sorte, est constamment en état d'expérience. Pour lui, tout est en mouvement, tout a un sens, rien n'est vieux, rien n'est consumé, rien ne se répète, parce que ce qui « est » n'est jamais vieux. La provocation de la vie est toujours neuve. C'est la réaction à la provocation qui est vieille et qui ajoute des résidus à ceux qui existent déjà, sous forme de mémoire. Celle-ci devient l'observateur qui se sépare de la provocation, de l'expérience.

Vous pouvez vérifier tout cela vous-même très simplement et très facilement. La prochaine fois que vous serez en colère, ou jaloux ou violent, peu importe, observez-vous. Dans cet état, « vous » n'êtes pas. Il n'y a que cet état d'être. Un fragment de seconde plus tard, vous lui donnez un nom ; vous l'appelez jalousie, colère, violence, et créez immédiatement l'observateur et l'objet de son observation, l'entité et l'expérience qu'elle subit. Dès que cette entité existe, elle essaye de modifier l'expérience, de la changer, d'y associer des souvenirs, etc., et maintient ainsi la division entre elle-même et l'état qui a eu lieu. Mais si vous ne nommez pas cet état – ce qui revient à dire que vous n'êtes pas à la recherche d'un résultat, que vous ne condamnez pas mais que vous êtes silencieusement en état de perception – vous verrez qu'en cette sensation, en cette expérience, il n'y a ni observateur ni objet car ils sont tous deux un seul et unique phénomène : il n'y a donc simplement qu'expérience.

En résumé, l'introspection, qui n'est qu'une expansion du moi dans son désir de s'améliorer, ne peut jamais conduire à la vérité, parce que c'est un processus qui se referme sur lui-même, tandis que la lucidité est un état en lequel la vérité peut entrer en existence, la vérité de ce qui « est », la simple vérité de la vie quotidienne. Ce n'est qu'en comprenant la vérité de la vie quotidienne que l'on peut aller loin. Il faut commencer tout près pour aller loin. La plupart d'entre nous veulent faire un saut, commencer au loin sans se rendre compte de ce qui est tout près d'eux. Mais sitôt que nous comprenons l'immédiat, nous voyons que la distance à franchir n'existe pas. Il n'y a pas de distance ; le commencement et la fin sont un.

## 9. SUR NOS MONDES DE RELATIONS

– *Vous avez souvent parlé de « relations ». Qu'entendez-vous par là ?*

– Tout d'abord, les mots « être isolé » n'ont pas de sens. Être, c'est être dans un monde de relations ; sans contacts il n'y a pas d'existence. Qu'entendons-nous par relation ? Une provocation et une réponse réciproques entre deux personnes, entre vous et moi ; c'est la provocation que vous me lancez et que j'accepte, ou à laquelle je réagis ; et c'est aussi la provocation qui va de moi à vous. Les relations entre deux personnes créent une société ; la société n'existe pas indépendamment de vous et de moi ; les masses ne sont pas, en tant que telles, des entités ; mais vous et moi, dans nos relations réciproques, créons la masse, le groupe, la société. Être en état de relation, c'est être conscient des rapports réciproques de deux personnes. Sur quoi ces rapports sont-ils basés en général ? Sur ce que l'on appelle l'interdépendance, l'assistance mutuelle. C'est du moins ce que nous disons : nous parlons d'entraide, etc., mais si nous mettons de côté les mots et les écrans émotionnels que nous plaçons entre nous, sur quoi sont basés nos rapports ? Sur un plaisir mutuel, n'est-ce pas ? Si je ne vous plais pas, vous vous débarrassez de moi ; si je vous plais, vous m'acceptez comme conjoint, voisin ou ami. C'est cela le fait.

Qu'est-ce que l'on appelle famille ? Un rapport d'intimité, de communion. Dans votre famille, dans vos relations avec votre femme, avec votre mari, y a-t-il communion ? Pourtant, c'est le sens réel du mot relation :

195

c'est une communion sans peur, une liberté de se comprendre l'un l'autre, de communier directement. Êtes-vous dans cet état ? Peut-être, entre conjoints, l'êtes-vous physiquement, mais cela n'est pas un réel état de relation, car vous vivez l'un et l'autre derrière un mur d'isolement. Chacun de vous a ses désirs et ses ambitions. Vous vivez derrière un mur par-dessus lequel vous jetez à l'occasion un regard et vous appelez cela relation. C'est un fait. Vous pouvez l'embellir, l'adoucir, le décrire avec de nouveaux mots, mais le fait est que vous vivez dans l'isolement et que cet isolement vous l'appelez relation.

Un réel état de relation, c'est-à-dire de communion, a des implications infinies. Car là il n'y a pas d'isolement ; il y a de l'amour et non une responsabilité et des devoirs. Ce sont les personnes isolées derrière leurs murs qui parlent de devoirs et de responsabilités. Mais la personne qui aime partage avec l'autre ses joies, ses chagrins, son argent. Vos familles sont-elles ainsi ? Évidemment pas. Elles ne sont qu'un prétexte pour perpétuer votre nom, vos traditions, pour vous accorder ce que vous désirez, sexuellement ou psychologiquement. La famille est un moyen de prolonger votre personne par le nom que vous portez ; c'est une façon de ne pas mourir ; c'est une permanence que vous acquérez. Et la famille est aussi une source de contentement : j'exploite cruellement en affaires, en politique, dans la société, mais chez moi je me complais dans le sentiment de ma bonté et de ma générosité. Comme c'est absurde ! Ou encore : le monde m'épuise, je veux la paix et me réfugie chez moi ; je souffre au-dehors et je cherche le confort à la maison. Ainsi je me sers de mon état de relation pour ma satisfaction personnelle, ce qui veut dire que je ne veux pas être dérangé dans mes rapports avec ma famille.

Les relations que l'on recherche sont celles qui font plaisir et qui donnent de la satisfaction aux deux parties. Lorsqu'elles cessent de vous être agréables, vous les changez : vous divorcez, ou, tout en continuant à vivre

196

ensemble vous cherchez votre plaisir ailleurs ; vous le cherchez jusqu'à ce que vous trouviez à satisfaire le besoin que vous avez de vous protéger. Vous recherchez les relations qui vous donnent une sécurité, celles où vous parvenez à vivre dans un état de contentement et d'ignorance. Et tout cela crée des conflits. Si vous ne me contentez pas et que c'est ma satisfaction que je recherche, il y a forcément conflit. Si chacun de nous veut trouver sa sécurité chez l'autre, aussitôt que cette sécurité est incertaine, je deviens jaloux, violent, possessif, etc. Nos rapports réciproques aboutissent toujours à la possession, à des reproches, à des exigences, et en tout cela, il n'y a pas d'amour, évidemment.

Nous parlons d'amour, de responsabilités, de devoirs, mais cela n'est pas vraiment de l'amour, c'est la recherche d'un état agréable, dont nous voyons les effets dans notre civilisation. La façon dont nous traitons nos femmes, nos enfants, nos voisins, nos amis, est l'indication que dans nos rapports réciproques il n'y a, en fait, pas d'amour du tout. S'il en est ainsi, quel est le but réel de l'état de relation ? Quelle est sa signification ultime ? Si vous vous observez au cours de vos rapports avec autrui, ne voyez-vous pas que ces rapports sont un processus d'auto-révélation ? Mon contact avec vous ne me révèle-t-il pas mon état d'être si je suis lucide, si je suis conscient de mes réactions ? Ce processus d'auto-révélation est celui de la connaissance de soi ; en lui on découvre bien des choses désagréables et troublantes, des pensées et des activités qui nous dérangent. Et comme je n'aime pas ce que je découvre, je fuis ces relations et vais en chercher d'autres plus satisfaisantes. Ainsi nos relations n'ont pas beaucoup de sens tant que nous y cherchons un contentement, mais acquièrent une signification extraordinaire lorsqu'elles sont un moyen de nous révéler à nous-mêmes et de nous connaître.

Après tout, en amour il n'y a pas de relations, n'est-ce pas ? Si, aimant une personne, vous en attendez quelque chose en retour, il y a relation, mais si, aimant, vous vous donnez entièrement, il n'y a pas de relation. En cet amour il n'y a pas de frottements, il n'y a pas l'«un» et l'«autre» mais une complète unité. C'est un état d'intégration, de plénitude d'être. De tels moments existent, joyeux, heureux et rares, où l'amour est total et la communion complète. Ce qui arrive en général, c'est que ce n'est pas l'amour qui importe, c'est l'«autre»; c'est l'objet de l'amour qui devient important, c'est celui à qui l'amour est donné, ce n'est pas l'amour lui-même. L'objet de l'amour devient important pour diverses raisons, biologiques ou verbales ou parce qu'il satisfait un désir quelconque. Alors l'amour se retire, la possession, la jalousie, les exigences, provoquent un conflit et l'amour se retire encore davantage ; et plus il recule, plus le problème de nos relations perd son importance, sa valeur et sa signification.

L'amour est une des choses les plus difficiles à comprendre. On ne peut pas le faire naître par des efforts intellectuels, ni peut-il être fabriqué au moyen de méthodes ou de disciplines. C'est un état d'être en lequel les activités du moi ont cessé ; mais elles ne cesseront pas si vous ne faites que les refouler, les éviter ou les discipliner. Il vous faut les comprendre dans toutes les couches de la conscience. Nous avons des moments d'amour en lesquels il n'y a ni pensées ni mobiles, mais ils sont très rares. Et parce qu'ils sont rares, nous nous y accrochons par la mémoire et érigeons ainsi des barrières entre la réalité vivante et l'action de nos expériences quotidiennes.

En vue de comprendre nos mondes de relations, il est important de comprendre d'abord ce qui «est», ce qui, en fait, a lieu dans nos vies, sous ses formes les plus subtiles, ainsi que le sens réel des relations. L'état de relation est une constante révélation de nous-mêmes, que nous refusons en nous cachant dans des abris. Nos relations perdent dès lors leur profondeur extraordinaire, leur signification et leur beauté. Il n'y a de vraie relation qu'en amour ; mais l'amour n'est pas la recherche d'un contentement personnel. Il n'existe que dans l'oubli de soi, lorsqu'il y a complète communion, non pas entre soi et l'autre, mais communion avec le suprême ; et cela ne peut avoir lieu que lorsque le moi est oublié.

## 10. SUR LA GUERRE

*– Comment pouvons-nous résoudre notre chaos politique actuel et la crise mondiale ? L'individu peut-il faire quelque chose pour que la guerre qui menace d'éclater n'ait pas lieu ?*

– La guerre est la projection spectaculaire et sanglante de notre vie quotidienne. Elle n'est que l'expression de notre état intérieur, un élargissement de nos actions habituelles. Encore qu'elle soit plus spectaculaire, plus sanglante, plus destructrice que nos activités individuelles, elle en est le résultat collectif. Par conséquent, vous et moi sommes responsables de la guerre, et que pouvons-nous faire pour l'arrêter ? Il est évident que celle qui nous menace ne peut être arrêtée ni par vous ni par moi, parce qu'elle est déjà en mouvement ; elle a déjà lieu, bien que, pour le moment, ce soit principalement au niveau psychologique. Comme elle est déjà en mouvement, elle ne peut pas être arrêtée ; les forces en jeu sont trop nombreuses, trop puissantes et déjà engagées. Mais vous et moi, voyant la maison en feu, pouvons comprendre les causes de l'incendie, nous en éloigner et bâtir autre chose, avec des matériaux non inflammables, qui ne provoqueront pas d'autres guerres. C'est tout ce que nous pouvons faire. Vous et moi pouvons voir ce qui crée des guerres, et s'il nous importe de les arrêter, nous pouvons commencer à nous transformer nous-mêmes, qui en sommes les causes.

Une dame américaine est venue me voir au cours de la dernière guerre ; elle avait perdu un fils en Italie et voulait faire quelque chose pour mettre à l'abri son second fils âgé de seize ans. Je lui suggérai que pour le sauver il fallait qu'elle cesse d'être américaine ; qu'elle cesse d'être avide, d'amasser des richesses, de rechercher le pouvoir et la domination, qu'elle soit simple moralement, non pas seulement en ce qui concerne les vêtements, les choses extérieures, mais simple dans ses pensées, dans ses sentiments et dans ses relations. « C'est trop, me répondit-elle, vous demandez beaucoup trop ; cela m'est impossible car la situation des choses est telle que je ne peux pas les changer. » Elle était par conséquent responsable de la mort de son fils.

Les circonstances peuvent être prises en main par nous, car c'est nous qui avons créé la situation où nous sommes. La société est le produit de nos relations, des vôtres et des miennes à la fois. Si nous changeons ces relations, la société changera. Compter sur des législations, sur des moyens de pression pour transformer l'extérieur de la société tandis que nous demeurons corrompus intérieurement, désirant le pouvoir, des situations, de l'autorité, c'est détruire l'extérieur le mieux construit. Le monde intérieur finit toujours par dominer sur l'extérieur.

Qu'est-ce qui cause les guerres religieuses, politiques ou économiques ? Ce sont les croyances, sous forme de nationalisme, d'idéologie ou de dogmes. Si nous n'avions pas de croyances, mais de la bienveillance, de l'amour et de la considération les uns pour les autres, il n'y aurait pas de guerres. Mais nous sommes nourris de croyances, d'idées et de dogmes et par conséquent nous semons le mécontentement. La crise est exceptionnelle, et nous, en tant qu'êtres humains, devons voir les causes de la guerre et leur tourner le dos, sous peine de continuer dans la voie des conflits perpétuels et des guerres successives qui sont le résultat de nos actions quotidiennes.

Ce qui cause les guerres c'est le désir d'avoir du prestige, du pouvoir, de l'argent ; et aussi la maladie qui s'appelle nationalisme avec le culte des drapeaux, et la maladie des religions organisées avec le culte des dogmes.

Si vous, en tant qu'individus, appartenez à une quelconque des religions organisées, si vous êtes avides de puissance, si vous êtes envieux, vous produisez nécessairement une société qui aboutira à la destruction. Ainsi donc, encore une fois, la situation dépend de vous et non de vos leaders, hommes d'État, premiers ministres et autres personnages ; elle dépend de vous et de moi, mais nous n'avons pas l'air de nous en rendre compte. Si nous pouvions une seule fois réellement sentir la responsabilité de nos propres actes, comme nous mettrions rapidement fin à toutes ces guerres, à cette effroyable misère ! Mais, voyez-vous, nous sommes indifférents. Nous avons nos trois repas par jour, nous avons nos emplois, nous avons nos comptes en banque, petits ou grands, et nous disons : « pour l'amour du ciel, ne nous dérangez pas, laissez-nous tranquilles ». Plus notre situation est élevée, plus nous voulons une sécurité, une pérennité, une tranquillité, et que les choses demeurent en l'état où elles sont. Mais on ne peut pas les y maintenir, car il n'y a rien à maintenir, tout est en décomposition. Nous ne voulons pas le savoir, parce que nous ne voulons pas voir en face le fait que vous et moi sommes responsables des guerres. Nous pouvons parler de paix, organiser des conférences, nous asseoir autour de tables et discuter ; mais intérieurement, psychologiquement, nous sommes assoiffés de pouvoir, nous sommes mûs par l'avidité. Nous intriguons, nous sommes nationalistes, enfermés dans des croyances et des dogmes pour lesquels nous sommes prêts à mourir et à nous détruire les uns les autres. Pensez-vous qu'étant ainsi faits nous puissions avoir la paix dans le monde ? Pour l'avoir, il nous faudrait être pacifiques et vivre pacifiquement, ce qui veut dire ne pas créer d'antagonismes. La paix n'est pas un idéal. Pour moi, un idéal n'est qu'une évasion, une négation de ce qui « est », une façon de l'éviter. Un idéal nous empêche d'agir directement sur ce qui « est ». Pour instaurer la paix, il nous faudrait nous aimer les uns les autres, il nous faudrait commencer par ne pas vivre une vie idéale, mais par voir les choses telles qu'elles sont et agir sur elles, les transformer. Tant que chacun de nous est à la recherche d'une sécurité psychologique, la sécurité psychologique dont nous avons besoin – nourriture, vêtements, logement – est détruite. Nous recherchons la sécurité psychologique qui n'existe pas, et nous la recherchons, si nous le pouvons, dans la puissance, dans une situation, dans des titres, toutes choses qui détruisent la sécurité physique. C'est un fait évident si vous savez le voir.

Pour instaurer la paix dans le monde, pour mettre fin à toutes les guerres, il faut une révolution dans l'individu, en vous et moi. Une révolution économique sans cette révolution intérieure n'aurait pas de sens, car la faim est la conséquence d'une perturbation économique causée par nos états psychologiques, l'avidité, l'envie, la volonté de nuire, le sens possessif. Pour mettre un terme aux tourments de la faim et des guerres il faut une révolution psychologique et peu d'entre nous acceptent de voir ce fait en face. Nous discuterons de paix, de plans, nous créerons de nouvelles ligues, des Nations Unies indéfiniment, mais nous n'instaurerons pas la paix, parce que nous ne renoncerons pas à nos situations, à notre autorité, à notre argent, à nos possessions, à nos vies stupides. Compter sur les autres est totalement futile ; les autres ne peuvent pas nous apporter la paix. Aucun chef politique ne nous donnera la paix, aucun gouvernement, aucune armée, aucun pays. Ce qui nous apportera la paix ce sera une transformation intérieure qui nous conduira à une action extérieure. Cette transformation intérieure n'est pas un isolement, un recul devant l'action. Au contraire, il ne peut y avoir d'action effective que lorsque la pensée est claire, et il n'y a pas de pensée claire sans connaissance de soi. Sans connaissance de soi, il n'y a pas de paix.

Pour mettre fin à la guerre extérieure, vous devez commencer par mettre fin à la guerre en vous-même. Certains d'entre vous opineront du bonnet et diront : « je suis d'accord », puis sortiront d'ici et feront exactement ce qu'ils ont fait au cours de ces dix ou vingt dernières années. Votre acquiescement n'est que verbal et n'a aucune valeur ; car les misères du monde et les guerres ne seront pas mises en échec par lui. Elles ne le seront que lorsque vous vous rendrez compte du danger, lorsque vous prendrez conscience de votre responsabilité, lorsque vous ne la rejetterez pas sur d'autres. Si vous vous rendez compte de la souffrance, si vous voyez la nécessité d'une action immédiate et ne la remettez pas à plus tard, vous vous transformerez. La paix ne viendra que lorsque vous serez en paix vous-mêmes, lorsque vous serez en paix avec votre voisin.

## 11. SUR LA PEUR

– *Comment puis-je me débarrasser de la peur qui influence tous mes actes ?*

– Qu'entendons-nous par peur ? Peur de quoi ? Il y a différentes variétés de peur et nous n'avons pas besoin de les analyser toutes. Mais nous voyons que la peur naît lorsque notre compréhension de notre état de relation n'est pas complète. Nous ne sommes pas seulement en relation avec des personnes, mais aussi avec la nature, avec nos possessions, avec nos idées. Tant que tous nos mondes de relations ne sont pas compris, la peur doit exister. La vie est relations. Être c'est être en état de relation. Sans relations il n'y a pas de vie. Rien ne peut exister isolément. Donc tant que l'esprit cherche l'isolement, il y a de la peur. La peur n'est pas une abstraction, elle n'existe que par rapport à quelque chose.

Vous demandez : « comment se débarrasser de la peur ? » Tout ce qui est dominé doit être conquis et reconquis sans fin. Aucun problème ne peut être vaincu définitivement ; il doit être compris et non pas dominé. Ce sont là deux processus complètement différents. Celui qui consiste à résister, à vaincre, à batailler, à conquérir ou à ériger des défenses ne fait que perpétuer le conflit, tandis que si l'on comprend la peur, si on y pénètre pleinement, pas à pas, si l'on explore tout son contenu, la peur ne reviendra plus sous aucune forme.

Ainsi que je l'ai dit, la peur n'est pas une abstraction ; elle existe par rapport à quelque chose. Quelle est sa cause fondamentale ? Au plus profond de nous-mêmes, c'est l'angoisse de ne pas être, de ne pas devenir, de ne pas avancer, n'est-ce pas ? Et lorsque cette angoisse est en nous, pouvons-nous vaincre la peur de l'inconnu, de la mort, par une détermination, par une conclusion, par un choix ? Évidemment pas. Supprimer, sublimer, substituer, c'est créer de nouvelles résistances. Donc la peur ne peut être vaincue par aucune forme de discipline, par aucune forme de résistance. Ce fait doit être clairement vu, senti, éprouvé. Et il est également impossible de se libérer de la peur en cherchant une réponse, une explication intellectuelle au niveau verbal.

De quoi avons-nous peur ? Est-ce d'un fait ou d'une idée concernant un fait ? Est-ce la chose telle qu'elle est, que nous redoutons, ou ce que nous « pensons » qu'elle soit ? Considérez la mort, par exemple. Avons-nous peur du fait de la mort ou de l'idée de la mort ? Si j'ai peur de l'idée du mot « mort », je ne comprendrai jamais le fait, je ne serai jamais en contact direct avec lui. Ce n'est que lorsque je suis en communion complète avec un fait que je ne crains pas. Si je ne suis pas en communion avec lui, j'en ai peur, et je ne peux pas être en communion avec lui tant que j'ai une idée, une opinion, une théorie à son sujet. Je dois donc savoir très clairement si j'ai peur du mot, de l'idée ou du fait. Si je suis libre d'affronter le fait, il n'y a rien à comprendre : le fait est là et je peux agir. Si par contre j'ai peur du mot, c'est le mot que je dois comprendre ; je dois entrer dans tout le processus que le mot, que l'idée impliquent.

Prenons comme exemple une personne qui craint la solitude, qui redoute la douleur, la souffrance de l'isolement. Il est évident qu'elle éprouve cette peur parce qu'elle n'a jamais réellement regardé la solitude en face, parce qu'elle n'a jamais été en complète communion avec elle. Dès que l'on s'ouvre complètement au fait de la solitude, on peut comprendre ce que c'est ; mais l'on a une idée, une opinion à son sujet, basée sur des connaissances acquises, et ce sont ces idées, ces opinions, ces connaissances « sur » le fait, qui créent la peur. Celle-ci est provoquée par le nom, le mot, le symbole que l'on projette pour représenter le fait. En somme, la peur n'est pas indépendante du mot, de l'expression.

Supposons que je réagisse à la solitude, que je dise que j'ai peur de n'être rien. Est-ce ce fait que je redoute, ou ma peur est-elle éveillée par ma « connaissance » du fait, cette connaissance étant un mot, un symbole, une image ? Peut-on avoir peur d'un fait ? Si je suis libre de l'affronter, d'être en directe communion avec lui, je peux le regarder, l'observer, donc il n'y a pas de peur. Ce qui cause la peur c'est mon appréhension de ce qu'il « pourrait » être ou faire, ce sont mes opinions, mes idées, mes expériences, mes connaissances à son sujet, mais pas « lui », pas le fait lui-même. Tant que se déroule autour d'un fait le processus du langage, qui lui donne un nom, qui permet à la pensée de le juger à la façon d'un observateur, de le condamner, de créer une identification, la peur doit exister. La pensée est le produit du passé ; elle n'existe qu'au moyen de mots, de symboles, d'images ; et tant qu'elle commente ou traduit un fait, il y a de la peur.

Ainsi, c'est l'esprit qui crée la peur, l'esprit étant le processus de pensée. Ce processus est celui du langage. On ne peut pas penser sans mots, sans symboles, sans images ; ces images – qui sont nos préjugés, nos connaissances antérieures, les appréhensions de l'esprit – sont projetées sur le fait, et de cette projection surgit une peur dont on ne se libère que lorsque l'esprit est capable de regarder le fait sans le traduire, sans lui donner un nom, une étiquette. Et c'est très difficile parce que nos sentiments, nos réactions, nos angoisses sont rapidement identifiés par l'esprit, lequel leur donne un nom. Est-il possible de ne pas identifier un sentiment, de l'observer sans le nommer ? C'est le fait de le nommer qui lui donne une continuité, qui lui donne de la force. Dès que vous mettez un nom sur ce que vous appelez jalousie ou peur, vous renforcez cette émotion, mais si vous pouvez la regarder sans la nommer, elle se dissipe. Il est donc important pour celui qui voudrait être complètement affranchi de la peur, de comprendre tout le processus du langage qui consiste à nommer des faits et à projeter des images. Seule la connaissance de soi peut affranchir de la peur. La connaissance de soi est le commencement de la sagesse et la fin de la peur.

## 12. SUR L'INDIFFÉRENCE ET L'INTÉRÊT QUE L'ON PORTE AUX CHOSES

*– La plupart des personnes sont absorbées par de nombreux centres d'intérêt ; quant à moi, rien ne m'intéresse. Je ne travaille pas, n'ayant pas besoin de gagner ma vie. Devrais-je entreprendre un travail utile ?*

– Devenir un travailleur social, ou un travailleur politique, ou un travailleur religieux, n'est-ce pas ? Parce que vous n'avez rien à faire, vous deviendriez un réformateur ! Si vous n'avez rien à faire, si vous êtes plongé dans un morne ennui, pourquoi ne pas vous ennuyer ? Pourquoi ne pas « être » cela ? Si vous êtes dans cet état, « soyez » cet état. N'essayez pas d'en sortir, parce que votre apathie a une importance et une signification immenses, si vous la comprenez, si vous la vivez. Mais si vous dites : « je m'ennuie, donc je vais m'occuper à quelque chose » vous ne faites qu'essayer de fuir votre ennui et comme la plupart des occupations « sont » des évasions, vous êtes socialement plus nuisible ainsi qu'autrement. Le désordre est bien plus grand lorsque vous vous évadez de vous-même que lorsque vous êtes ce que vous êtes et le demeurez. La difficulté est de le demeurer, non de s'enfuir ; et comme la plupart de nos actes sont des fuites, il vous est extrêmement difficile de vous arrêter et de faire face à votre situation. Tant mieux donc, si vous vous ennuyez au maximum, je vous dis : halte, arrêtons-nous ici, et regardons ; pourquoi devriez-vous « faire » quoi que ce soit ?

Pourquoi vous ennuyez-vous ? Quel est ce sentiment que l'on appelle ennui ? Pourquoi rien ne vous intéresset-il ? Il doit y avoir à cela des raisons et des causes : la souffrance, les évasions, les croyances, d'incessantes activités ont émoussé votre esprit et endurci votre cœur. Si vous pouviez découvrir ces raisons et ces causes, le problème serait résolu, n'est-ce pas ? Alors, l'intérêt éveillé se mettrait à fonctionner. Si la raison pour laquelle vous vous ennuyez ne vous intéresse pas, vous ne pouvez pas vous forcer à vous intéresser à une activité quelle qu'elle soit, vous mettre simplement à « faire quelque chose » à la façon d'un écureuil qui tourne dans sa cage. Je sais que c'est le genre d'occupation en lequel nous nous complaisons en général. Mais il nous est possible de découvrir intérieurement, psychologiquement pourquoi nous sommes dans cet état d'indifférence complète. Nous pouvons voir pourquoi tant de personnes sont ainsi. Nous nous sommes épuisés émotionnellement et mentalement ; nous avons essayé tant de choses, tant de sensations, tant de divertissements, tant d'expériences, que nous sommes devenus las et apathiques. Nous adhérons à un groupe, nous nous conformons à tout ce que l'on nous demande de faire, puis nous allons ailleurs, essayer autre chose. Si nous faisons faillite chez un psychologue, nous allons en consulter un autre, ou un prêtre ; si nous ne réussissons pas là non plus, nous allons chez un sage ; et ainsi de suite ; nous sommes tout le temps en mouvement. Ce processus est lassant, n'est-ce pas ? Comme toutes les sensations il émousse l'esprit.

Nous avons fait cela ; nous avons passé de sensation en sensation, d'une excitation à l'autre, jusqu'au point où nous nous sommes sentis réellement épuisés. Vous rendant compte de cela, n'allez pas plus loin, reposez-vous. Restez tranquille. Permettez à l'esprit de se fortifier tout seul, ne le forcez pas. De même que le sol se renouvelle en hiver, l'esprit se renouvelle lorsqu'il est mis au repos. Mais il est très difficile de lui permettre d'être calme, d'être en jachère après s'être tant agité, car il continue à vouloir tout le temps faire quelque chose. Lorsqu'on arrive à un point où

210

l'on accepte réellement d'être ce que l'on est (apathique, laid, hideux ou autrement) il y a une possibilité de prendre ce fait en main.

Qu'arrive-t-il lorsque vous acceptez ? Lorsque vous acceptez d'être ce que vous êtes, où est le problème ? Il n'y a de problème que si nous n'acceptons pas une chose telle qu'elle est, et désirons la transformer. Ceci ne veut pas dire que je prêche le contentement de soi, au contraire. Si nous acceptons ce que nous sommes, nous voyons que ce que nous redoutions, cette chose appelée ennui, indifférence, désespoir ou peur, a subi une transformation complète. Ce dont nous avions peur est complètement transformé.

Voilà pourquoi il est important, ainsi que je l'ai dit, de comprendre le processus, le mode de notre pensée personnelle. La connaissance de soi ne peut être récoltée chez personne, dans aucun livre, dans aucune confession, psychologie ou psychanalyse. Elle doit être découverte par vous-même parce qu'elle est « votre » vie. Sans cet élargissement et cet approfondissement de la connaissance de soi, agissez sur les circonstances et les influences extérieures et intérieures, modifiez-les, votre action n'engendrera que le désespoir et la douleur. Pour aller au delà des activités égocentriques de l'esprit, vous devez les comprendre ; les comprendre c'est être conscient de vos actes dans vos rapports avec les choses, les personnes, les idées. Dans cet état de relation, qui est un miroir, nous commençons à nous voir sans justification ni condamnation ; et de cette connaissance élargie et approfondie du mode de notre esprit, il est possible d'aller plus loin ; il est possible à l'esprit d'être silencieux, de recevoir le réel.

## 13. SUR LA HAINE

*– Je dois admettre, pour être parfaitement honnête, que j'en veux à presque tout le monde et qu'il m'arrive d'aller jusqu'à la haine. Cela me rend malheureux, cela me fait souffrir. Je comprends intellectuellement que je « suis » ce ressentiment, cette haine, mais je ne sais pas comment me prendre en main. Pouvez-vous me montrer, m'expliquer ce que je dois faire ?*

– Qu'appelez-vous comprendre « intellectuellement » ? Quel sens cela a-t-il pour vous ? Ces mots : comprendre intellectuellement, se rapportent-ils à un fait réel ou sont-ils une fabrication de l'esprit ? Nous ne pouvons, mutuellement, nous faire comprendre que par des mots ; cependant, pouvons-nous réellement comprendre quoi que ce soit verbalement, cérébralement ? Telle est la première question que nous devons éclaircir ; la soi-disant compréhension intellectuelle n'est-elle pas un obstacle à la compréhension ? Car la vraie compréhension est intégrale, elle n'est pas divisée, partielle. Je comprends une chose ou je ne la comprends pas. Se dire : « Je ne comprends qu'intellectuellement » est un processus partiel, donc loin d'être la compréhension, il agit contre elle.

Votre question est : « Moi qui suis ressentiment et haine, comment puis-je me libérer de ce problème ou le prendre en main ? » Comment prenons-nous un problème en main ? Qu'est-ce qu'un problème ? C'est évidemment quelque chose qui nous trouble et nous dérange. J'éprouve du ressentiment, de la haine ; je hais les gens, et cela me fait souffrir. J'en suis conscient. Que dois-je faire ? C'est une grave perturbation dans ma vie. Comment puis-je en être réellement affranchi, non pas l'écarter momentanément mais en être libéré radicalement ? Comment dois-je m'y prendre ?

C'est un problème pour moi, parce que c'est une perturbation dans ma vie. Si cela ne me dérangeait pas, cela ne serait pas un problème, n'est-ce pas ? Mais cela me fait souffrir parce que je trouve que c'est laid, et je veux m'en débarrasser. Donc ce à quoi j'objecte c'est le dérangement. Je lui donne des noms différents selon les jours, selon mon humeur, mais mon désir fondamental est que rien ne vienne me troubler. Le plaisir n'est pas une cause de désarroi, donc je l'accepte. Je ne demande pas à me « libérer » du plaisir tant qu'il ne provoque pas de conflits.

Ainsi je veux vivre de façon à ne pas être dérangé, et je cherche le moyen d'y parvenir. Mais pourquoi ne devrais-je pas me laisser déranger ? Au contraire, il faut que je sois troublé si je veux me comprendre. Il faut que je passe par des bouleversements et des angoisses terribles pour me découvrir. Si rien ne me secoue je continuerai à dormir et c'est peut-être ce que veulent la plupart d'entre nous ; ils cherchent l'apaisement, le repos, la sécurité, l'isolement, la réclusion à l'abri des grands conflits. Mais si j'accepte, si j'accepte réellement, non superficiellement, d'être bouleversé, mon attitude envers le ressentiment ou la haine subira forcément un changement. Si j'accepte d'être troublé, les noms que je donne au dérangement, les noms « haine » ou « ressentiment » n'ont plus d'importance, car je suis en contact immédiat avec cet état, sans altérer l'expérience avec des mots.

La colère est une qualité qui nous bouleverse autant que la haine et le ressentiment, aussi ceux qui en font l'expérience directe, sans l'intervention de mots, sont rares. Si nous ne lui donnons pas de nom, si nous ne l'appelons pas colère, ne voyez-vous pas que l'expérience est différente ? Les mots que nous accolons à une expérience la réduisent et la fixent dans des cadres anciens ; tandis que si nous ne

213

la nommons pas, il y a là une expérience comprise directement, et cette compréhension la transforme.

Considérez par exemple la mesquinerie. Nous sommes presque tous mesquins sans en être conscients, tantôt lorsque nous défendons nos intérêts, tantôt lorsque nous pardonnons aux gens ; bref nous sommes mesquins ; vous savez tous ce que je veux dire. Or, étant conscients de cela, comment nous libérerons-nous de cette qualité ? Il ne s'agit pas de « devenir » généreux ; ce n'est pas cela qui importe ; être libéré de la mesquinerie comporte la générosité sans que l'on devienne « généreux ». Nous devons évidemment commencer par prendre conscience de notre façon d'agir : peut-être faisons-nous des donations généreuses à des sociétés ou à des amis, et sommes-nous mesquins pour un pourboire à donner, sans nous en rendre vraiment compte. Lorsque nous en sommes conscients, que faisons-nous ? Nous mettons notre volonté à être généreux, nous nous forçons à l'être, nous nous disciplinons à cet effet, etc., etc. Toutefois, l'effort de volonté pour « être » quelque chose est encore de la mesquinerie dans un cercle élargi ; mais si nous ne faisons rien de tout cela et sommes simplement conscients de tout ce qu'implique la mesquinerie, sans lui donner un nom, nous voyons aussitôt se produire une transformation radicale.

Veuillez, je vous prie, faire cette expérience. Tout d'abord, il « faut » être troublé et il est évident que la plupart d'entre nous n'aiment pas qu'on les dérange. Nous pensons avoir trouvé un mode de vie – un maître, une foi ou autre chose – et là nous nous installons. C'est comme si nous avions un bon emploi bureaucratique qui nous permettrait de fonctionner jusqu'à la fin de nos jours. Avec cette même mentalité, nous abordons diverses qualités dont nous voulons nous débarrasser. Nous ne voyons pas combien il serait important que nous soyons bouleversés, dans un état de grande incertitude intérieure, privés de nos points d'appui. Car n'est-il pas vrai que l'on ne peut découvrir, percevoir, comprendre, que dans l'insécurité ? Nous voulons être comme l'homme qui a beaucoup d'argent, qui a ses aises et ne veut pas qu'on vienne le troubler. Pourtant l'incertitude est essentielle pour comprendre, et toute tentative de trouver une sécurité est un obstacle à la compréhension. Vouloir nous débarrasser de ce qui provoque une perturbation nous empêche de voir de quoi il s'agit en fait. Et si nous pouvons vivre directement ce sentiment qui nous agite, sans le nommer, je pense qu'il peut être très révélateur : aussitôt que nous ne bataillons plus avec lui, « celui » qui subit l'expérience et ce qui agit sur lui, sont un : et c'est cela l'essentiel. Tant que je nomme l'expérience je me sépare d'elle et j'agis sur elle. Une telle action est artificielle, illusoire. Mais si je ne la nomme pas, je suis un avec elle. Cette intégration est nécessaire et doit être abordée sans restriction.

## 14. SUR LA MÉDISANCE

– *Jaser de son prochain peut nous aider à nous révéler à nous-mêmes et nous apprend beaucoup de choses concernant autrui. Sérieusement : pourquoi ne pas se servir des commérages pour découvrir ce qui « est » ? Les mots « potins » ou « cancans » ne me font pas peur du fait qu'on les condamne.*

– Je me demande pourquoi nous potinons. Ce n'est pas parce que les autres se révèlent ainsi à nous. Et pourquoi devraient-ils se révéler à nous ? Pourquoi voulez-vous qu'ils se révèlent à vous ? Pourquoi cet extraordinaire intérêt pour les affaires d'autrui ? C'est une forme d'agitation, n'est-ce pas ? C'est le signe d'un esprit tourmenté. Pourquoi se mêler de ce que font les autres ou de ce qu'ils disent ? L'esprit qui potine est bien superficiel ; sa curiosité est mal dirigée. Vous avez l'air de penser que les autres se révèlent à vous du fait que vous vous mêlez de connaître leurs actions, leurs pensées, leurs opinions. Mais pouvons-nous les connaître lorsque nous ne nous connaissons pas nous-mêmes ? Pouvons-nous les juger si nous ne connaissons pas le mode de notre pensée et notre façon d'agir et de nous comporter ? Ce désir de savoir ce que d'autres pensent et sentent, et de bavarder à ce propos, n'est-ce pas une évasion, une façon de nous fuir nous-mêmes ? N'y a-t-il pas là en outre le désir d'intervenir dans la vie des autres ? Notre vie n'est-elle pas assez difficile, complexe et douloureuse telle qu'elle est ? Et d'ailleurs, au cours de ces bavardages cruels sur les gens, avons-nous le temps de penser à eux ? Pourquoi le faisons-nous ? Or, tout le

216

monde le fait : on peut dire que la médisance est un fait général.

Je pense que, tout d'abord, si nous parlons tellement d'autrui c'est parce que notre propre processus de pensée et d'action ne nous intéresse pas suffisamment. Nous voulons savoir ce que font les autres et, peut-être – pour m'exprimer charitablement – les imiter. En général, si nous potinons, c'est pour les condamner ; mais en élargissant ce fait charitablement, admettons que ce soit aussi pour les imiter. Pourquoi voulons-nous imiter ? C'est parce que nous sommes extraordinairement creux. Nos esprits sont si émoussés qu'ils sortent d'eux-mêmes pour aller chercher des excitations. En d'autres termes, la médisance est une sensation ; on y trouve toujours le désir d'exciter l'esprit et de le distraire. Si l'on examine profondément cette question, on revient forcément à soi-même et l'on voit alors combien creux l'on est, pour aller ainsi chercher des excitations au-dehors en parlant d'autrui. Surprenez-vous en train de potiner la prochaine fois que cela vous arrivera, et ce fait vous apprendra énormément de choses sur votre compte. Ne le déguisez pas en disant que vous avez une curiosité d'esprit, et il vous révélera au contraire que vous n'avez pas un réel et profond intérêt pour les personnes, et que votre esprit agité n'est qu'à la recherche d'une excitation pour combler son vide intérieur.

Le problème suivant est : comment mettre fin à ces bavardages ? Lorsque vous vous rendez compte que vous jasez à tort et à travers de votre prochain, que c'est devenu une fâcheuse habitude, comment vous arrêter ? Cette question se pose-t-elle vraiment ? Si vous êtes réellement conscient de tout ce que comporte et de tout ce qu'implique votre action, vous demandez-vous comment la faire cesser ? Ne cesse-t-elle pas toute seule ? Le « comment » ne se pose pas du tout. Il ne se pose que lorsqu'on n'est pas lucide et la médisance est un indice qu'on ne l'est pas. Faites-en l'expérience vous-même et vous verrez combien vite vous cesserez de jaser dès que vous vous rendrez compte de ce que vous êtes en train de dire. Si votre langue va son train, il n'est pas nécessaire de faire un effort de volonté pour l'arrêter ; il suffit que vous preniez conscience de ce que vous dites et de ce que cela implique. Vous n'avez nul besoin de condamner ou de justifier votre cancan ; prenez-en conscience et vous le verrez aussitôt s'arrêter parce qu'il vous aura révélé votre mode d'agir et de vous comporter, ainsi que le façonnement de votre pensée ; en cette révélation, vous vous découvrirez vous-même, ce qui est beaucoup plus important que d'émettre des opinions sur ce que font et pensent les autres.

La plupart d'entre nous, qui lisons les quotidiens, sommes bourrés de potins, de potins mondiaux. C'est une façon de nous évader de notre mesquinerie, de notre laideur. Nous pensons que cet intérêt superficiel que nous accordons aux affaires du monde contribuera à nous donner la capacité et la sagesse de diriger nos propres vies. Nous sommes si vides, si creux intérieurement que nous avons peur de nous-mêmes et les potins à grands tirages nous offrent une fuite dans des divertissements sensationnels. Ce vide profond, nous essayons de le remplir de connaissances, de rituels, de potins, de réunions. L'évasion devient suprêmement importante et non la perception de ce qui « est ». Cette perception exige de l'attention ; voir que l'on est vide et désorienté demande une sérieuse attention ; aussi préférons-nous les évasions : elles sont tellement plus faciles et agréables ! Lorsqu'on se connaît tel que l'on est, il devient très difficile de savoir comment se comporter vis-à-vis de soi-même, car ce problème s'impose alors à nous et nous ne savons pas comment le traiter. Lorsque je sais que je suis vide, que je souffre, que je suis désemparé, ne sachant plus que faire, j'ai recours à toutes sortes d'évasions.

La question est : que faire ? Nous ne pouvons pas nous évader ; tenter de fuir est absurde et enfantin. Lorsque nous nous trouvons ainsi face à face avec nous-mêmes, que devons-nous faire ? Tout d'abord, est-il possible de ne pas

218

nier ou justifier ce que nous sommes mais de demeurer avec « cela » tels que nous sommes ? C'est extrêmement difficile car l'esprit cherche tout le temps des explications, des condamnations et des identifications. S'il ne fait rien de semblable mais demeure avec ce qu'il perçoit, cela revient à dire qu'il l'accepte. Si j'accepte le fait que j'ai la peau brune, c'est la fin du problème ; le problème commence lorsque je veux changer de couleur. Accepter ce qui « est » est très difficile ; et cela n'est possible que lorsqu'il n'y a pas d'évasions ; et condamner ou justifier est une fuite.

Or il arrive que, comprenant tout le processus de notre médisance et voyant à quel point il est absurde, quelle cruauté et quelles nombreuses implications il comporte, nous demeurions avec ce que nous sommes, et le « traitions » soit pour le détruire soit pour le métamorphoser. Si, ne faisant rien de tout cela, nous pénétrons dans la perception de notre comportement avec l'intention de le comprendre, d'être uni à lui complètement, nous voyons que ce qui « est » n'est plus ce que nous redoutions et qu'il y a dès lors une possibilité de le transformer.

## 15. SUR L'ESPRIT CRITIQUE

– *Quel est le rôle de la critique dans nos rapports humains ? Et quelle est la différence entre la critique destructive et la constructive ?*

– Tout d'abord, pourquoi critiquer ? Est-ce pour comprendre ? Ou pour importuner les gens par la description de leurs défauts ? Si je vous critique, est-ce que je vous comprends ? La compréhension vient-elle à la suite d'un jugement ? Si je veux appréhender, comprendre, non pas superficiellement mais en profondeur mes relations avec vous, est-ce que je commence par vous critiquer, ou dois-je être en état de perception, observant silencieusement ce qui se passe entre nous deux, sans critiquer, juger, m'identifier ou condamner ? Et si je ne critique pas qu'arrive-t-il ? Je risque de m'endormir. Ce qui ne veut pas dire que je ne risque pas également de m'endormir si je tombe dans l'habitude de critiquer tout le temps.

La critique apporte-t-elle une compréhension plus profonde et plus vaste de nos relations ? Il importe peu qu'elle soit constructive ou destructive ; la question est : quel est l'état de l'esprit et du cœur le plus propre à nous faire comprendre nos rapports avec autrui ? Ou, d'une façon générale : quel est le processus de toute compréhension ? Si votre enfant vous intéresse, comment vous y prenez-vous pour le comprendre ? Vous l'observez. Vous l'étudiez dans ses variations d'humeur ; vous ne projetez pas votre opinion sur lui ; vous ne dites pas qu'il devrait être ceci ou cela ; vous êtes dans un état de perception aiguë et active. Alors, peut-être, commencez-vous à le comprendre.

220

Mais si vous ne cessez de le critiquer, injectant en lui votre personnalité, vos particularités, vos opinions, décidant ce que l'enfant devrait être ou ne devrait pas être etc., vous érigez une barrière dans cette relation. Et, malheureusement, la plupart d'entre nous critiquent les gens avec le désir d'intervenir dans leurs affaires. « Façonner » nos relations avec notre famille, nos amis, etc., nous donne un certain plaisir, un sentiment de puissance et de supériorité, d'où nous tirons un grand contentement. Ce processus ne comporte évidemment aucune compréhension de nos relations, mais plutôt le désir de nous imposer, d'imposer notre personnalité, et nos idées particulières.

Et il y a aussi l'autocritique. Se critiquer, se condamner ou se justifier, est-ce que cela entraîne une compréhension de soi-même ? Lorsque je commence à me critiquer, est-ce que je ne limite pas le processus de ma compréhension, de mon exploration ? L'introspection – qui est une forme de critique – révèle-t-elle le moi ? Qu'est-ce qui permet à l'ego de s'ouvrir à lui-même ? Analyser, craindre, critiquer ? Au contraire, on provoque ce mouvement intérieur qui révèle le moi à lui-même lorsqu'on commence à se comprendre, à se percevoir sans condamnation et sans identification. Il y faut une certaine spontanéité qui fait défaut lorsqu'on analyse, discipline et façonne le moi. Cette spontanéité est essentielle pour comprendre, tandis que si l'on dirige le processus, on arrête le mouvement de la pensée et de l'émotion. C'est dans ce mouvement de la pensée et de l'émotion que l'on peut se découvrir.

Or, aussitôt que j'ai découvert une vérité, l'important est de savoir ce que je dois en faire. Si j'agis conformément à quelque idée, à quelque critérium ou idéal, je force le soi à se faire contenir dans un moule. En cela il n'y a pas de compréhension, pas de transcendance. Mais si je peux observer le moi sans condamnation et sans identification, il est alors possible d'aller au-delà. Voilà pourquoi tout le processus que comporte le désir de se rapprocher d'un idéal est complètement erroné. Un idéal est un dieu « home made » – fait à la maison – et me conformer à une image projetée par moi-même n'est certes pas une délivrance.

Ainsi, il ne peut y avoir de compréhension que lorsque l'esprit est silencieusement en état d'observation, ce qui est très difficile, parce que nous nous délectons de nos activités, de notre agitation, de nos commentaires, de nos verdicts. Toute la structure de notre être est faite ainsi ; et à travers les écrans d'idées, de préjugés, de points de vue, d'expériences, de souvenirs, nous essayons de comprendre. N'est-il pas possible d'être libre de « tous » ces écrans de façon à comprendre directement ? C'est exactement ce que nous faisons lorsque le problème est très intense : nous l'abordons directement, nous ne passons pas par toutes ces méthodes.

Lorsque tout ce processus de l'autocritique est compris et que l'esprit se tait, il y a alors une possibilité de comprendre notre état de relation. Si vous m'écoutez en ce moment et que vous essayez de suivre ce que je dis sans faire trop d'efforts, nous aurons une possibilité de nous comprendre. Si vous ne faites que critiquer, proférer vos opinions, vous remémorer ce que vous avez appris dans des livres ou ce que quelqu'un vous a dit, etc., etc., nous ne sommes pas en relation car tout cet écran est entre nous deux. Si par contre nous sommes, vous et moi en ce moment, déterminés à faire aboutir un problème, – dont les aboutissants et les fins sont en le problème lui-même – si nous mettons vous et moi de l'ardeur à aller jusqu'au fond de nos recherches et à découvrir la vérité en ce qui concerne ce problème, à découvrir ce qu'il « est », nous sommes en état de relation. À cet effet, nos esprits doivent être à la fois vifs et passifs, en état d'observation aiguë, afin de voir ce qu'il y a de vrai dans tout cela. Nos esprits doivent être extraordinairement rapides, ils ne doivent avoir jeté l'ancre nulle part ni dans une idée, ni dans un idéal, ni dans un jugement, ni dans une opinion que notre propre expérience aurait renforcée. La compréhension vient dans la rapide souplesse d'un esprit passivement observateur. L'esprit est alors capable de recevoir, il est sensitif. Un esprit rempli d'idées, de préjugés, d'opinions pour ou contre, n'a pas de sensibilité.

Pour comprendre l'état de relation il faut être passivement lucide, ce qui ne détruit pas la relation, mais au contraire la rend plus vitale, plus valable, parce qu'elle peut alors donner lieu à une réelle affection. Cette chaleur, cette communion, ne sont ni sentiment ni sensation. Si nous pouvions considérer ainsi et vivre ainsi nos relations dans tous nos mondes, nos problèmes seraient vite résolus, le problème des possessions, par exemple, parce que nous sommes ce que nous possédons. L'homme qui possède de l'argent « est » cet argent. Celui qui s'identifie à une propriété « est » cette propriété, cette maison, ces meubles. Et cela est vrai aussi de nos rapports avec les idées et les personnes : là où existe un sens possessif il n'y a pas de relations. En général nous avons des possessions parce qu'en dehors d'elles nous n'avons rien : nous sommes des coques vides, si nous ne possédons pas. Nous remplissons nos vies de meubles, de musique, de connaissances, de ceci ou cela. Et cette coque fait beaucoup de bruit, et ce bruit nous l'appelons vivre, et avec cela nous sommes satisfaits. Lorsque se produit une rupture violente, nous tombons dans l'affliction parce que nous nous découvrons tels que nous sommes, des coques vides qui n'ont pas beaucoup de sens. Être conscient de tout le contenu des relations c'est agir. Et cette action donne lieu à des relations vraies, à une possibilité de découvrir leur grande profondeur et leur grande importance, et aussi de savoir ce qu'est l'amour.

## 16. SUR LA CROYANCE EN DIEU

– *La croyance en Dieu a été un puissant stimulant qui a poussé l'homme à mieux vivre. Pourquoi niez-vous Dieu ? Pourquoi n'essayez-vous pas de ranimer la foi de l'homme en l'idée de Dieu ?*

– Examinons avec intelligence le problème dans son ampleur. Je ne nie pas Dieu. Ce serait sot de le faire. Seul l'homme qui ne sait pas ce qu'est la réalité se complaît dans des mots qui n'ont pas de sens. L'homme qui dit « je sais » ne sait pas. Celui qui vit la réalité d'instant en instant n'a aucun moyen de communiquer cette réalité.

Croire c'est nier la vérité ; les croyances font obstacle au réel ; croire en Dieu ce n'est pas trouver Dieu. Ni le croyant ni l'incroyant ne trouveront Dieu ; la réalité est l'inconnu, et votre croyance ou non-croyance en l'inconnu n'est qu'une projection de vous-mêmes, donc n'est pas le réel. Il y a partout de nombreux croyants, des millions de personnes croient en Dieu et y trouvent leur consolation. Tout d'abord, pourquoi croyez-vous ? Vous croyez parce que cela vous donne du contentement, une consolation, un espoir, et cela donne aussi un sens à la vie. En fait, votre croyance n'a que très peu de valeur, parce que vous croyez et exploitez, vous croyez et tuez, vous croyez en un Dieu universel et vous vous assassinez les uns les autres. Le riche, lui aussi, croit en Dieu ; il exploite cruellement, accumule de l'argent et bâtit ensuite un temple ou devient un philanthrope.

Ceux qui ont lancé la bombe atomique sur Hiroshima disaient que Dieu était avec eux ; ceux qui s'envolaient d'Angleterre pour détruire l'Allemagne disaient que Dieu était leur copilote. Les dictateurs, les premiers ministres, les généraux, les présidents, tous parlent de Dieu ; ils ont une foi immense en Dieu. Sont-ils au service de l'humanité ? Ils disent qu'ils croient en Dieu et ils ont détruit la moitié du monde et la misère est partout. L'intolérance religieuse divise les hommes en croyants et incroyants, et aboutit à des guerres religieuses. Cela montre à quel point nos esprits sont préoccupés de politique.

La croyance en Dieu a-t-elle été « un puissant stimulant qui a poussé l'homme à mieux vivre » ? Votre stimulant ne devrait-il pas être votre désir de vivre proprement et simplement ? Si vous avez recours à un stimulant, c'est le stimulant qui vous intéresse, et non pas le fait de rendre la vie possible à tous. Et comme votre stimulant est différent du mien, nous nous querellons à leur sujet. Si nous vivions heureux tous ensemble, non pas à cause de notre croyance en Dieu, mais du fait de notre humanité, nous partagerions tous les moyens de production en vue de produire pour tous. Par manque d'intelligence, nous acceptons l'idée d'une supra-intelligence que nous appelons Dieu ; mais ce Dieu, cette supra-intelligence, ne vous accordera pas une vie meilleure. Ce qui mène à une vie meilleure c'est l'intelligence ; et il ne peut pas y avoir d'intelligence s'il y a croyance, s'il y a des divisions de classes, si les moyens de production sont entre les mains d'une minorité, si existent des nationalités isolées et des gouvernements souverains. Toutes ces choses indiquent un manque évident d'intelligence. Ce sont elles qui font obstacle à une vie meilleure, et non l'incroyance en Dieu.

Vous croyez de différentes façons, mais vos croyances n'ont absolument aucune réalité. La réalité c'est ce que vous êtes, ce que vous pensez ; et votre croyance en Dieu n'est qu'une évasion de votre vie monotone, stupide et cruelle. En outre, les croyances, invariablement, divisent les hommes. Il y a l'Hindou, le Bouddhiste, le Chrétien, le communiste, le socialiste, le capitaliste, etc. Les croyances, les idées divisent ; elles n'unissent jamais les hommes. Vous pouvez rassembler quelques personnes en un groupe, mais ce groupe sera opposé à d'autres groupes. Les idées et les croyances n'unifient pas ; au contraire, elles séparent ; elles sont désintégrantes et destructives. Par conséquent votre croyance en Dieu propage en fait la misère dans le monde. Bien qu'elle ait pu vous donner une consolation momentanée, elle vous a en réalité apporté un surcroît de misères et de destructions sous forme de guerres, de famines, de divisions de classes et d'actions individuelles dénuées de pitié. Donc vos croyances ne sont pas du tout valables. Si vous croyiez réellement en Dieu, si c'était une expérience vraie pour vous, votre visage aurait un sourire, et vous ne seriez pas en train de détruire des êtres humains.

Qu'est-ce que la réalité, qu'est-ce que Dieu ? Dieu n'est pas un mot, le mot n'est pas la chose. Pour connaître l'immesurable, l'intemporel, l'esprit doit être libéré du temps, ce qui veut dire qu'il doit être débarrassé de toute pensée, de toutes les idées sur Dieu. Que savons-nous de Dieu ou de la vérité ? Vous ne savez rien concernant cette réalité. Tout ce que vous savez ce sont des mots, les expériences d'autrui et quelques moments d'expériences personnelles plutôt vagues. Mais cela n'est pas Dieu, cela n'est pas la réalité, cela n'est pas au-delà du champ de la durée. Pour connaître ce qui est au-delà du temps, le processus du temps doit être compris, le temps étant la pensée, le processus du devenir, l'accumulation des connaissances. Tel est tout l'arrière-plan de l'esprit ; l'esprit lui-même est l'arrière-plan, à la fois le conscient et l'inconscient, le collectif et l'individuel. Mais l'esprit doit être libéré du connu, ce qui veut dire qu'il doit être tout à fait silencieux, non pas « rendu » silencieux. L'esprit qui parvient au silence en tant que résultat d'une action déterminée, d'une pratique, d'une discipline, n'est pas un esprit silencieux. L'esprit qui est forcé, dominé, façonné, mis dans un moule et que l'on fait taire n'est pas un esprit immobile. Vous pouvez le contraindre pour un temps à être superficiellement silencieux, mais le vrai silence ne vient que lorsque l'on comprend tout le processus de la pensée. Car comprendre ce processus c'est y mettre fin et la fin du processus de la pensée est le début du silence.

Ce n'est que lorsque l'esprit est complètement silencieux, non seulement aux niveaux périphériques et superficiels mais jusqu'aux couches les plus profondes, que l'inconnu peut entrer en existence. L'inconnu n'est pas un sujet d'expérience ; l'esprit ne peut pas le percevoir ; seul le silence peut être perçu, le silence devant l'inconnu. Tant que la pensée fonctionne sous n'importe quelle forme, consciente ou inconsciente, il ne peut pas y avoir de silence. Le silence nous libère du passé, des connaissances, de la mémoire consciente et inconsciente. Lorsque l'esprit est complètement silencieux, lorsqu'il n'est pas en fonctionnement, lorsque survient cet arrêt qui n'est pas le produit d'un effort, alors l'intemporel, l'éternel entre en existence. Cet état ne s'accompagne pas de mémoire : il n'y a pas d'entité qui se souvienne, qui fasse une expérience.

Dieu, la vérité – le nom n'a pas d'importance – est quelque chose qui entre en existence d'instant en instant, et qui n'a lieu que dans un état de liberté et de spontanéité, et non lorsque l'esprit est discipliné à l'imitation d'un modèle. Dieu n'est pas du monde de la pensée ; il ne vient pas à travers des projections de nous-mêmes ; il ne vient qu'avec la vertu, laquelle est liberté. La vertu consiste à voir face à face ce qui « est » ; être face à face avec ce fait est un état de félicité. Ce n'est que lorsque l'esprit est dans cet état de félicité et de calme, sans faire le moindre mouvement, sans qu'il y ait projection de pensée, consciente ou inconsciente, que l'éternel peut naître.

## 17. SUR LA MÉMOIRE

– *La mémoire, dites-vous, est le résidu d'expériences incomplètes. Il m'est resté une impression vive de vos causeries précédentes. En quel sens ce souvenir est-il une expérience incomplète ? Veuillez expliquer cette idée dans tous ses détails.*

– Qu'appelons-nous mémoire ? Vous allez à l'école et êtes rempli de faits, de connaissances techniques. Si vous êtes un ingénieur, vous vous servez de la mémoire de faits techniques pour construire un pont. C'est la mémoire des faits. Mais il y a aussi une mémoire psychologique. Vous m'avez dit quelque chose d'agréable ou de désagréable, et je le retiens ; lorsque je vous revois, je vous aborde avec ce souvenir, avec le souvenir de ce que vous avez dit ou de ce que vous avez omis de dire. Il y a deux aspects de la mémoire : l'aspect psychologique et la mémoire des faits. Ils sont reliés entre eux, leur séparation n'est pas nette. Nous savons que la mémoire des faits est nécessaire pour subsister ; mais la mémoire psychologique est-elle indispensable ? Quel est le facteur qui la retient ? Qu'est-ce qui nous fait nous souvenir psychologiquement d'une insulte ou d'un éloge ? Pourquoi retenons-nous certains souvenirs et en rejetons-nous d'autres ? Il est évident que nous retenons les souvenirs agréables et que nous évitons ceux qui nous sont déplaisants. Si vous vous observez, vous voyez que les souvenirs pénibles sont écartés plus vite que les autres. L'esprit est mémoire, à quelque niveau que vous le considériez et quel que soit le nom que vous lui donniez. L'esprit est le produit du passé, il est fondé sur le passé, lequel est mémoire, un état conditionné. Et c'est avec cette mémoire que nous abordons la vie, que nous recevons ses nouvelles provocations. La provocation est toujours neuve et notre réaction est toujours vieille, parce qu'elle est le résultat du passé. Donc, l'expérience avec mémoire et l'expérience sans mémoire sont deux états différents. Si j'aborde la provocation, qui est toujours neuve, avec la réponse, avec le conditionnement du passé, qu'arrive-t-il ? J'absorbe le neuf, je ne le comprends pas, et mon expérience du neuf est conditionnée par le passé. Donc, il n'y a qu'une compréhension partielle du neuf, jamais une compréhension complète. Et seule la compréhension totale d'une chose ne laisse pas derrière elle cette cicatrice qu'est la mémoire.

Lorsque la réaction, qui est toujours neuve, est accueillie par une réponse qui est vieille, celle-ci conditionne le neuf, donc le déforme, lui donne un biais, de sorte que le neuf n'est pas complètement compris, il est absorbé par le vieux et le renforce d'autant. Ceci peut sembler abstrait mais n'est pas difficile si vous l'examinez de près et soigneusement. La situation actuelle du monde a besoin d'une nouvelle approche, d'une nouvelle façon d'aborder le problème mondial, lequel est toujours neuf. Nous sommes incapables de le voir avec un esprit neuf, parce que nous l'abordons avec nos esprits conditionnés, nos préjugés nationaux, locaux, familiers et religieux. Nos expériences antérieures agissent comme barrière à la compréhension de la nouvelle provocation, et nous continuons à cultiver et à renforcer la mémoire, ce qui fait que nous ne comprenons jamais le neuf, nous ne relevons pas la provocation pleinement, complètement. Ce n'est que lorsque la provocation nous trouve neufs, frais, sans passé, qu'elle livre ses fruits, ses richesses.

Vous dites : « Il m'est resté une impression vivace de vos causeries précédentes. En quel sens ce souvenir est-il une expérience incomplète ? » C'est manifestement une expérience incomplète si ce n'est qu'un souvenir, une impression. Si vous comprenez ce qui a été dit, si vous en voyez la vérité, cette vérité n'est pas un souvenir. La vérité n'est pas un souvenir parce que la vérité est perpétuellement neuve, constamment en transformation. Vous avez le souvenir d'une causerie précédente. Pourquoi ? Parce que vous vous servez de cette causerie comme d'un guide. Ne l'ayant pas pleinement comprise, vous voulez y pénétrer et consciemment ou inconsciemment vous l'avez retenue. Si vous comprenez une chose complètement, c'est-à-dire si vous voyez complètement la vérité d'une chose, cela ne comporte aucune mémoire. Notre éducation consiste à cultiver et à fortifier la mémoire. Vos pratiques religieuses, vos rituels, vos lectures et votre savoir fortifient la mémoire. Quel est notre but ? Pourquoi tenons-nous tellement à la mémoire ? Je ne sais pas si vous avez remarqué qu'en vieillissant on se retourne vers le passé, vers ses joies, ses douleurs, ses plaisirs, tandis que lorsqu'on est jeune on regarde vers l'avenir. Pourquoi faisons-nous cela ? Pourquoi la mémoire est-elle devenue si importante ? Pour la simple et évidente raison que nous ne savons pas vivre pleinement, complètement dans le présent. Nous nous servons du présent pour préparer l'avenir, nous ne lui donnons pas une valeur en lui-même. Nous ne pouvons pas vivre le présent parce que nous l'utilisons comme passage pour le futur. Tant que je suis en train de « devenir » quelque chose, il n'y a jamais une complète compréhension de moi-même, et me comprendre, savoir ce que je suis maintenant, n'exige pas que je cultive la mémoire. Au contraire, la mémoire est un obstacle à la compréhension de ce qui « est ». Avez-vous remarqué qu'une nouvelle pensée, qu'un nouveau sentiment ne se produisent que lorsque l'esprit n'est pas pris dans le filet de la mémoire ? Lorsqu'il y a un intervalle entre deux pensées, entre deux souvenirs, et lorsque cet intervalle peut être maintenu, un nouvel état se produit, qui n'est plus de la mémoire. Nous avons des souvenirs et nous les cultivons comme moyen d'acquérir une continuité. Le « moi » et le

230

« mien » deviennent très importants lorsqu'on cultive la mémoire, et comme la plupart d'entre nous sont constitués de « moi » et de « mien » la mémoire joue un grand rôle dans nos vies. Si vous n'en aviez pas, votre propriété, votre famille, vos idées n'auraient pas pour vous l'importance qu'elles ont. Donc, pour donner de la force au « moi » et au « mien », vous cultivez la mémoire. Observez-vous et vous verrez qu'il y a un intervalle entre deux pensées, entre deux émotions. Dans ce hiatus – qui n'est pas le produit de la mémoire – il y a une extraordinaire liberté par rapport au « moi » et au « mien » et cet intervalle est intemporel.

Abordons le problème différemment. La mémoire est le temps, n'est-ce pas ? La mémoire crée le hier, l'aujourd'hui et le demain. La mémoire d'hier conditionne aujourd'hui, donc façonne demain. En bref le passé, à travers le présent, crée le futur. Il y a là un processus de durée, qui est la volonté de devenir. La mémoire est le temps et, au moyen du temps nous espérons parvenir à un résultat. Je suis aujourd'hui un employé, mais avec le temps et l'occasion je deviendrai directeur, patron. Donc il me faut du temps, et avec cette même mentalité je dis : « je parviendrai à la réalité, je me rapprocherai de Dieu ». « Il me faut du temps pour me réaliser, d'où il résulte que je dois cultiver et fortifier ma mémoire par des exercices et des disciplines, afin d'être quelque chose, de réussir, c'est-à-dire de durer. » Au moyen du temps nous espérons réaliser l'intemporel, au moyen du temps nous espérons gagner l'éternité. Pouvez-vous le faire ? Pouvez-vous capter l'éternel dans le filet du temps ? L'intemporel ne peut être que lorsque la mémoire – qui est le « moi » et le « mien » – n'est plus. Si vous voyez la vérité de ce fait – que l'intemporel ne peut être ni compris ni reçu au moyen du temps – nous pouvons alors pénétrer dans le problème de la mémoire. La mémoire des faits techniques est indispensable ; mais la mémoire psychologique qui maintient le soi, le « moi » et le « mien », qui confère une identification et une durée personnelle, est tout à fait nuisible à la vie et à la réalité. Lorsqu'on voit la vérité de cela, l'erreur tombe, et la retenue psychologique de l'expérience d'hier n'a plus lieu.

Vous voyez un beau coucher de soleil, un arbre magnifique dans un pré ; la première vision de ce spectacle vous donne un plaisir complet, total ; mais vous y retournez avec le désir d'en jouir encore. Et qu'arrive-t-il ? Il n'y a pas de plaisir, parce que c'est le souvenir du coucher de soleil d'hier qui vous a poussé et qui vous incite maintenant à chercher un plaisir. Hier, il n'y avait pas de mémoire, il n'y avait qu'une appréciation spontanée, une réponse directe ; aujourd'hui vous êtes désireux de recapturer l'expérience d'hier. La mémoire intervient entre vous et le coucher de soleil, donc il n'y a pas de bonheur, pas de richesse, pas de plénitude, pas de beauté. Ou encore : un de vos amis vous a dit quelque chose hier, une insulte ou un compliment, et vous retenez ce souvenir ; avec ce souvenir vous abordez votre ami aujourd'hui. En fait, vous ne le rencontrez pas, car vous portez en vous le souvenir d'hier qui agit comme écran. Et ainsi nous continuons à nous entourer et à entourer nos actes de souvenirs, de sorte qu'il n'y a pas de renouveau, pas de fraîcheur dans nos vies. C'est pour cela que la mémoire rend la vie si monotone, triste et vide. Nous vivons dans un état d'antagonisme réciproque parce que le « moi » et le « mien » sont fortifiés par la mémoire. La mémoire reprend vie par l'action dans le présent. Nous donnons vie à la mémoire en agissant dans le présent ; mais lorsque nous ne la réanimons pas elle disparaît. La mémoire des faits, des choses techniques, est une nécessité bien évidente ; mais la mémoire en tant que « rétention » psychologique est nuisible à la compréhension de la vie, à la communion avec nos semblables.

## 18. SE RENDRE À CE QUI « EST »

*– Quelle différence y a-t-il entre se soumettre à la volonté divine, et ce que vous dites sur l'acceptation de ce qui « est » ?*

– Il y a une grande différence entre les deux. Vous soumettre à la volonté divine veut dire que vous savez déjà quelle est cette volonté. On ne peut pas se soumettre à ce que l'on ne connaît pas. Si vous connaissez la réalité, vous ne pouvez pas vous soumettre à elle ; vous cessez d'exister ; cela ne comporte pas de soumission à une volonté supérieure. Si vous vous soumettez à une volonté supérieure, celle-ci n'est que la projection de vous-même, car le réel ne peut pas être connu au moyen du connu. Il ne naît que lorsque le connu cesse d'être. Le connu est une création de l'esprit, parce que la pensée est le résultat du connu, du passé ; et la pensée ne peut créer que ce qu'elle connaît ; donc, ce qu'elle connaît n'est pas l'éternel. Voilà pourquoi lorsque vous vous rendez à la volonté de Dieu, c'est à votre propre projection que vous vous soumettez. Cela peut être consolant et réconfortant, mais cela n'est pas le réel.

Comprendre ce qui « est » exige un processus différent ; le mot processus n'est peut-être pas correct ; je veux dire ceci : comprendre ce qui « est » est beaucoup plus difficile, exige une plus grande intelligence, une perception plus aiguë que le simple fait d'accepter une idée ou d'abdiquer pour elle. Comprendre ce qui « est » ne demande pas d'effort ; l'effort est une distraction. Pour comprendre quoi que ce soit, pour comprendre ce qui « est » il ne faut pas être distrait. Si je veux comprendre ce que vous me dites, je ne peux pas en même temps écouter de la musique, écouter les conversations des gens : je dois vous accorder toute mon attention. Il est donc extrêmement difficile et ardu de percevoir ce qui « est » parce que notre pensée même est devenue une distraction. Nous ne voulons pas comprendre ce qui « est ». Nous le regardons à travers les lunettes de nos préjugés, de nos condamnations et de nos identifications et il est très ardu d'ôter ces lunettes et de regarder ce qui « est ». Ce qui « est » est évidemment un fait, c'est la vérité, et tout le reste n'est qu'évasion. Pour comprendre ce qui « est », le conflit de la dualité doit cesser, parce que notre réaction négative, qui consiste à devenir autre que ce qui « est », est la négation de la compréhension de ce qui « est ». Si je veux comprendre l'arrogance je ne dois pas aller à l'opposé, je ne dois pas être distrait par l'effort de devenir, ni même par l'effort d'essayer de comprendre ce qui « est ». Si je suis arrogant qu'arrive-t-il ? Si je ne nomme pas l'arrogance, elle cesse ; ce qui veut dire que c'est dans le problème qu'est la réponse, non en dehors de lui.

Il ne s'agit pas d'accepter ce qui « est ». Il n'y a pas lieu d'accepter ce qui « est ». Vous n'acceptez pas d'être blanc ou noir, parce que c'est un fait. Il n'y a acceptation que lorsqu'on essaye de devenir autre chose. Dès que vous reconnaissez un fait, il cesse d'avoir de l'importance ; mais un esprit entraîné à penser au passé et au futur et dressé à fuir dans toutes les directions est incapable de comprendre ce qui « est ». Si vous ne comprenez pas ce qui « est » vous ne pouvez pas découvrir le réel ; et sans cette compréhension la vie n'a pas de sens, elle n'est qu'une constante bataille où la douleur et la souffrance se perpétuent. Le réel ne peut être compris que s'il n'y a ni condamnation ni identification. L'esprit occupé à condamner et à s'identifier n'a pas de compréhension : il ne peut comprendre que le filet dans lequel il est pris. Comprendre ce qui « est », être

234

conscient de ce qui « est », cela révèle des profondeurs extraordinaires, en lesquelles sont la réalité, le bonheur, la joie.

# 19. SUR LA PRIÈRE ET LA MÉDITATION

– *L'aspiration exprimée dans la prière, n'est-elle pas une voie vers Dieu ?*

– Examinons les différents problèmes contenus dans cette question. Ils portent sur la prière, la concentration et la méditation. Qu'appelons-nous prière ? La prière comporte d'abord une pétition, une supplication adressée à ce que vous appelez Dieu, ou la réalité. Vous, l'individu, vous demandez, quémandez, mendiez, vous cherchez assistance auprès de quelque chose que vous appelez Dieu ; en somme vous cherchez une récompense, un contentement. Vous êtes dans de graves difficultés nationales ou individuelles et vous priez pour avoir du secours, ou vous êtes dans la confusion et vous mendiez de la clarté ; vous demandez de l'aide à ce que vous appelez Dieu. Ceci comporte l'idée implicite que Dieu, quel que soit ce Dieu (nous ne discuterons pas cela pour l'instant) va se mettre à éclaircir la confusion que vous et moi avons créée. Car c'est nous qui avons engendré cette confusion, cette misère, ce chaos, cette affreuse tyrannie, ce manque d'amour ; et nous voulons que ce que nous appelons Dieu vienne tout mettre en ordre. En d'autres termes, nous voulons que notre confusion, notre affliction, nos conflits, soient remis en ordre par un autre que nous, nous nous adressons à quelqu'un pour qu'il nous apporte de la lumière et du bonheur.

Or, lorsque vous priez, quémandez et suppliez pour obtenir quelque chose, cette chose, en général, se produit. Lorsque vous demandez, vous recevez ; mais ce que vous recevrez ne créera pas de l'ordre, car ce qui est susceptible

236

d'être reçu ne donne ni clarté, ni compréhension, ne peut que satisfaire et faire plaisir, du fait que lorsqu'on demande, on reçoit ce que l'on a projeté soi-même. Comment la réalité – Dieu – peut-elle répondre à votre demande particulière ? Est-ce que l'immesurable, l'imprononçable, peut être occupé à résoudre nos petits tracas, nos misères et nos confusions créées par nous ? L'immesurable ne peut pas répondre au mesurable, au mesquin, au petit. Mais alors qu'est-ce qui nous répond ? Lorsque nous prions, nous sommes plus ou moins silencieux, nous sommes dans un état réceptif ; et alors notre subconscient nous apporte un moment de clarté. Vous voulez quelque chose, vous le voulez très intensément ; au moment de cette intensité, de cette obséquieuse mendicité, vous êtes assez réceptif ; votre esprit conscient, actif, est relativement immobile, ce qui permet à l'inconscient de s'y projeter, et vous avez votre réponse. Ce n'est certainement pas une réponse qui provient de la réalité, de l'immesurable ; c'est votre propre inconscient qui répond. Ne commettez pas l'erreur de croire que lorsqu'il est répondu à votre prière vous êtes en relation avec la réalité. La réalité doit venir à vous, vous ne pouvez pas aller à elle.

Il y a encore un autre facteur dans cette question, c'est la réponse de ce que nous appelons la voix intérieure. Ainsi que je l'ai dit, lorsque l'esprit est en état de supplication, il est relativement immobile ; et lorsque vous entendez la voix intérieure, c'est votre propre voix qui se projette dans cet esprit relativement silencieux. Comment pourrait-elle être la voix de la réalité ? Un esprit confus, ignorant, avide, quémandant, comment peut-il comprendre la réalité ? L'esprit ne peut recevoir la réalité que lorsqu'il est absolument immobile, et non pas en train de demander, implorer, supplier, pour lui-même, pour la nation ou pour d'autres personnes. Lorsque l'esprit est tout à fait arrêté, que tout désir a cessé, alors seulement naît la réalité. La personne qui prie et qui aspire à être guidée recevra ce qu'elle cherche mais ce ne sera pas la vérité. Ce qu'elle recevra sera la réponse des couches inconscientes de son esprit, lesquelles se projettent dans le conscient ; cette voix intérieure du silence n'est pas le réel mais la réponse de l'inconscient.

Et dans ce problème il y a aussi celui de la concentration. Pour la plupart d'entre nous, la concentration est un processus d'exclusion, que l'on fait fonctionner par un effort, une contrainte, une direction, une imitation. Je m'intéresse à une soi-disant méditation, mais mes pensées sont distraites ; je fixe mon esprit sur une image ou une idée et j'exclus toutes les autres pensées. Cette concentration, qui est une exclusion, est censée être un moyen de méditer. N'est-ce pas cela que vous faites ? Lorsque vous vous asseyez pour méditer, vous fixez votre esprit sur un mot, sur une image, sur un portrait, mais l'esprit vagabonde partout. Il y a une constante irruption d'autres idées, d'autres pensées, d'autres émotions et vous essayez de les chasser ; vous passez votre temps à batailler avec vos pensées. Ce processus, vous l'appelez méditation. En somme, vous essayez de vous concentrer sur quelque chose qui ne vous intéresse pas et vos pensées continuent à se multiplier, à croître, à vous interrompre. Alors vous dépensez votre énergie à exclure, à écarter, à expulser ; et si vous pouvez enfin vous concentrer sur la pensée de votre choix ou sur un objet particulier, vous croyez avoir réussi à méditer. Mais cela n'est pas de la méditation. La vraie méditation ne consiste pas à exclure ou à écarter des pensées, ni à construire des résistances contre des idées importunes. La prière, pas plus que la concentration, n'est une vraie méditation.

Qu'est-ce que la méditation ? La concentration de pensée n'est pas une méditation parce qu'il est relativement facile de se concentrer sur un sujet intéressant. Un général absorbé par le plan de la bataille qui enverra ses soldats à la boucherie est très concentré. Un homme d'affaires en train de gagner de l'argent est très concentré, ce qui ne l'empêche pas, à l'occasion, d'être cruel et de se fermer à tout sentiment. Il est absorbé dans ses desseins, comme toute personne dont l'intérêt est capté ; il se concentre naturellement et spontanément.

Qu'est donc la méditation ? Méditer, c'est comprendre ; la méditation du cœur est compréhension. Et comment puis-je comprendre s'il y a exclusion ? Comment puis-je comprendre s'il y a pétition et supplication ? En la compréhension il y a la paix, la liberté ; car on est libéré de ce que l'on a compris. Se concentrer, prier, cela n'éveille pas la compréhension, et celle-ci est la base même, le processus fondamental de la méditation. Vous n'êtes pas tenus d'accepter ce que je dis, mais si vous examinez la prière et la concentration de pensée très soigneusement, profondément, vous verrez que ni l'une ni l'autre ne conduisent à la compréhension, tandis que la méditation qui consiste à comprendre engendre la liberté, la clarté, l'intégration.

Mais qu'appelons-nous comprendre ? Comprendre veut dire donner sa vraie valeur à toute chose. Être ignorant, c'est attribuer des valeurs erronées. La nature même de la stupidité est le manque de compréhension des vraies valeurs. La compréhension se fait jour lorsque s'établissent des valeurs vraies. Et comment établirons-nous les valeurs justes de nos possessions, de nos rapports humains, de nos idées ? Pour que surgissent des valeurs exactes, il me faut comprendre le penseur, n'est-ce pas ? Si je ne comprends pas le penseur – lequel est moi-même – ce que je choisis n'a pas de sens ; si je ne me connais pas, mon action, ma pensée sont sans fondement. Donc, la connaissance de soi est le début de la méditation. Il ne s'agit pas des connaissances que l'on ramasse dans des livres, chez des guides spirituels, des gourous, mais de celle qui provient d'une enquête intérieure et d'une juste perception de soi. Sans connaissance de soi, il n'y a pas de méditation. Si je ne comprends pas mes mobiles, mes désirs, mes aspirations, ma poursuite de modèles d'action (lesquels sont des « idées ») ; si je ne me connais pas, je n'ai pas de bases pour penser ; le penseur qui demande, prie, exclut, sans se comprendre, doit inévitablement tomber dans la confusion de l'illusion.

Le début de la méditation est connaissance de soi, ce qui veut dire percevoir chaque mouvement de la pensée et de l'émotion, connaître toutes les couches stratifiées de ma conscience, non seulement les régions périphériques, mais mes activités les plus secrètes, les plus profondément cachées. Pour connaître ces mobiles cachés, ces réactions, ces pensées et ces sentiments, il faut que le calme se fasse dans l'esprit conscient ; en effet, celui-ci doit être immobile pour recevoir la projection de l'inconscient. L'esprit conscient, superficiel, est occupé par ses activités quotidiennes : le pain à gagner, les gens qu'il faut tromper et ceux que l'on exploite, la fuite devant les problèmes, bref toutes les activités quotidiennes de notre existence. Cet esprit périphérique doit comprendre la vraie signification de ses activités, et ce faisant se donner la paix. Il ne peut pas provoquer ce calme et ce silence en se dominant, en se disciplinant, en se mettant au pas ; mais il permettra à cette tranquillité de se produire en comprenant ses propres activités, en en étant conscient, en voyant sa cruauté, la façon dont il se comporte par rapport à un domestique, à sa femme, à sa fille, à sa sœur, etc. Lorsque l'esprit superficiel et conscient perçoit de la sorte ses activités, il devient, grâce à cette compréhension, spontanément tranquille ; il n'est pas drogué par des contraintes ou par des désirs enrégimentés ; il est alors à même de recevoir les émissions, les suggestions de l'inconscient, des très nombreuses couches de l'esprit telles que les instincts raciaux, les souvenirs enfouis, les poursuites cachées, les profondes blessures non encore cicatrisées. Ce n'est que lorsque toutes ces zones se sont projetées et ont été comprises, lorsque la conscience tout entière se trouve déchargée, lorsqu'il ne reste plus une seule blessure, plus une seule mémoire pour l'enchaîner, que l'éternel peut être reçu.

240

La méditation est connaissance de soi, sans connaissance de soi il n'y a pas de méditation. Si vous n'êtes pas conscient tout le temps de toutes vos réactions, si vous n'êtes pas pleinement conscient, pleinement averti du sens de vos activités quotidiennes, le simple fait de vous enfermer dans une chambre et de vous asseoir devant le portrait de votre gourou, de votre maître, est une évasion ; car sans cette connaissance de soi, votre pensée n'est pas orientée dans la direction juste et votre méditation n'a aucun sens quelle que soit la noblesse de nos intentions. Ainsi la prière n'a aucune valeur sans cette connaissance de soi, mais celle-ci engendre une pensée correcte de laquelle découle une action correcte. Celle-ci dissipe la confusion, de sorte que l'homme qui se connaît n'a pas besoin de supplier qu'on l'en libère. L'homme pleinement conscient est en état de méditation ; il ne prie pas parce qu'il ne désire rien. Par des prières, des disciplines, des répétitions et tout le reste, vous pouvez provoquer une certaine immobilité, mais qui n'est qu'un abêtissement par lassitude, car vous avez drogué votre esprit. L'exclusion – que vous appelez concentration – ne conduit pas à la réalité ; aucune exclusion ne peut le faire. Ce qui engendre la compréhension c'est la connaissance de soi, et il n'est pas très difficile d'être conscient, si l'intention y est. Si cela vous intéresse de découvrir tout le processus de vous-même – non seulement la partie superficielle, mais le processus de tout votre être – c'est relativement facile. Si réellement vous voulez vous connaître, vous fouillerez votre cœur et votre esprit afin d'en connaître tout le contenu ; et si vous avez l'intention de savoir, vous saurez. Alors vous pourrez suivre, sans condamnation ni justification, chaque mouvement de votre pensée et de votre affectivité, et en suivant chaque pensée et chaque sentiment au fur et à mesure qu'ils surgissent, vous engendrerez cette tranquillité qui ne sera pas forcée, qui ne sera pas enrégimentée mais qui proviendra de ce que vous n'aurez pas de problèmes, pas de contradiction. C'est comme l'étang qui devient calme et paisible n'importe quel soir lorsqu'il n'y a pas de vent. Lorsque l'esprit est silencieux, ce qui est immesurable entre en existence.

## 20. SUR LE CONSCIENT ET L'INCONSCIENT

*– La partie consciente de l'esprit est ignorante de sa partie inconsciente et en a peur. C'est surtout à cette partie consciente que vous vous adressez. Est-ce suffisant ? Votre méthode libérera-t-elle l'inconscient ? Veuillez expliquer en détail la façon de prendre en main l'inconscient.*

– Nous savons tous que l'esprit est en partie conscient et en partie inconscient, mais la plupart d'entre nous ne fonctionnent qu'au niveau conscient, dans les couches périphériques de l'esprit, et notre existence entière est à peu près limitée à cela. Nous vivons dans les zones dites conscientes de l'esprit et ne faisons jamais attention aux profondeurs inconscientes, lesquelles, à l'occasion, émettent un message ou une suggestion. Ceux-ci sont négligés ou pervertis, traduits selon les exigences momentanées dites conscientes. Or, selon vous, c'est surtout à cette partie consciente que je m'adresse et vous demandez si c'est assez. Voyons ce que nous appelons la partie consciente de l'esprit. Est-elle différente de l'inconscient ? Nous distinguons le conscient de l'inconscient. Est-ce justifié ? Est-ce réel ? Cette division existe-t-elle ? Y a-t-il une barrière, une ligne où l'une commence et l'autre finit ? Nous voyons que la partie extérieure, consciente, est active. Mais est-ce le seul instrument actif dans la journée ? Si je ne m'adressais qu'aux couches superficielles de vos esprits, ce que je dis n'aurait aucune valeur et aucun sens. Et pourtant nous nous accrochons à ce que l'esprit conscient a accepté, parce qu'il trouve commode de s'ajuster à certains faits évidents ; mais l'inconscient peut se rebeller, ainsi qu'il le fait souvent, d'où les conflits entre les parties dites conscientes et inconscientes.

Notre problème est donc qu'en fait il n'y a qu'un état, et non deux, l'inconscient et le conscient. Il n'y a qu'un état d'être, lequel est conscience. Mais cette conscience est toujours du passé, jamais du présent. L'on n'est conscient que de ce qui est passé. Vous n'êtes conscients de ce que j'essaie de dire que la seconde d'après, n'est-ce pas ? Vous le comprenez un moment plus tard. Vous n'êtes jamais conscients du « maintenant ». Vous ne le percevez pas. Observez vos cœurs et vos esprits et vous verrez que la conscience fonctionne entre le passé et le futur, que le présent n'est que le passage du passé au futur. La conscience est, par conséquent, un mouvement qui va du passé au futur.

Si vous observez le fonctionnement de votre esprit, vous verrez que le mouvement du passé au futur est un processus en lequel le présent n'est pas. Tantôt le passé est un chemin d'évasion hors du présent (lequel est probablement désagréable), tantôt le futur est un espoir situé en dehors du présent ; l'esprit est toujours absorbé dans le passé et dans le futur et rejette l'actuel. En effet, l'esprit est conditionné par le passé, conditionné en tant qu'Indien, en tant que Brahmane ou non-Brahmane, en tant que Chrétien, Bouddhiste, etc., et cet esprit conditionné se projette dans le futur ; par conséquent, il n'est jamais capable de regarder un fait directement et impartialement, soit qu'il le condamne et le rejette, soit qu'il l'accepte et s'identifie à lui. Un tel esprit est évidemment incapable de voir un fait en tant que fait. Tel est notre état de conscience, conditionné par le passé ; et notre pensée est une réaction (conditionnée) à la provocation d'un fait ; plus vous réagissez selon le conditionnement d'une croyance, d'un passé, plus vous renforcez le passé. Ce renforcement du passé n'est évidemment qu'un prolongement du passé lui-même, qu'il appelle futur. L'état de notre esprit, de notre conscience, est celui d'un pendule qui va et vient entre le passé et le futur. Telle est notre conscience ; elle ne connaît que ce mouvement de va-et-vient et par conséquent ne peut fonctionner qu'à ce niveau-là, malgré les couches beaucoup plus profondes dont elle se compose aussi.

Si vous l'observez très soigneusement, vous verrez que ce mouvement n'est pas continu mais qu'un intervalle se produit entre deux pensées. Bien qu'il puisse ne durer qu'une fraction infinitésimale de seconde, cet intervalle existe et a son importance dans le mouvement de va-et-vient du pendule. Il est aisé de voir que notre pensée est conditionnée par le passé, lequel est projeté dans le futur. Sitôt que l'on admet le passé, l'on doit aussi admettre le futur, car ces deux états dits passé et futur ne sont, en fait, qu'un seul état, qui inclut le conscient et l'inconscient, le passé collectif et le passé individuel. Ces deux passés, en réponse au présent, émettent certaines réponses – réactions, lesquelles créent la conscience individuelle. Notre conscience appartient par conséquent au passé ; et là est tout l'arrière-plan de notre existence. Dès que vous avez le passé, vous avez inévitablement le futur, parce que le futur n'est que la continuité d'un passé modifié, c'est-à-dire encore du passé. Notre problème consiste donc à produire une transformation dans ce processus du passé sans créer un autre conditionnement, un autre passé.

Abordons cette question sous un autre angle : la plupart d'entre nous rejettent une forme particulière de conditionnement pour en adopter une autre, plus étendue, plus importante et plus agréable. Vous rejetez une religion et en embrassez une autre. Mais substituer une croyance à une autre, ce n'est pas comprendre la vie, la vie étant relations. Notre problème est : comment nous libérer de « tout » conditionnement ? Vous pouvez dire que c'est impossible, qu'aucun esprit humain ne peut jamais être libre de tout conditionnement ; ou vous pouvez commencer à expérimenter, à vous interroger, à découvrir. Si vous affirmez que c'est impossible, vous êtes en dehors de notre dessein. Votre assertion peut être basée sur une expérience limitée ou vaste, ou sur la simple acceptation d'une croyance ; mais une telle affirmation est la négation de toute recherche, de toute enquête, de toute découverte. Pour voir s'il est possible à l'esprit d'être complètement libre de tout conditionnement, il faut être libre d'interroger et de découvrir.

Je dis qu'il est parfaitement possible à l'esprit d'être libre de tout conditionnement ; mais n'acceptez pas mon autorité à ce sujet : si vous l'acceptiez ce ne serait qu'un processus de substitution et vous ne pourriez rien découvrir. Lorsque je dis que c'est possible, je le dis parce que pour moi c'est un fait ; je peux vous le montrer verbalement mais si vous voulez trouver la vérité en ce qui concerne ce fait, vivez-le et suivez-le avec diligence.

La compréhension de tout le processus du conditionnement ne se produit pas par l'analyse et l'introspection ; car dès que vous avez l'observateur, celui-ci lui-même fait partie de l'arrière-plan et par conséquent son analyse n'a pas de valeur. C'est un fait. L'observateur qui examine, qui analyse ce qu'il regarde est lui-même partie de cet état conditionné, donc quelle que soit son interprétation – sa compréhension, son analyse – elle fait toujours partie de l'arrière-plan. Cette voie n'a pas d'issue. Et il est cependant essentiel de transpercer tout l'arrière-plan, parce que, pour aborder la provocation du neuf l'esprit doit être neuf : pour découvrir Dieu, la vérité – ou ce qu'ils sont – l'esprit doit être frais, non contaminé par le passé. Analyser le passé, parvenir à des conclusions à travers toute une série d'expériences, affirmer, nier, et tout le reste, cela implique en essence une continuation de l'arrière-plan sous d'autres formes. Lorsque vous verrez la vérité de ce fait, vous découvrirez que l'observateur a cessé d'être. Il a cessé d'exister en tant qu'entité distincte de l'arrière-plan et seule subsiste la pensée, laquelle n'est autre que l'arrière-plan, que la réponse de la mémoire, de la mémoire à la fois consciente et inconsciente, individuelle et collective.

L'esprit est le résultat du passé, lequel est le processus du conditionnement. Comment donc peut-il être libre ? Pour être libre, il ne doit pas seulement voir et comprendre son va-et-vient pendulaire entre le passé et le futur, mais aussi percevoir les intervalles entre deux pensées. Cet intervalle est spontané, il ne peut être provoqué ni par le désir ni par la volonté.

Si vous observez très soigneusement votre pensée, vous verrez que bien que ses réactions et ses mouvements soient très rapides, il y a des trous, des arrêts entre une pensée et l'autre. Entre deux pensées il y a une période de silence laquelle n'est pas reliée au processus de la pensée. Si vous l'examinez, vous verrez que cette période de silence, que cet intervalle, n'appartient pas au temps et la découverte de cet intervalle, sa pleine perception, vous libère du conditionnement, ou, plutôt il ne « vous » libère pas mais il y a affranchissement du conditionnement.

La compréhension du processus de la pensée est méditation. En ce moment-ci nous examinons, non seulement la structure et le processus de la pensée – c'est-à-dire l'arrière-plan de la mémoire, de l'expérience, des connaissances – mais nous essayons aussi de savoir si l'esprit peut se libérer de l'arrière-plan. Lorsque l'esprit cesse de donner une continuité à la pensée, lorsqu'il est dans une immobilité qui n'est pas imposée, qui n'a pas de cause agissante – il se produit alors un état affranchi de l'arrière-plan.

## 21. SUR LE PROBLÈME SEXUEL

*– Nous savons que l'appétit sexuel est une nécessité physique et psychologique inéluctable, et il semble que ce problème soit une des causes les plus profondes du chaos dans les vies personnelles de notre génération. Comment devons-nous le traiter ?*

– Pourquoi faut-il que tout soit problème dans nos existences ? Nous avons fait de Dieu, de l'amour, des rapports humains, de l'existence entière un problème, et des besoins sexuels un problème aussi. Pourquoi ? Pourquoi réduisons-nous tout ce que nous faisons à un problème, à une souffrance ? Pourquoi souffrons-nous ? Pourquoi acceptons-nous de vivre avec des problèmes ? Pourquoi n'y mettons-nous pas fin ? Pourquoi ne mourons-nous pas à nos problèmes au lieu de nous en charger jour après jour, année par année ? La question sexuelle est certainement une question que l'on peut se poser ; mais il y a la question préalable : pourquoi faisons-nous de la vie un problème ? Travailler, gagner de l'argent, satisfaire des désirs charnels, penser, sentir, vivre enfin, tout est devenu problème. Pourquoi ? N'est-ce pas surtout parce que nous pensons toujours à partir d'un point de vue particulier, à partir d'un point de vue fixe ? Nous pensons toujours à partir d'un centre vers la périphérie ; mais comme cette périphérie est le centre pour la plupart d'entre nous, tout ce que nous touchons est superficiel. La vie n'est pas superficielle et demande qu'on la vive complètement, mais parce que nous ne vivons que superficiellement, nous ne connaissons que nos réactions superficielles. Tout ce que nous faisons à fleur de conscience doit inévitablement créer des problèmes et pourtant nous nous contentons de vivre en surface, chargés de tous nos problèmes de surface. Ces problèmes n'existent que là, car là est le moi. La périphérie est le moi avec ses sensations, lesquelles peuvent être extériorisées ou rendues subjectives, identifiées avec l'univers, avec un pays ou avec quelque autre fabrication de l'esprit.

Tant que nous vivons dans le champ de l'esprit, il y a fatalement des complications et des problèmes ; et pourtant c'est tout ce que nous connaissons. L'esprit est sensation. Il est le résultat de sensations et de réactions accumulées et tout ce à quoi il touche ne peut que créer de la misère, de la confusion, des problèmes perpétuels. L'esprit est la vraie cause de nos problèmes. Il travaille mécaniquement nuit et jour, consciemment et inconsciemment. L'esprit est extrêmement superficiel, et nous avons passé des générations, nous avons passé toutes nos vies à le cultiver, à le rendre de plus en plus habile, subtil, rusé, malhonnête et faux. Tout cela est apparent dans nos activités quotidiennes. Il est dans la nature même de l'esprit d'être malhonnête, perverti, incapable de voir un fait en face ; et c'est cela qui crée le problème. C'est cela qui constitue le problème lui-même.

Qu'appelons-nous un problème sexuel ? Est-ce l'acte ou est-ce une pensée se rapportant à l'acte ? Ce n'est pas l'acte lui-même, lequel n'est pas un problème pour vous, pas plus que manger ; mais si vous « pensez » à manger ou à l'acte sexuel toute la journée, du fait que vous n'avez pas autre chose à faire, cela devient un problème pour vous. C'est le fait d'y penser qui constitue le problème. Et pourquoi y pensez-vous ? Pourquoi construisez-vous tout un monde pour entretenir cette pensée avec vos cinémas, vos périodiques, vos récits, vos modes féminines ? Pourquoi l'esprit est-il si actif dans cette voie ? Pourquoi pense-t-il à vos besoins sexuels ? Pourquoi cette question est-elle fondamentale dans vos vies ? Lorsque tant de choses appellent, sollicitent notre intérêt, vous accordez toute votre attention à des pensées se rapportant au sexe. Et qu'arrive-t-il lorsque vos esprits sont absorbés de cette façon ?

En somme l'amour physique est la dernière évasion, n'est-ce pas ? C'est la voie vers le complet oubli de soi. Elle offre quelques moments d'absence et il n'y a pas d'autre façon de s'oublier, car, par ailleurs, tout ce que l'on fait dans la vie ne peut qu'amplifier, renforcer le moi. Vos affaires, vos religions, vos dieux, vos chefs, vos théories politiques et économiques, vos évasions, vos activités sociales, vos adhésions à des partis, tout ce que vous faites renforce le moi. Et comme il n'y a qu'un acte qui ne mette pas l'accent sur le moi, il devient un problème car vous vous accrochez à cette voie de l'ultime évasion. Les quelques instants de complet oubli de vous-mêmes qu'elle vous offre sont les seuls où vous soyez heureux. Tout le reste, tout ce à quoi vous touchez devient cauchemar, source de souffrances et d'angoisses ; alors vous vous accrochez à l'unique possibilité d'oubli, oubli que vous appelez bonheur. Mais sitôt que vous vous y accrochez, cette voie devient un cauchemar elle aussi, car vous voulez vous en libérer, vous ne voulez pas en être esclaves. Alors vous inventez – c'est toujours l'esprit qui travaille – l'idée de chasteté, de célibat, et vous essayez le célibat, la chasteté, en refoulant, niant, méditant, en faisant toutes sortes de dévotions, ces opérations étant entreprises par l'esprit afin de débrayer de la réalité. Cela encore met l'accent sur le moi qui essaye de « devenir quelque chose », et vous revoilà pris dans la ronde du labeur, des tracas, des efforts, des souffrances.

La question sexuelle devient un problème extraordinairement difficile et complexe tant que vous n'avez pas compris l'esprit qui pense à ce problème. L'acte, vous le sauvegardez. Vous vivez librement à cet égard à moins que vous ne vous serviez du mariage pour votre satisfaction, faisant ainsi de votre femme une prostituée, ce qui est apparemment très respectable ; et vous en restez là. Mais le problème ne peut être résolu que lorsqu'on comprend tout le processus et la structure du « moi » et du « mien » : ma femme, mon enfant, ma propriété, ma voiture, ma réussite, mon succès. Tant que vous n'aurez pas compris et résolu tout cela, vos rapports sexuels demeureront un problème. Tant que vous serez ambitieux – politiquement, religieusement ou de tout autre façon – tant que vous mettrez l'accent sur le moi, le penseur, l'observateur, en le nourrissant d'ambitions, soit en votre nom soit au nom d'un pays, d'un parti ou d'une idée que vous appelez religion, tant que durera l'activité de cette expansion personnelle, vous aurez un problème sexuel. D'une part, vous créez et nourrissez l'expansion du moi, et d'autre part vous essayez de vous oublier, de vous perdre ne fût-ce qu'un moment. Comment ces deux désirs peuvent-ils exister ensemble ? Votre vie est une contradiction : vous cherchez en même temps à intensifier le moi et à l'oublier. Le problème n'est pas l'acte sexuel, c'est cette contradiction en vous, laquelle ne peut pas être vaincue par l'esprit – puisqu'il est lui-même contradiction – mais peut être comprise si vous saisissez pleinement le processus total de votre existence quotidienne. Aller chercher des sensations au cinéma, lire des livres excitants et des illustrés avec des photos de femmes à peu près nues, dévisager les femmes et capter un regard fugitif, tout cela encourage l'esprit à amplifier le moi et en même temps vous voulez être bons, affectueux et tendres. Les deux ne vont pas de pair. L'ambitieux (spirituellement ou autrement) ne peut jamais être sans problèmes, parce que les problèmes ne cessent que lorsque le moi est oublié, lorsqu'il est inexistant. Et cet état de non-existence du moi n'est pas un acte de volonté, n'est pas une simple réaction. Le problème sexuel est une réaction et lorsque l'esprit cherche à le résoudre, il ne le rend que plus confus, plus lancinant, plus douloureux. L'acte n'est pas un problème, le problème est l'esprit, l'esprit qui se veut chaste. La chasteté n'est pas du monde de la pensée : l'esprit ne peut que réprimer ses propres activités et le refoulement n'est pas la chasteté. La chasteté n'est pas une vertu ; elle ne peut pas être cultivée. L'homme qui cultive l'humilité n'est certainement pas humble ; il peut appeler son orgueil humilité, mais c'est un orgueilleux et c'est pour cela qu'il cherche à être humble. L'orgueil ne peut jamais devenir humilité et la chasteté n'est pas une chose de l'esprit : on ne peut pas « devenir » chaste. Vous ne connaîtrez la chasteté que là où il y aura de l'amour, et l'amour n'est ni du monde de la pensée, ni du monde des objets de la pensée.

Ainsi le problème sexuel qui torture tant de personnes partout dans le monde ne peut pas être résolu tant que l'esprit n'est pas compris. Nous ne pouvons pas mettre un terme à la pensée ; mais la pensée parvient à son terme lorsque le penseur s'arrête ; et le penseur ne s'arrête que par la compréhension de son processus entier. La peur surgit lorsqu'il y a une division entre le penseur et sa pensée. Lorsqu'il n'y a pas de penseur, alors seulement cesse le conflit dans la pensée. Il ne faut pas d'effort pour comprendre ce qui est implicite. Le penseur entre en existence au moyen de la pensée ; ensuite il s'efforce de façonner, de diviser ou de faire cesser ses pensées. Le penseur est une entité fictive, une illusion de l'esprit. Lorsqu'on se rend compte d'une pensée en tant que fait, on n'a plus besoin de penser sur ce fait. S'il y a simple perception sans choix, ce qui est implicite dans le fait commence à se révéler. Aussitôt, la pensée, en tant que fait, finit là. Et vous verrez alors que les problèmes qui rongent vos cœurs et vos esprits, les problèmes de notre structure sociale, peuvent être résolus. Vous verrez que la question sexuelle n'est plus un problème, qu'elle a trouvé sa place, mais ni parmi les choses pures ni parmi les choses impures. C'est lorsque l'esprit lui accorde une place prédominante que le problème surgit. Et il lui donne cette place prédominante parce que l'esprit ne peut pas vivre sans un certain sens de bonheur. Mais lorsqu'il comprend tout son processus et parvient ainsi à sa fin, en d'autres termes, lorsque la pensée cesse, il y a création, et c'est cette création qui nous rend heureux. Être dans cet état de création est une félicité, parce que c'est un oubli de soi qui ne comporte pas de réactions provenant du moi. Cette réponse à votre question sur le problème sexuel quotidien n'est pas une abstraction, c'est la seule réponse qui soit. L'esprit nie l'amour, et sans amour il n'y a pas de chasteté ; c'est parce qu'il n'y a pas d'amour que vous créez le problème.

## 22. SUR L'AMOUR

*– Qu'appelez-vous amour ?*

– Nous allons découvrir ce qu'est l'amour en comprenant tout ce qui, sous le couvert de son nom, n'est pas lui. L'amour étant l'inconnu, nous ne pourrons le connaître qu'en écartant le connu. L'inconnu ne peut pas être découvert par un esprit rempli d'éléments connus. Ce que nous allons faire c'est découvrir la valeur du connu, regarder le connu ; et lorsque celui-ci sera vu avec pureté, sans condamnation, nos esprits se libéreront de lui ; et nous saurons ce qu'est l'amour. Il nous faut donc aborder l'amour négativement et non pas positivement.

Qu'est-ce que l'amour pour la plupart d'entre nous ? Lorsque nous disons que nous aimons une personne, qu'entendons-nous par là ? Que nous la possédons. D'où la jalousie, car si nous perdons la personne aimée nous nous sentons vides, perdus. Donc nous légalisons la possession et cet état qui s'accompagne d'innombrables conflits n'est évidemment pas l'amour.

L'amour n'est pas du sentiment. Être sentimental, émotif, ce n'est pas aimer car la sentimentalité, l'émotion, ne sont que des sensations. Le dévot qui pleure sur Jésus ou Krishna, sur son *gourou* ou sur quelqu'un d'autre, n'est que sentimental, émotif. Il se complaît dans une sensation, laquelle est un processus de pensée, et la pensée n'est pas amour. La pensée est le produit des sensations. La personne sentimentale, émotive, ne peut absolument pas connaître l'amour. Ne sommes-nous pas émotifs et sentimentaux ? C'est une façon d'enfler le moi. Être rempli d'émotion ce n'est certes pas aimer, car la personne senti-mentale peut être très cruelle lorsque ses sentiments ne trouvent pas d'échos et ne peuvent pas s'extérioriser. Une personne émotive peut être poussée à la haine, à la guerre, au massacre ; elle peut verser beaucoup de larmes pour sa religion ; mais cela n'est pas de l'amour.

Et pardonner est-ce aimer ? Que comporte le pardon ? Vous m'insultez, je vous en veux et je m'en souviens ; ensuite, par quelque contrainte ou par le repentir, je suis amené à vous dire : « je vous pardonne ». D'abord je retiens, puis je rejette. Qu'est-ce que cela révèle ? Que je demeure le personnage central, que c'est « moi » qui assume l'importance, puisque c'est « moi » qui pardonne. Tant qu'existe cette attitude du pardon c'est moi qui suis important, et non pas celui qui m'a insulté. Tant que j'accumule du ressentiment ou que je nie ce ressentiment – ce que vous appelez le pardon – ce n'est pas de l'amour. L'homme qui aime n'a pas d'inimitiés et est indifférent à tout cela. La sympathie, le pardon ; les rapports basés sur la possession, la jalousie et la peur ; rien de tout cela n'est l'amour, tout cela appartient à la pensée ; et dès que l'esprit est arbitre, il n'y a pas d'amour, car l'esprit ne peut arbitrer que par le sens possessif et son arbitrage n'est que posses-sion sous différentes formes. L'esprit ne peut que corrom-pre l'amour, il ne peut pas l'engendrer, il ne peut pas conférer de la beauté. Vous pouvez écrire un poème sur l'amour, mais cela n'est pas de l'amour.

Il n'y a évidemment pas d'amour si vous ne respectez pas réellement l'« autre », que ce soit votre domestique ou votre ami. N'avez-vous pas remarqué que vous n'êtes pas respectueux, bienveillant, généreux envers les personnes soi-disant « au-dessous » de vous ? Vous avez du respect pour ceux qui sont « au-dessus », pour votre patron, pour le millionnaire, pour celui qui a une grande maison et des titres, pour l'homme qui peut vous faire avoir une situa-tion, pour celui dont vous pouvez obtenir quelque chose. Mais vous donnez des coups de pied à ceux qui sont « au-dessous », vous avez un langage spécial pour eux. Où il n'y a pas de respect, il n'y a pas d'amour ; où il n'y a pas de charité, pas de pitié, pas d'oubli, il n'y a pas d'amour. Et comme nous sommes, pour la plupart, dans cet état, nous n'aimons pas. Nous ne sommes ni respectueux ni charitables ni généreux. Nous sommes possessifs, pleins de sentiments et d'émotions qui peuvent être canalisés pour tuer, pour massacrer, ou pour unifier quelque intention ignorante et sotte. Et comment, dès lors, peut-il y avoir de l'amour ?

L'on ne peut connaître l'amour que lorsque tout cela a cessé, est parvenu à un terme, lorsque l'on ne possède pas, lorsque l'on n'est pas simplement émotif dans la dévotion à un objet. Une telle dévotion est une supplication ; elle consiste à vouloir obtenir quelque chose. L'homme qui prie ne connaît pas l'amour. Puisque vous êtes possessifs, puisque vous cherchez un résultat au moyen de la dévotion et de la prière – lesquelles vous rendent sentimentaux et émotifs – naturellement il n'y a pas d'amour. Il est évident qu'il n'y a pas d'amour s'il n'y a pas de respect. Vous pouvez dire que vous êtes respectueux, mais vous l'êtes pour vos supérieurs, c'est le respect du quémandeur, le respect de la crainte. Si vous éprouviez réellement du respect, vous seriez respectueux envers ceux qui sont le plus bas, comme envers les personnes soi-disant supérieures. Puisque vous n'avez pas cela, vous n'avez pas d'amour. Combien peu d'entre nous sont généreux, cléments, charitables ! Vous l'êtes moyennant bénéfice ; vous êtes charitables lorsque vous voyez que cela peut vous rapporter quelque chose. Mais dès que tout cela disparaît, dès que cela n'occupe plus l'esprit et que les choses de l'esprit ne remplissent pas le cœur, il y a de l'amour. Et l'amour seul peut transformer la folie actuelle, la démence du monde. Les systèmes et les théories de la gauche ou de la droite n'y feront rien. Vous n'aimerez réellement que lorsque vous ne posséderez plus, lorsque vous ne serez pas envieux et avides, lorsque vous aurez du respect, de la compassion, de la bienveillance, de

256

la considération pour votre femme, vos enfants, vos voisins et vos malheureux domestiques.

On ne peut pas « penser » à l'amour, on ne peut pas le cultiver, on ne peut pas s'y exercer. S'entraîner à aimer, à sentir la fraternité humaine, est encore dans le champ de l'esprit, donc ce n'est pas de l'amour. Lorsque tout cela s'est arrêté, l'amour entre en existence et alors on sait ce qu'est aimer. L'amour n'est ni quantitatif ni qualificatif. Lorsqu'on aime, on ne dit pas : « j'aime le monde entier » ; mais lorsqu'on sait aimer une personne, on sait aimer le tout. Parce que nous ne savons pas aimer une personne, quelle qu'elle soit, notre amour de l'humanité est fictif. Lorsque vous aimez il n'y a ni « une » personne, ni « les hommes », il n'y a que l'amour. Ce n'est que par l'amour que nos problèmes peuvent être résolus et que nous pouvons connaître la joie et la félicité.

## 23. SUR LA MORT

– *Quels rapports y a-t-il entre la mort et la vie ?*

– Y a-t-il une division entre la vie et la mort ? Pourquoi considérons-nous la mort comme un état séparé de la vie ? Pourquoi avons-nous peur de la mort ? Et pourquoi tant de livres ont-ils été écrits sur elle ? Pourquoi y a-t-il une ligne de démarcation entre la vie et la mort ? Et cette séparation est-elle réelle ou simplement arbitraire, une fabrication de l'esprit ?

Lorsque nous parlons de la vie, nous entendons un processus de continuité en lequel il y a identification. Moi et ma maison, moi et ma femme, moi et mon compte en banque, moi et mon expérience. C'est ce que nous appelons la vie, n'est-ce pas ? Vivre est un processus de continuité dans la mémoire, conscient mais aussi inconscient, avec ses luttes, querelles, incidents, expériences, etc. Tout cela est ce que nous appelons la vie et nous pensons à la mort comme à son opposé. Ayant créé cet opposé, nous le redoutons et commençons à rechercher la relation entre la vie et la mort. Si nous parvenons à jeter entre l'une et l'autre le pont de nos explications, la croyance en une continuité, en un au-delà, nous sommes satisfaits. Nous croyons à la réincarnation ou à une autre forme de la continuité de la pensée, et ensuite nous essayons d'établir le rapport entre le connu et l'inconnu, entre le passé et le futur. C'est bien cela que nous faisons, n'est-ce pas, lorsque nous posons des questions sur les relations entre la vie et la mort. Nous voulons savoir comment jeter un pont entre le « vivre » et le « finir ». C'est là notre désir fondamental.

Pouvons-nous connaître la « fin », qui est la mort, pendant que nous vivons ? Je veux dire que si nous pouvions savoir, pendant que nous vivons, ce qu'est la mort, nous n'aurions pas de problèmes. C'est parce que nous ne pouvons pas entrer en contact avec l'inconnu pendant que nous vivons, que nous en avons peur. Notre lutte consiste à établir un rapport entre nous-mêmes qui sommes le résultat du connu, et l'inconnu que nous appelons mort. Peut-il y avoir une relation entre le passé et quelque chose que l'esprit ne peut pas concevoir et que nous appelons mort ? Pourquoi séparons-nous les deux ? N'est-ce point parce que notre esprit ne fonctionne que dans le champ du connu, dans le champ du continu ? L'on ne se connaît soi-même qu'en tant que penseur, qu'en tant qu'acteur ayant certains souvenirs de misères, de plaisirs, d'amour, d'affections, d'expériences de toutes sortes ; l'on ne se connaît qu'en tant qu'être continu, sans quoi l'on n'aurait aucun souvenir de soi-même « étant » quoi que ce soit. Or, lorsque ce « quoi que ce soit » considère sa fin – que nous appelons mort – surgit en nous la peur de l'inconnu, donc le désir d'englober l'inconnu dans le connu, de donner une continuité au connu. Je veux dire que nous ne voulons pas connaître une vie incluant la mort, mais nous voulons nous persuader qu'un moyen existe de durer indéfiniment. Nous ne voulons pas connaître la vie et la mort, mais nous voulons apprendre à durer sans fin.

Ce qui continue n'a pas de renouveau. Il ne peut rien avoir de neuf, rien de créatif en ce qui continue. Cela semble bien évident. Au contraire, sitôt que s'arrête la continuité, ce qui est toujours neuf devient possible. C'est notre fin que nous redoutons. Nous ne voyons pas que le renouveau créateur et inconnu ne peut se produire qu'en cette fin du « quoi que ce soit » que nous croyons être. Le report quotidien de nos expériences, de nos souvenirs et de nos infortunes, bref tout ce qui vieillit en s'accumulant, doit mourir chaque jour pour que le renouveau puisse être. C'est chaque jour que nous devons mourir. Le neuf ne peut pas être là où est une continuité – le neuf étant le créatif, l'inconnu, l'éternel, Dieu si vous voulez. La personne, l'entité continue qui est à la recherche de l'inconnu, du réel, de l'éternel, ne le trouvera jamais, parce qu'elle ne trouvera que ce qu'elle projette hors d'elle-même, et ce qu'elle projette n'est pas le réel. Ce n'est que lorsque nous finissons, lorsque nous mourons que le réel peut être connu ; et celui qui cherche une relation entre la vie et la mort, un pont entre le continu et ce qu'il s'imagine exister au-delà, vit dans un monde fictif, irréel, qui est une projection de lui-même.

Et est-il possible, pendant que l'on vit, de mourir, c'est-à-dire de parvenir à sa fin, de n'être rien du tout ? Est-il possible, en vivant dans ce monde où tout « devient » de plus en plus (ou « devient » de moins en moins) où tout est un processus d'escalades, de réussites, de succès, est-il possible, dans un tel monde, de connaître la mort ? Est-il possible d'achever chaque souvenir ? (Il ne s'agit pas des souvenirs des faits : de l'adresse de votre domicile, etc.) Est-il possible de mettre fin à chaque attachement intérieur, à une sécurité psychologique, à tous les souvenirs que nous avons accumulés, emmagasinés, et où nous puisons notre sécurité et notre bonheur ? Est-il possible de mettre fin à tout cela, ce qui veut dire mourir chaque jour pour qu'un renouveau puisse avoir lieu demain ? Ce n'est qu'alors que l'on connaît la mort pendant que l'on vit. Ce n'est qu'en cette mort, en cette fin, en cet arrêt de la continuité, qu'est le renouveau, la création de ce qui est éternel.

## 24. SUR LE TEMPS

*– Le passé peut-il se dissoudre tout d'un coup, ou faut-il du temps pour cela ?*

– Nous sommes le résultat du passé. Notre pensée est fondée sur hier et beaucoup de milliers d'hiers. Nous sommes le résultat du temps et nos réactions, notre comportement actuels, sont les effets cumulatifs de beaucoup de milliers d'instants, d'incidents, d'expériences. Donc, le passé est, pour la majorité d'entre nous, le présent ; c'est là un fait qui ne peut être nié. Vous, vos pensées, vos actes, vos réactions, vous êtes le résultat du passé. Or, vous voulez savoir si le passé peut être effacé immédiatement, par l'effet d'une action en dehors de la durée, ou si l'esprit a besoin de temps pour être affranchi, dans le présent, de ce passé cumulatif. Il est important de comprendre cette question, qui est celle-ci : étant donné que chacun de nous est le résultat du passé, avec un arrière-plan d'influences innombrables en perpétuel changement, est-il possible d'effacer cet arrière-plan sans passer par le processus du temps ?

Qu'est-ce que le passé ? Qu'entendons-nous par passé ? Nous ne parlons pas ici du passé chronologique, c'est bien évident. Nous parlons des expériences accumulées, des réactions emmagasinées, des souvenirs, des traditions, des connaissances, des entrepôts subconscients de pensée innombrables, de sentiments, d'influences, de réponses. Avec cet arrière-plan, il n'est pas possible de comprendre la réalité parce que celle-ci ne peut être d'aucun temps : elle est intemporelle. On ne peut pas comprendre l'intem-

261

porel avec un esprit qui est le produit du temps. Vous vou-lez savoir s'il est possible de libérer l'esprit tout de suite : s'il est possible à l'esprit (qui est le résultat du temps) de cesser d'être, immédiatement ; ou au contraire s'il faut pas-ser par une longue série d'examens et d'analyses pour libé-rer l'esprit de son arrière-plan.

L'esprit « est » l'arrière-plan ; il « est » le résultat du temps ; il « est » le passé ; l'esprit n'est pas le futur, mais peut se projeter dans l'avenir. Il se sert du présent comme passage vers le futur ; il est donc toujours, quoi qu'il fasse, quelles que soient ses activités passées, présentes et futu-res, dans le réseau du temps. L'esprit peut-il cesser complètement ? Le processus de pensée peut-il prendre fin ? Nous nous rendons compte que l'esprit, que ce que nous appelons la conscience, se compose de beaucoup de couches, interdépendantes et interagissantes : notre cons-cience n'est pas seulement l'expérience mais aussi les noms, les mots qui s'y ajoutent, et l'emmagasinage des souvenirs. Tel est le processus de la conscience.

Lorsque nous parlons de conscience, nous parlons de l'expérience, des noms que nous lui donnons et de l'emma-gasinage dans la mémoire qui en résulte. Tout cela à dif-férents niveaux est la conscience. L'esprit, qui est le résul-tat du temps, doit-il passer par le processus de l'analyse, pas à pas, en vue de se libérer de l'arrière-plan, ou peut-on être entièrement affranchi du temps et regarder directe-ment la réalité ?

De nombreux psychanalystes nous disent que pour nous libérer de l'arrière-plan nous devons examiner chaque réaction, chaque complexe, chaque obstacle, chaque blo-cage, ce qui évidemment implique le temps. Cela veut dire aussi que je dois comprendre ce que j'analyse en moi-même et ne pas me tromper dans mon interprétation. Si je traduis mal, je parviens à des conclusions erronées et éta-blis ainsi un nouvel arrière-plan. Je dois donc être capable d'analyser mes pensées et mes sentiments sans les défor-mer, et je ne dois pas manquer un seul pas de l'analyse, parce que tout faux pas, toute erreur dans mes conclusions, rétablit un arrière-plan, sur d'autres bases, et à d'autres niveaux. J'en viens ainsi à me demander si, en tant que mon propre analyste, je suis autre chose que ce que j'analyse. L'analyste et l'objet analysé ne sont-ils pas un seul et unique phénomène ?

Certes l'expérience et celui qui vit l'expérience sont un seul phénomène ; ce ne sont pas deux processus distincts. Mais examinons les difficultés de ce procédé. Il est à peu près impossible d'analyser tout le contenu de notre conscience et de nous libérer ainsi. Après tout, qui est cet analyste ? Quoi qu'il en pense, il n'est pas autre chose que ce qu'il analyse. Il peut s'en détacher par l'esprit, mais il en est partie intégrante. Lorsque j'ai une pensée, un sentiment, lorsque je suis en colère, par exemple, moi qui analyse la colère, je suis toujours partie intégrante de la colère. Il y a donc des difficultés incalculables à s'élucider, à se révéler à soi-même comme on lirait un livre, une page après l'autre. Ce n'est pas ainsi que l'on s'affranchit de l'arrière-plan. Il doit y avoir une voie beaucoup plus simple, plus directe, et c'est ce que nous allons, vous et moi, chercher ensemble. Pour la découvrir, nous devons écarter ce qui est faux, et l'analyse n'étant pas cette voie, nous libérer de cette méthode.

Et que vous reste-t-il ? Car vous ne connaissez, vous ne pratiquez que l'analyse. L'observateur observant, l'observateur essayant de s'expliquer ce qu'il a observé, ne se libérera pas de l'arrière-plan parce que l'arrière-plan et lui sont un seul phénomène. S'il en est ainsi, – et il en est ainsi – vous abandonnerez ce procédé, n'est-ce pas ? Si vous voyez que cette voie est fausse, si vous vous rendez compte, non pas verbalement mais en fait, que cette méthode est erronée, qu'arrive-t-il à votre analyse ? Vous cessez d'analyser, et puis que vous reste-t-il ? Observez, suivez ce qui vous reste et vous verrez avec quelle rapidité on peut être affranchi de l'arrière-plan. Si cette voie n'est pas la bonne, que vous reste-t-il ? Quel est l'état dans lequel se trouve un esprit accoutumé à analyser, tester, observer, disséquer, conclure et recommencer ? Si vous arrêtez net ce processus, dans quel état se trouve votre esprit ?

Vous me répondez qu'il est dans un état de vide. Allez plus loin dans ce vide. Lorsque vous rejetez ce que vous savez être faux, qu'arrive-t-il à votre esprit ? Somme toute, qu'avez-vous écarté ? Vous avez rejeté le procédé erroné qui résulte de l'arrière-plan. D'un seul coup, pour ainsi dire, vous avez rejeté tout cela. Alors votre esprit – lorsque vous écartez la méthode analytique avec toutes ses implications, et la voyez erronée – est libre d'hier et par conséquent susceptible de perception directe sans passer à travers tout le processus du temps ; il est susceptible d'un rejet immédiat de l'arrière-plan.

Situons la question autrement : la pensée est un produit du temps, n'est-ce pas ? La pensée résulte du milieu, des influences sociales et religieuses, tout cela faisant partie du temps. Demandons-nous alors comment la pensée pourrait être affranchie du temps. La pensée, qui est un résultat du temps, peut-elle s'arrêter et être affranchie du temps ? Elle peut être dominée, façonnée, mais la discipline de l'esprit est encore dans le réseau du temps. Ainsi notre difficulté est : comment un esprit qui est le résultat du temps, de nombreux milliers d'hiers, peut-il être instantanément libre de cet arrière-plan si complexe ? Vous pouvez en être libre, mais dans le présent, dans le maintenant, pas demain. Cela ne peut se faire que lorsque vous vous rendez compte de ce qui est faux. Le faux est évidemment le procédé analytique, et c'est le seul instrument que nous ayons.

Lorsque le processus analytique s'arrête complètement, non pas par une discipline mais par la compréhension de son inévitable erreur, vous voyez que votre esprit est complètement dissocié du passé ; ce qui ne veut pas dire que vous ne reconnaissiez pas le passé mais que votre esprit n'a pas de communion directe avec lui. Alors il peut se libérer du passé immédiatement, maintenant, et cette dissociation du passé, cette liberté complète par rapport à hier (non pas chronologique, mais psychologique) est possible ; et c'est la seule voie vers la compréhension de la réalité.

Demandons-nous plus simplement quel est l'état de notre esprit lorsque nous voulons comprendre quoi que ce soit. Lorsque vous voulez comprendre votre enfant, ou telle personne, comprendre ce qu'elle dit, quel est l'état de votre esprit ? Vous n'analysez pas, vous ne critiquez pas, vous ne jugez pas ce que l'autre est en train de dire : vous écoutez tout simplement. Votre esprit est dans un état où le processus de la pensée n'est pas actif tout en étant sur le qui-vive. Et cette vivacité n'est pas dans le réseau du temps. Vous n'êtes que vivacité, réceptivité passive et totalement lucide ; ce n'est qu'en cet état qu'il y a compréhension. Lorsque l'esprit agité questionne, se tracasse, dissèque, analyse, il n'y a pas de compréhension. Lorsqu'il y a l'intensité de comprendre, l'esprit est évidemment tranquille. Cela, naturellement, doit être vécu ; mais l'on voit facilement que plus on analyse, moins on comprend. On peut comprendre certains événements, mais tout le contenu de la conscience ne peut pas être vidé par un processus analytique. Il ne peut être vidé que lorsque l'on voit l'erreur de l'approche analytique. Lorsque l'on voit l'erreur sous son vrai jour on commence à découvrir le vrai, et c'est la vérité qui nous libérera de l'arrière-plan.

## 25. SUR L'ACTION SANS IDÉATION

*– Vous dites que, pour que la vérité se produise il faut agir sans idée. Est-il possible d'agir en toutes circonstances sans idée, c'est-à-dire sans motif ?*

– Qu'est-ce que l'action pour nous ? Qu'entendons-nous par action ? Notre action – ce que nous voulons faire ou être – est basée sur une idée, n'est-ce pas ? Nous ne connaissons pas d'autre action ; nous avons des idées, un idéal, des promesses, diverses formules sur ce que nous sommes ou ne sommes pas. La base de notre action est une récompense future, ou la peur d'un châtiment. Nous connaissons cela. Une telle activité est un processus d'auto-isolement. Vous avez l'idée de vertu et conformément à cette idée, vous vivez, agissez, êtes en relation. Pour vous, les rapports humains, collectifs et individuels, sont des actions qui tendent vers un idéal, vers des vertus, vers un épanouissement, etc.

Lorsque mon action est basée sur un idéal (qui est une idée) tel que : « je dois être courageux », « je dois suivre l'exemple », « je dois être charitable », « je dois prendre conscience de mes responsabilités sociales », etc., cette idée façonne mon action, la guide. Nous disons tous : « il y a un exemple de vertu que nous devons suivre », ce qui veut dire : « je dois vivre selon cela ». Ainsi l'action est basée sur une idée. Entre l'action et l'idée, il y a une coupure, une scission : il y a le processus du temps. C'est bien ainsi que cela se passe : je ne suis pas charitable, je n'aime pas, il n'y a pas de pardon en mon cœur, mais je sens qu'il faut être charitable. Ainsi se produit un hiatus entre ce que

266

je suis et ce que je devrais être, et nous essayons constamment de jeter un pont entre les deux. C'est cela notre activité.

Qu'arriverait-il si l'idée n'existait pas ? D'un seul coup vous auriez éliminé l'intervalle. Vous « seriez » ce que vous êtes. Mais vous dites : « je suis laid, je dois devenir beau, que faire ? » Vous cherchez une action basée sur une idée. Vous dites : « je n'ai pas de compassion, il faut que j'en aie » ; vous introduisez ainsi une idée distincte de l'action, donc l'action n'est jamais conforme à ce que vous êtes, elle est à l'image de ce que vous voudriez être. L'homme borné vous dit qu'il deviendra brillant. Il travaille, il lutte pour « devenir », il ne s'arrête jamais pour se dire « je suis stupide ». Ainsi son action basée sur une idée n'est pas du tout une action.

Agir veut dire faire, bouger. Mais lorsque vous avez une idée, il n'y a qu'un processus en action, celui de la pensée qui gravite autour de l'idée. Et s'il n'y a aucune idée, qu'arrive-t-il ? Vous êtes ce que vous êtes. Vous êtes cruel, égoïste, sans charité, stupide, irréfléchi. Pouvez-vous demeurer avec cela ? Si vous le pouvez, voyez ce qui se produit. Lorsque je me reconnais cruel, etc., lorsque je suis conscient de cela en tant que fait, qu'arrive-t-il ? N'y a-t-il pas de la charité, n'y a-t-il pas de l'intelligence ? Lorsque je reconnais complètement le manque de charité, non pas verbalement, artificiellement, mais lorsque je suis pleinement conscient de mon manque de charité et d'amour, n'y a-t-il pas déjà, dans cette perception même, de l'amour ? Est-ce que je ne deviens pas tout de suite charitable ? Si je vois la nécessité d'être propre, c'est bien simple, je me lave. Mais si j'ai comme idéal que je « devrais » être propre, qu'arrive-t-il ? Il arrive que le nettoyage est remis à plus tard ou pratiqué superficiellement. L'action basée sur une idée est très superficielle ; ce n'est pas de l'action du tout mais de l'idéation. C'est le processus de la pensée qui continue.

267

L'action qui nous transforme en tant qu'êtres humains, qui régénère, transforme ou, si vous voulez, qui apporte la rédemption, une telle action n'est pas basée sur l'idée. Une telle action ne tient pas compte des récompenses et des châtiments. Une telle action est intemporelle parce que l'esprit, qui est le processus du temps, le processus calculateur qui divise et isole, n'y participe pas.

Cette question n'est pas de celles auxquelles on puisse répondre, ainsi que vous le voudriez, par un « oui » ou un « non ». Il est facile de poser des questions telles que : « qu'entendez-vous par... » et puis de se rasseoir et de m'écouter expliquer. Il est beaucoup plus ardu de trouver une réponse soi-même, d'entrer dans l'interrogation si profondément, si clairement et incorruptiblement que le problème n'existe plus. Cela ne peut se produire que lorsque l'esprit est réellement silencieux devant les questions qu'il se pose. Alors le problème, si vous l'aimez, est aussi beau qu'un beau coucher de soleil. Si vous êtes en conflit avec lui, vous ne le comprendrez jamais. En général nous nous débattons en lui parce que nous avons peur de ce qui pourrait se produire si nous allions plus loin ; ainsi nous perdons le sens et l'appréciation du problème.

## 26. LES VIEILLES HABITUDES ET LA VIE NEUVE

– *Lorsque je vous écoute, tout semble clair et neuf. Lorsque je rentre chez moi, ma vieille et sotte agitation me reprend. Qu'y a-t-il de faussé en moi ?*

– De quoi sont faites nos existences ? De perpétuelles provocations et de nos réactions, ou réponses, à ces provocations. Celles-ci sont toujours neuves et nos réponses sont toujours vieilles. Je vous ai rencontré hier et vous m'abordez aujourd'hui. Vous êtes différent, vous avez changé, vous êtes neuf, mais j'ai l'image de vous tel que vous étiez hier. Je mêle alors le neuf et le vieux. Je ne vous aborde pas d'un esprit neuf, j'ai en moi votre image d'hier, donc ma réponse à la provocation est conditionnée. Ici, pendant ces causeries, vous oubliez provisoirement que vous êtes brahmane, chrétien, de haute caste, que sais-je : vous oubliez tout. Vous ne faites qu'écouter, absorbés, essayant de comprendre. Lorsque vous reprenez vos vies quotidiennes, vous redevenez votre ancien moi familier, vous avez repris votre travail, votre caste, votre système social, votre famille. En somme, le neuf est constamment absorbé par le vieux : habitudes, coutumes, idées, traditions, souvenirs. Le problème se pose ainsi : comment puis-je libérer ma pensée de ce qui est vieux, de façon à être neuf tout le temps ? Comment dois-je m'y prendre pour être « neuf » la prochaine fois que je verrai une fleur, un visage, un ciel, un arbre, un sourire ? Pourquoi ne sommes-nous pas neufs ? Comment le vieux absorbe-t-il le neuf, comment le modifie-t-il, pourquoi le neuf cesse-t-il lorsque vous rentrez chez vous ?

La vieille réponse émane du penseur. Celui-ci n'est-il pas toujours vieux ? Du fait que votre pensée est fondée sur le passé, lorsque vous rencontrez le neuf, c'est le penseur qui le rencontre ; c'est l'expérience d'hier qui le rencontre. Or, si le penseur est toujours vieux, le problème est : comment libérer l'esprit de sa propre présence en tant que penseur ? Comment déraciner les souvenirs, non pas ceux des faits, mais la mémoire psychologique qui est l'accumulation de l'expérience ? Si l'on n'est pas affranchi des résidus de l'expérience, on ne peut pas recevoir le neuf. Libérer la pensée, être libéré du processus de la pensée est toutefois très ardu, car nos croyances, nos traditions, toutes nos méthodes d'éducation, sont un processus d'imitation, de copie, d'enregistrement. Ce réservoir de mémoire réagit constamment au neuf, et sa réponse constitue ce que nous appelons la pensée. C'est cette pensée qui aborde le neuf. Comment le neuf peut-il donc se produire ? Il ne peut se produire que lorsqu'il n'y a pas de résidu de mémoire. Et il y a résidu lorsque l'expérience n'est pas achevée, conclue, c'est-à-dire lorsque la compréhension de cette expérience est incomplète. Lorsque l'expérience est complète, il n'y a pas de résidu. En cela est la beauté de la vie. L'amour n'est pas un résidu, l'amour n'est pas une expérience, c'est un état d'être éternellement neuf. Ainsi notre problème est : peut-on aborder le neuf constamment, dans la vie quotidienne ? Certes, on le peut. L'on doit, à cet effet, provoquer une révolution dans la pensée et dans le sentiment. L'on ne peut être libre que lorsque chaque incident est pensé d'instant en instant, jusqu'au bout, lorsque chaque réaction est pleinement comprise et non distraitement vue et écartée. L'on n'est affranchi de l'accumulation de la mémoire que lorsque chaque pensée, chaque sentiment est complété, pensé jusqu'au bout. En d'autres termes, lorsque toutes les pensées et tous les sentiments sont pensés jusqu'au bout, ils s'achèvent, ils finissent, et un intervalle se produit entre cette fin et l'idée qui suit. En cet espace de silence est un renouveau : le neuf créatif a lieu.

Il ne s'agit pas ici d'une théorie : essayez d'aller jusqu'au bout de chaque pensée et de chaque sentiment et vous verrez que cette façon de penser est très utile dans la vie quotidienne, car elle permet d'être toujours neuf et le neuf est éternellement valable. Être neuf c'est être créatif, et être créatif c'est être heureux. L'homme heureux se soucie peu d'être riche ou pauvre, d'appartenir à telle classe sociale, à telle caste ou tel pays. Il n'a ni chefs, ni dieux, ni temples, ni églises, donc pas de querelles, pas d'inimitiés. Et cet état d'esprit est certainement ce qu'il y a de plus efficace pour résoudre nos difficultés dans le chaos mondial actuel. C'est parce que nous ne sommes pas créatifs, dans le sens que je donne à ce mot, que nous sommes si antisociaux à différents niveaux de notre conscience. Seuls peuvent éclairer efficacement, avec intelligence, les mondes de nos relations sociales, tous nos mondes de relations, ceux d'entre nous qui connaissent le bonheur. Et il n'y a de bonheur qu'en notre propre fin. Il n'y en a pas tant que nous prolongeons le processus de notre devenir. En la fin de ce processus est un renouveau, une naissance, une fraîcheur, une joie.

Le neuf est absorbé par le vieux et le vieux détruit le neuf tant qu'existe un arrière-plan, tant que l'esprit, le penseur, est conditionné par la pensée. Pour être affranchi de l'arrière-plan, des influences qui conditionnent, de la mémoire, il faut être affranchi de la continuité. Il y a continuité tant que la pensée et le sentiment ne sont pas totalement achevés. Vous achevez une pensée lorsque vous la suivez jusqu'au bout et, ainsi, mettez fin à toute pensée, à tout sentiment. L'amour n'est pas habitude, mémoire ; l'amour est toujours neuf. L'on ne peut entrer en contact avec le neuf que si l'esprit est frais, et l'esprit n'est frais que s'il est débarrassé du résidu de la mémoire. Je parle évidemment de la mémoire psychologique et non de celle des faits. Tant qu'une expérience n'est pas complètement comprise, elle laisse un résidu, et ce passé absorbe constamment le neuf, donc le détruit. Ce n'est que lorsque l'esprit est libre du passé qu'il aborde tout avec fraîcheur, et en cela il y a de la joie.

## 27. FAUT-IL NOMMER UN SENTIMENT ?

*– Comment peut-on être conscient d'un sentiment si on ne le situe pas dans une catégorie, si on ne lui donne pas un nom ? Si je suis conscient d'un sentiment, il me semble pouvoir le définir presque aussitôt qu'il surgit. Ou entendez-vous parler d'autre chose, lorsque vous dites : ne nommez pas ?*

– Pourquoi nommons-nous les choses ? Pourquoi mettons-nous une étiquette à une fleur, à une personne, à un sentiment ? Pour définir ce sentiment, pour décrire la fleur, etc., ou pour nous identifier à ce que nous ressentons. Nous disons : « je suis en colère », soit pour nous identifier à ce sentiment, soit pour le renforcer, soit pour le dissoudre, bref, pour en faire quelque chose. Nous mettons un nom à un objet pour le désigner, mais il se trouve que nous nous imaginons ainsi le comprendre. Nous disons : « ceci est une rose », et, la regardant rapidement, nous passons. En lui donnant un nom nous croyons la comprendre. Nous l'avons classifiée et pensons avoir ainsi saisi tout le contenu et la beauté de cette fleur. Aussitôt nous cessons de la voir. Si, toutefois, nous ne donnons pas de nom à un objet, nous sommes « forcés » de le regarder : nous nous en approchons avec la qualité d'une observation neuve, nous le regardons comme si nous ne l'avions jamais encore vu. Nommer les choses est une façon commode de s'en débarrasser – ou de se débarrasser des gens en disant d'eux : « ils sont allemands, japonais, américains, hindous ». L'étiquette une fois mise, vous pouvez la détruire, cela devient très faisable. Si vous ne mettez pas d'étiquette aux gens vous êtes forcés de les regarder et il est alors beaucoup plus difficile de tuer. Vous pouvez détruire l'étiquette avec une bombe et vous sentir de ce fait très vertueux, mais si vous ne mettez pas d'étiquettes et devez par conséquent examiner le cas individuel (homme, fleur, incident ou émotion) vous êtes forcé de considérer vos rapports directs avec lui et avec l'action qui s'ensuit. Donc mettre un nom, une étiquette, est une façon très commode de se débarrasser des choses, de les nier, de les condamner ou de les justifier. Voilà un côté de la question.

Quel est le centre à partir duquel on nomme ? Quel est ce centre qui toujours nomme, choisit, enregistre ? Nous sentons tous qu'existe un point intérieur à partir duquel nous agissons, jugeons, nommons. Qu'est-il, ce point ? Quelques-uns aimeraient à penser que c'est une essence spirituelle, Dieu ou autre chose, mais tâchons de découvrir ce qu'est au juste ce point central, qui nomme et juge. C'est évidemment la mémoire, c'est-à-dire une série de sensations, identifiées et enrobées. C'est le passé revitalisé par le présent et qui se nourrit aux dépens du présent, en nommant, répertoriant, se souvenant.

Nous verrons tout à l'heure, en mettant au jour son contenu, que ce centre, tant qu'il existe, empêche la compréhension. Ce n'est qu'avec la disparition de ce centre que l'on commence à comprendre, puisque ce centre n'est que de la mémoire, la mémoire de diverses expériences auxquelles on a associé des noms, des étiquettes, des identifications. Avec ces expériences nommées et enregistrées, partant du centre, il y a acceptation ou rejet, résolution d'être ou de ne pas être, selon les sensations, les plaisirs et les souffrances de la mémoire de l'expérience. Donc, ce centre « est » le mot. Si vous ne nommez pas le centre, existe-t-il ? Si vous ne pensez pas en mots, si vous n'employez pas de mots, pouvez-vous encore penser ? La pensée commence avec les mots ou, inversement, les mots sont des réponses à la pensée. Le centre est la mémoire d'innombrables expériences de plaisir et de douleur, mise

274

en mots. Observez-le en vous-mêmes, et vous verrez que les mots, que les étiquettes, sont devenus beaucoup plus importants que la substance. Nous vivons de mots.

Pour nous, des mots comme « vérité », « Dieu », sont devenus très importants, ou l'émotion que ces mots représentent. Lorsque nous disons les mots « américain, chrétien, hindou » ou le mot « colère », nous « sommes » le mot qui représente cette sensation. Mais nous ne savons pas quelle est cette sensation, parce que c'est le mot qui est devenu important. Lorsque vous vous dites bouddhiste ou chrétien, qu'est-ce que ces mots veulent dire, quel est leur sens caché, que vous n'avez jamais examiné ? Notre centre, notre point central « est » le mot, l'étiquette. Si l'étiquette importe peu, si ce qui compte c'est ce qu'il y a « derrière » l'étiquette, vous pouvez investiguer ; mais si vous êtes identifié à l'étiquette vous ne pouvez pas aller plus loin. Et nous « sommes » identifiés aux étiquettes, à une maison, à des formes, à un nom, à un mobilier, à un compte en banque, à des opinions, à des stimulants, etc., etc. Nous sommes ces choses, ces choses représentées par des noms. Elles sont devenues importantes, ainsi que les noms ; donc notre centre « est » le mot.

S'il n'y a pas de mot, pas d'étiquette, y a-t-il encore un centre ? Il y a une dissolution, un vide – qui n'est pas le vide de la peur, qui en est très différent. Il y a comme le sentiment que l'on n'est rien du tout. Parce que vous avez éliminé les étiquettes, ou plutôt parce que vous avez compris pourquoi vous mettez des étiquettes aux sentiments et aux idées, vous voici complètement neuf, n'est-ce pas ? Il n'y a plus de centre à partir duquel agir. Le centre qui est le mot, a été dissous. L'étiquette a été enlevée, et vous, où êtes-vous en tant que centre ? Vous êtes toujours là, mais transformé. Cette transformation fait un peu peur et par conséquent vous n'allez pas plus loin dans tout ce qu'elle comporte ; vous commencez déjà à la juger, à décider qu'elle vous plaît ou qu'elle vous déplaît. Vous n'agissez pas avec la compréhension de ce qui vient, mais vous jugez déjà, ce qui veut dire que vous avez un centre à partir duquel vous agissez. Et dès que vous jugez, vous voici déjà cloué ; les mots « je n'aime pas », « j'aime » deviennent importants. Mais que se produit-il lorsque vous ne nommez pas ? Vous examinez directement l'émotion, la sensation. Vous avez dès lors une relation toute différente avec elle, tout comme vous l'auriez avec une fleur que vous ne nommeriez pas. Vous êtes « forcé » d'avoir un regard neuf. Lorsque vous ne mettez pas de nom à un groupe de personnes, vous êtes forcé de regarder chaque visage et de ne pas traiter ces personnes comme une masse. Vous êtes alors bien plus vif, plus observateur, plus compréhensif, vous avez un sens plus profond de pitié, d'amour ; mais si vous les traitez comme s'ils n'étaient qu'une seule masse, vous vous interdisez de les comprendre.

Si vous n'y mettez pas d'étiquettes, vous devez considérer chaque sentiment dès qu'il surgit. Lorsque vous le nommez, le sentiment est-il différent du nom ? Ou est-ce le nom qui éveille le sentiment ? Veuillez y réfléchir. Le mot, pour la plupart d'entre nous, intensifie le sentiment. L'un et l'autre sont instantanés. Si vous aviez un intervalle entre sentir et nommer, vous pourriez découvrir si le sentiment est différent de son appellation, et vous pourriez le traiter sans le nommer.

Le problème est celui-ci : comment être libre d'un sentiment que nous nommons, tel que la colère ? Non pas comment le subjuguer, le sublimer, ou le refouler, ce qui est inintelligent et enfantin, mais comment en être réellement libre ? Pour en être réellement affranchi, il faut découvrir si le mot est plus important que le sentiment. Le mot « colère » a plus d'importance que le sentiment lui-même. Pour se rendre exactement compte de ce qui se passe, il faut que se produise un intervalle entre sentir et nommer. Voilà un côté de la question.

Si je ne nomme pas un sentiment, c'est-à-dire si la pensée cesse d'être une activité verbale, ou une manipulation d'images et de symboles (comme pour la plupart d'entre

276

nous) qu'arrive-t-il ? L'esprit devient autre chose qu'un simple observateur, car, ne pensant plus en termes de mots, de symboles, d'images, le penseur n'est plus séparé de la pensée, c'est-à-dire du mot. Et l'esprit est alors silencieux. Il l'est spontanément : on ne l'a pas « rendu » silencieux. Lorsque l'esprit est réellement calme, les sentiments qui surgissent peuvent être « traités » immédiatement. Ce n'est que lorsque nous donnons des noms aux sentiments – en les renforçant de ce fait – que nous leur donnons une continuité ; ils sont emmagasinés dans le centre, et à partir de ce point nous leur mettons de nouvelles étiquettes qui les fortifient ou les communiquent.

Lorsque l'esprit n'est plus le centre en tant que penseur fait de mots, d'expériences passées (de souvenirs étiquetés, emmagasinés et mis en catégories dans des classeurs), lorsqu'il ne fait rien de tout cela, il est évidemment tranquille. Il n'est plus enchaîné, il n'a plus de centre en tant que « moi » – ma maison, mon succès, mon travail, sont encore des mots qui stimulent le sentiment et fortifient la mémoire - ; lorsque rien de tout cela ne se produit, l'esprit est très silencieux. Cet état n'est pas négatif. Au contraire, pour parvenir à ce point il nous faut passer par tout cela, qui est une entreprise énorme ; il ne s'agit pas d'apprendre à la façon des écoliers ; « il ne faut pas nommer, il ne faut pas nommer ». Suivre ce processus dans toutes ses implications, le vivre, voir comment l'esprit fonctionne et arriver au point où l'on ne nomme plus – ce qui indique qu'il n'existe plus un centre distinct de la pensée – tout cela est, en fait, la vraie méditation.

Lorsque l'esprit est réellement tranquille, il devient possible à l'immesurable d'entrer en existence. Tous les autres processus, toutes les recherches de la réalité, ne sont que des projections de soi « home made », faites à la maison, donc irréelles. Mais ce processus-ci est ardu, car il exige que l'esprit soit constamment conscient de tout ce qui se passe en lui. Pour en arriver là, il faut que du commencement à la fin du processus, il n'y ait ni jugement ni identification. Non pas qu'il s'agisse ici d'une « fin », car quelque chose d'extraordinaire continue à se produire. Et ce n'est pas une promesse que je vous fais là. C'est à vous d'essayer, d'aller en vous-mêmes de plus en plus profondément, de sorte que se dissolvent les nombreuses enveloppes du centre, et votre démarche, indolente ou vive, ne dépendra que de vous. Il est extraordinairement intéressant d'observer le processus de l'esprit, comment il s'accroche aux mots, comment les mots stimulent la mémoire ou ressuscitent les vieilles expériences et les réaniment. Dans ce processus, l'esprit vit soit dans le futur, soit dans le passé. Donc les mots ont une énorme importance, physique et psychique. Veuillez ne pas « apprendre » cela. Vous ne pouvez l'apprendre ni ici ni dans aucun livre. Ce que l'on apprend, ou ce que l'on trouve dans des livres, n'est pas le réel. Mais vous pouvez vivre cette expérience, vous pouvez vous observer en train de penser, voir comment vous pensez, et avec quelle rapidité vous nommez le sentiment qui se présente. L'observation de tout ce processus libère l'esprit de son centre. Alors l'esprit, étant tranquille, peut recevoir ce qui est éternel.

## 28. SUR LE CONNU ET L'INCONNU

– *Notre esprit ne connaît que le connu. Qu'y a-t-il en nous qui nous pousse à chercher l'inconnu, la réalité, Dieu ?*

– Est-ce que votre esprit vous pousse vers l'inconnu ? Y a-t-il en vous une impulsion vers l'inconnu, la réalité, Dieu ? Veuillez y penser sérieusement. Sans faire de rhétorique, cherchons vraiment la réponse à cette question. Pensez-vous qu'existe en chacun de nous un besoin de découvrir l'inconnu ? Comment peut-on aller à la recherche de l'inconnu ? Ce que l'on ne connaît pas, où va-t-on le chercher ? Obéit-on à une impulsion vers le réel, ou à un simple désir du connu, élargi ? Comprenez-vous ce que je veux dire ? J'ai connu beaucoup de choses ; elles ne m'ont pas donné le bonheur, le contentement, la joie ; alors je veux autre chose, qui me donnera cette joie, ce bonheur, cette vitalité. Mais le connu – qui est l'esprit, parce que l'esprit « est » le connu, le résultat du passé – mais l'esprit peut-il se mettre à la recherche de l'inconnu ? Si je ne connais pas la réalité, l'inconnu, comment puis-je aller à sa recherche ? La vérité doit venir, je ne peux pas la poursuivre, car ce que je peux poursuivre n'est jamais que le connu, projeté par moi.

Notre problème n'est pas de savoir ce qui nous pousse à trouver l'inconnu, car il est assez évident que ce qui nous pousse est notre désir d'être plus en sécurité, plus permanent, plus établi, plus heureux, de fuir le désordre, la souffrance, la confusion. Ceux qui subissent cette impulsion, peuvent voir qu'elle offre une évasion et un refuge

279

merveilleux – dans le Bouddha ou le Christ, dans quelque slogan politique ou ailleurs. Mais tout cela n'est pas la réalité, l'inconnaissable, l'inconnu. Cette impulsion pour l'inconnu doit donc s'arrêter, la recherche de l'inconnu doit cesser, et l'on doit au contraire se mettre à comprendre le connu cumulatif, qui est l'esprit. L'esprit doit se comprendre lui-même en tant que connu, parce qu'il ne conçoit pas autre chose. On ne peut pas « penser » à ce que l'on ne connaît pas, on ne pense qu'à ce que l'on connaît.

Notre difficulté est de ne pas lancer l'esprit à la recherche de ce qu'il connaît déjà, et cela ne peut se produire que lorsque l'esprit se perçoit lui-même et voit comment tout son mouvement est celui d'un passé qui se sert du présent pour se protéger dans le futur. C'est un mouvement perpétuel du connu. Et ce mouvement, peut-il s'arrêter ? Il ne peut se terminer que lorsque le mécanisme de son processus est compris. Alors seulement l'esprit se comprend, lui-même et ses œuvres, ses modes, ses motifs, ses poursuites et ses aspirations, et non seulement ses désirs superficiels mais ses impulsions et ses mobiles les plus profonds. Et c'est une tâche bien ardue. Ce n'est pas dans une réunion, ni à une conférence, ni par la lecture d'un livre, que vous allez apprendre cela. Il vous faudra une constante observation, une perception claire de chaque mouvement de la pensée, non seulement à l'état de veille, mais même pendant le sommeil. Cela doit être un processus total, non sporadique ou partiel.

Et il y faut aussi l'intention. C'est-à-dire qu'il faut abolir la superstition qui nous fait croire que nous voulons l'inconnu. C'est une illusion. Vous vous imaginez que nous sommes tous à la recherche de Dieu ; nous ne le sommes pas. Nous n'avons guère besoin de « chercher » la lumière. Il y aura de la lumière lorsqu'il n'y aura pas de ténèbres ; et nous ne pouvons pas, au moyen des ténèbres, trouver la lumière. Tout ce que nous pouvons faire c'est éliminer les barrières qui créent les ténèbres, et cette opération dépend de notre intention. Si notre intention est

280

d'écarter ces barrières « dans le but » de voir la lumière, nous n'éliminons rien du tout, nous ne faisons que remplacer le mot « ténèbres » par « lumière ». Même regarder au-delà des ténèbres est une tentative pour les fuir.

Nous ne devons pas considérer ce qui nous pousse mais pourquoi il y a en nous une telle confusion, de tels conflits, et toutes les inepties de l'existence. Lorsque ces choses « ne sont pas », il y a de la lumière, nous n'avons pas besoin d'aller à sa recherche. Éliminer la sottise c'est accueillir l'intelligence : mais le sot qui veut devenir intelligent est toujours sot. L'intelligence n'est jamais transformable en sagesse, mais lorsqu'elle cesse, la sagesse est là. Pour savoir ce qu'est la stupidité il faut y pénétrer très profondément, d'une façon exhaustive, bien examiner toutes ses couches. Cet examen est le début de la sagesse.

Il est donc important, non pas de voir s'il existe en nous quelque chose de plus grand que le connu qui nous pousse vers l'inconnu, mais de voir ce qui, en nous, crée la confusion, les guerres, les différences de classes, le snobisme, la poursuite de la célébrité, l'accumulation des connaissances, l'évasion dans les arts, dans mille occupations. Il est important de voir tout cela tel que cela existe, et de revenir à nous-mêmes tels que nous sommes. Car de là, nous pouvons repartir, le rejet du connu devient relativement facile. Lorsque l'esprit est silencieux, lorsqu'il ne se projette plus dans le futur, souhaitant quelque chose, lorsqu'il est vraiment calme, profondément paisible, l'inconnu entre en existence. Vous ne pouvez ni le chercher ni l'inviter. On ne peut pas inviter l'hôte inconnu. On ne peut pas inviter Dieu, la réalité : l'inconnu doit venir. Et il ne peut venir que lorsque le champ est préparé, lorsque le sol est labouré. Si vous « calmez » votre pensée pour que l'inconnu vienne à vous, il vous échappera.

Notre problème n'est pas la recherche de l'inconnaissable mais la compréhension du processus cumulatif de l'esprit, lequel est toujours le connu. C'est une tâche ardue. Elle exige une constante attention, une constante lucidité sans distraction ni identification ni condamnation : c'est « être avec ce qui est ». Alors seulement la pensée peut se taire. Et aucune dose de méditation, de discipline, ne peut la faire se taire. On ne peut pas « rendre » calme un lac. Il « est » calme lorsque la brise s'arrête. Aussi notre tâche n'est-elle pas de poursuivre l'inconnaissable mais de comprendre la confusion, le désordre, la misère en nous-mêmes ; alors cet inconnu en lequel il y a de la joie entre obscurément en existence.

## 29. SUR LA VÉRITÉ ET LE MENSONGE

– *Vous avez dit que la vérité répétée est mensonge. Comment cela ? Qu'est-ce que c'est que le mensonge en réalité ? Pourquoi est-ce mal de mentir ? N'est-ce pas là un problème profond et subtil à tous les niveaux de l'existence ?*

– Vous me posez en même temps deux questions différentes. La première est : lorsqu'une vérité est répétée, comment devient-elle mensonge ? Que répétons-nous ? Pouvez-vous répéter une compréhension ? Vous pouvez vous servir de mots pour décrire un état, et cette description peut être répétée par vous-même ou par un de vos auditeurs, mais l'expérience vécue n'est pas ce récit. Celui-ci vous fait tomber dans le filet des mots et perdre l'essentiel. L'expérience elle-même, pouvez-vous la répéter ? Vous pouvez vouloir la « répéter » dans l'autre sens de ce mot : vouloir qu'elle se répète. Vous pouvez avoir le désir de sa répétition, de sa sensation, mais celle-là même que vous avez eue ne peut évidemment pas revenir : ce qui peut être répété c'est la sensation ainsi que les mots qui correspondent à cette sensation, qui lui donnent la vie. Et comme, hélas, nous sommes tous les agents de propagande de quelque chose, nous sommes captés dans le réseau des mots. Nous vivons de mots et la vérité est niée.

Considérez par exemple le sentiment de l'amour. Pouvez-vous le répéter ? Lorsque vous entendez les mots : « aimez votre voisin », est-ce une vérité pour vous ? Ce n'est une vérité que si vous aimez. Cet amour ne peut pas être répété, seul le mot peut l'être. Et pourtant nous vivons heureux et contents avec la répétition : « aime ton voisin » ou « ne sois pas vide ». Ni la vérité d'un autre, ni une expérience que vous avez faite ne deviennent des réalités par répétition. Au contraire, la répétition empêche la réalité de se produire. Répéter des idées n'est pas la réalité.

La difficulté est de comprendre cette question sans penser à une dualité d'opposition. Un mensonge n'est pas un opposé de la vérité. L'on peut voir la vérité de ce que je dis sans établir une opposition ou un contraste entre mensonge et vérité, mais en se rendant simplement compte que la plupart des personnes répètent sans comprendre. Par exemple, nous avons discuté la question de nommer ou de ne pas nommer un sentiment. Beaucoup d'entre vous répéteront ce que j'ai dit, pensant que c'est la vérité: Vous ne pourrez jamais répéter une expérience si elle est directe. Vous pourrez en parler, mais lorsque l'expérience est réelle, les sensations qui l'ont accompagnée ont disparu et le contenu émotif qui se rapporte aux mots est entièrement dissipé.

Prenez l'idée que le penseur et la pensée sont un. Elle peut être une vérité pour vous, si vous en avez fait l'expérience directe. Si je la répétais, elle ne serait pas vraie, et je n'emploie pas le mot « vrai » par opposition à « faux », je veux dire qu'elle ne serait pas actuelle, elle ne serait qu'une répétition sans valeur. Par la répétition, nous créons un dogme, nous construisons une église et y prenons refuge. C'est le mot qui devient « la vérité », mais le mot n'est pas la chose. C'est pour cela qu'il faut soigneusement éviter de répéter ce que l'on n'a pas réellement compris. Vous pouvez communiquer l'idée, mais les mots et le souvenir ont perdu leur contenu émotif.

Comme nous ne sommes pas des agents de propagande, mais que nous cherchons la vérité par la connaissance de soi, il est important que nous comprenions ceci : dans la répétition, on s'hypnotise par des mots ou des sensations, on est victime d'illusions. Pour s'en libérer, l'expérience directe est obligatoire ; et pour qu'elle ait lieu on doit se voir tel que l'on est, pris dans des répétitions, des habitudes, des mots, des sensations. Cette lucidité confère une liberté extraordinaire et permet par conséquent de se renouveler, de vivre constamment une expérience neuve.

Votre autre question est : « Qu'est-ce qu'un mensonge ? Pourquoi est-ce mal de mentir ? N'est-ce pas là un problème profond et subtil à tous les niveaux de l'existence ? »

Qu'est-ce qu'un mensonge ? Une contradiction n'est-ce pas ? Une contradiction intérieure. On peut se contredire consciemment ou inconsciemment ; cela peut être délibéré ou involontaire ; la contradiction peut être très, très subtile ou évidente. Lorsque l'écart entre les deux termes de la contradiction est très grand, on devient déséquilibré ou, se rendant compte de l'écart, on y remédie.

Pour comprendre ce qu'est un mensonge et pourquoi nous mentons, on doit examiner la question sans y penser en termes d'opposition. Pouvons-nous regarder ce problème de la contradiction intérieure, sans y penser en termes contradictoires ? Notre difficulté est que nous condamnons si vite le mensonge. Mais pour le comprendre, pouvons-nous y penser, non pas en termes de vérité et de mensonge, mais en nous demandant ce qu'est une contradiction ? Pourquoi y a-t-il contradiction en nous-mêmes ? N'est-ce point parce que nous tentons de vivre à la hauteur d'un idéal, d'un critérium, et que nous faisons un constant effort pour ressembler à un modèle, pour « être » quelque chose, soit aux yeux des tiers soit aux nôtres ? Il y a le désir de se conformer, et lorsqu'on ne vit pas selon l'exemple que l'on se donne, il y a contradiction.

Or, pourquoi avons-nous un exemple, un modèle, une idée pour façonner notre vie ? Pour trouver une sécurité, pour nous mettre en vedette, pour avoir une bonne opinion de nous-mêmes, etc. ? C'est là qu'est le germe de la contradiction. Tant que nous voulons ressembler à quelque chose, essayant d'« être » quelque chose, il y a obligatoirement contradiction, donc scission entre le faux et le vrai.

Je crois qu'il est important de voir ce point. Je ne dis pas qu'il y ait identité entre le faux et le vrai, mais ce qui importe c'est de trouver la cause, en nous, de la contradiction. Cette cause est notre perpétuelle tentative d'« être » quelque chose ; d'être noble, bon, vertueux, créatif, heureux, que sais-je ? Dans le désir même d'être « quelque chose », il y a contradiction, sans aller jusqu'au désir d'être « autre chose ». C'est cette contradiction qui est si destructrice. Si l'on est susceptible d'identification complète avec quelque chose, avec ceci ou cela, la contradiction cesse, mais cette identification est une résistance qui s'enferme en elle-même et qui provoque un déséquilibre : cela paraît évident.

Pourquoi y a-t-il contradiction en nous ? J'ai agi d'une certaine façon et ne veux pas être découvert ; j'ai eu une idée qui n'a pas réussi ; cela m'a mis dans un état de contradiction qui m'est désagréable. L'imitation engendre forcément la crainte, et c'est cette crainte qui est contradiction. Tandis que s'il n'y a pas de « devenir », pas de tentative d'être quelque chose, il n'y a aucun sentiment de peur, aucune contradiction, aucun mensonge en nous à aucun niveau, conscient ou inconscient, rien à refouler ni à exhiber. Comme nos vies sont une succession d'humeurs et d'attitudes, nous « posons » selon notre humeur, ce qui est une contradiction. Lorsque l'humeur disparaît, nous redevenons ce que nous sommes. C'est cette contradiction qui est réellement importante, non le petit mensonge de politesse qu'il peut vous arriver de dire. Tant que cette contradiction est là, l'existence est forcément superficielle et des craintes superficielles en résultent, qui nécessitent des mensonges mondains de sauvegarde, et tout ce qui s'ensuit. Examinons cette question sans nous demander ce qu'est un mensonge et ce qu'est une vérité : sans ces opposés, entrons dans le problème de la contradiction en nous. C'est très difficile parce que nous dépendons tellement de nos sensations que nos vies sont contradictoires. Nous dépendons de souvenirs, d'opinions, nous avons mille craintes que nous voulons ensevelir ; tout cela crée en nous un état de contradiction ; et lorsque la contradiction devient intolérable, nous faisons une maladie psychique. Nous voulons la paix et tout ce que nous faisons engendre la guerre, non seulement en famille mais au-dehors. Au lieu de comprendre la cause du conflit, nous essayons de plus en plus d'être une chose ou son contraire, en accentuant encore l'opposition.

Est-il possible de comprendre pourquoi nous avons cette contradiction en nous, non seulement en surface, mais profondément, psychologiquement ? Et d'abord, sommes-nous conscients de vivre une existence contradictoire ? Nous voulons la paix et sommes nationalistes ; nous voulons parer à la misère sociale et chacun de nous est individualiste, limité, enfermé en lui-même. Nous vivons perpétuellement dans un état de contradiction. Pourquoi ? N'est-ce point parce que nous sommes esclaves des sensations ? N'acquiescez pas et ne niez pas : il faut plutôt comprendre tout ce qu'impliquent les sensations, c'est-à-dire les désirs. Nous désirons tant de choses, qui se contredisent toutes. Nous sommes à la fois tant de masques ennemis ; nous apparaissons sous celui qui nous convient et le renions lorsque se présente quelque chose de plus profitable, de plus agréable. C'est cet état de contradiction qui engendre le mensonge. En opposition à tout cela, nous créons « la vérité ». Mais la vérité n'est pas le contraire du mensonge. Ce qui a un contraire n'est pas la vérité. Chaque terme d'une opposition contient son contraire, donc n'est pas la vérité. Pour comprendre ce problème très profondément, on doit être conscient des contradictions dans lesquelles on vit. Lorsque je dis : « je vous aime », cela est accompagné de jalousie, d'envie, d'anxiété, de craintes, c'est-à-dire d'un état contradictoire. C'est cette contradiction qu'il nous faut comprendre, et nous ne pouvons la comprendre qu'en en prenant totalement conscience, sans la condamner ni la justifier, en la regardant tout simplement. Pour la

287

regarder passivement, l'on doit comprendre tout le processus de justification et de condamnation.

Il n'est pas facile de s'observer passivement ; si l'on y parvient, on commence à comprendre tout le processus des sentiments et des pensées. Lorsqu'on vit en toute lucidité la signification complète de la contradiction intérieure, il se produit un changement extraordinaire car alors « on est soi-même », on n'est pas quelque chose qu'on essaye d'être. On ne suit plus un idéal, on ne cherche pas le bonheur, on est ce que l'on est, et de là on peut repartir. Alors il n'y a pas de possibilité de contradiction.

## 30. SUR DIEU

– *Vous avez « réalisé le réel ». Pouvez-vous nous dire ce qu'est Dieu ?*

– Comment savez-vous que j'ai réalisé la vérité ? Pour le savoir, vous devriez l'avoir réalisée aussi. Ce n'est pas pour esquiver la question que je dis cela : pour connaître quelque chose, vous devez en être. Vous devez avoir eu cette expérience vous-même aussi, et par conséquent votre affirmation au sujet de ma réalisation n'a apparemment aucun sens. Qu'est-ce que cela peut faire que je me sois réalisé ou pas ? Ce que je dis, n'est-ce pas la vérité ? Même si j'étais un être humain parfait, pourquoi m'écouteriez-vous si je ne disais pas la vérité ? Ma réalisation n'a rien à faire avec ce que je dis ; et l'homme qui rend un culte à un autre parce que cet autre s'est réalisé, adore en fait l'autorité et par conséquent ne trouvera jamais la vérité. Savoir ce qui a été réalisé et connaître celui qui s'est réa-lisé, n'est pas du tout important.

Je sais que la tradition vous dit : « Sois avec l'homme qui s'est réalisé. » Mais comment pouvez-vous savoir qu'il s'est réalisé ? Tout ce que vous pouvez faire c'est lui tenir compagnie, et même cela est extrêmement difficile de nos jours. Il existe très peu de personnes qui ne soient pas à la recherche ou à la poursuite de quelque chose. Ceux qui recherchent et poursuivent sont des exploiteurs et c'est pour cela qu'il est si difficile de trouver un compagnon à aimer.

Nous idéalisons ceux qui se sont réalisés, nous espérons qu'ils nous donneront quelque chose. Les rapports de contacts établis sur ces bases sont erronés. Comment peut communiquer l'homme qui s'est réalisé, s'il n'y a pas d'amour ? C'est là notre difficulté. Dans tous nos entretiens, nous ne nous aimons pas réellement les uns les autres, nous sommes méfiants. Vous voulez quelque chose de moi, une connaissance, une réalisation, ou vous voulez me tenir compagnie, ce qui indique que vous n'aimez pas. Vous voulez quelque chose, vous voilà donc partis pour exploiter. Si nous nous aimions les uns les autres, il y aurait communication instantanée. Et alors cela n'aurait pas d'importance que vous vous soyez réalisé et moi pas, ou que vous soyez en haut et moi en bas. Comme vos cœurs se sont desséchés, Dieu est devenu terriblement important. En effet, vous voulez connaître Dieu parce que vous avez perdu le chant en votre cœur. Vous poursuivez le chanteur pour qu'il vous apprenne à chanter. Il peut vous enseigner une technique, mais la technique ne mène pas à la création. Vous ne deviendrez pas un musicien en apprenant à chanter. Vous pouvez connaître tous les pas d'une danse, mais si vous n'avez pas de création en votre cœur, vous fonctionnerez comme une machine. Vous ne pouvez pas aimer si votre dessein est de parvenir à un résultat. L'idéal n'a pas de réalité, ce n'est que l'idée d'une réussite. La beauté n'est pas une réussite, elle est la réalité, maintenant, pas demain. Si vous avez de l'amour, vous comprendrez l'inconnu, vous saurez ce que Dieu est, sans que personne ait à vous le dire, et c'est cela la beauté de l'amour. C'est l'éternité en elle-même. Parce qu'il n'y a pas d'amour, nous voulons que quelqu'un, ou que Dieu, nous accorde d'aimer. Si nous aimions réellement, savez-vous à quel point le monde serait autre ? Nous serions vraiment heureux. Donc, nous ne devrions pas placer notre bonheur dans des objets, dans la famille, dans un idéal et leur permettre de dominer nos vies. Ce ne sont là que des choses secondaires. Parce que nous n'aimons pas et parce que nous ne sommes pas heureux, nous faisons des placements dans des objets, pensant qu'ils nous donneront le bonheur, et un de nos investissements est Dieu.

Vous voulez que je vous dise ce qu'est la réalité. L'indescriptible peut-il être mis en mots ? Pouvez-vous mesurer l'immesurable ? Pouvez-vous retenir le vent dans votre poing ? Si vous le faites, est-ce le vent ? Si vous mesurez l'immesurable, est-ce le réel ? Si vous le formulez, est-ce la vérité ? Non, car dès que vous décrivez ce qui échappe à la description, cela cesse d'être le réel. Dès que vous traduisez l'inconnu en connu, il cesse d'être l'inconnu. Et pourtant, c'est ce à quoi nous nous évertuons. Nous cherchons à « savoir » dans l'espoir que la connaissance prolongera notre durée et nous permettra de capter l'ultime félicité dans une permanence. Nous voulons « savoir », parce que nous ne sommes pas heureux, parce que nous sommes usés, avilis par un misérable labeur. Et pourtant, au lieu de nous rendre compte du simple fait de notre déchéance, nous voulons fuir du connu vers l'inconnu, lequel encore une fois devient le connu, de sorte que nous ne pouvons jamais trouver le réel.

Au lieu de demander qui s'est réalisé ou qui Dieu est, pourquoi ne pas appliquer toute votre attention à ce qui « est » ? Alors vous trouverez l'inconnu, ou, plutôt, il viendra à vous. Si vous comprenez ce qu'est le connu, vous vivrez cet extraordinaire silence qui n'est pas dû à une imposition ou à une persuasion, ce vide créatif, seule porte de la réalité. La réalité ne peut pas avoir lieu si vous êtes dans un état de « devenir », de conflit ; elle ne vient que là où se trouve un état d'« être », une compréhension de ce qui « est ». Vous verrez alors que la réalité n'est pas dans le lointain ; l'inconnu n'est pas loin de nous ; il est dans ce qui « est ». De même que la réponse à un problème est dans le problème, la réalité est dans ce qui « est » ; si nous pouvons le comprendre, nous saurons ce qu'est la vérité.

Il est extrêmement difficile de se rendre compte de son propre manque d'intelligence, de son avidité, de son ambition, etc. Le fait même d'être conscient de ce qui « est »

est la vérité. C'est la vérité qui libère, et non nos efforts pour nous libérer. La réalité n'est pas loin mais nous la situons au loin parce que nous essayons de nous en servir pour nous prolonger dans la durée. Elle est ici, maintenant, dans l'immédiat. L'éternel, ou l'intemporel, est maintenant, et le maintenant ne peut pas être compris par l'homme qui est pris dans le réseau du temps. Libérer la pensée du temps exige de l'action, mais l'esprit est paresseux, indolent, et par conséquent ne cesse de créer de nouveaux obstacles. La libération n'est possible que par une méditation correcte, qui veut dire action complète, et non pas action continue. L'action complète ne peut être comprise que lorsque l'esprit appréhende le processus de continuité, la mémoire psychologique. Tant que la mémoire fonctionne, l'esprit ne peut pas comprendre ce qui « est ». Mais tout notre esprit, tout notre être devient extraordinairement créatif, passivement vif, lorsque l'on comprend ce que veut dire mourir à soi-même, parce qu'en une fin est un renouveau, tandis qu'en une continuité il y a décomposition.

## 31. SUR LA PERCEPTION IMMÉDIATE DE LA VÉRITÉ

*– Pouvons-nous réaliser séance tenante la vérité dont vous parlez, sans préparation préalable ?*

– Qu'appelez-vous vérité ? N'employons pas de mots dont nous ne connaissons pas le sens. Nous pouvons nous servir de mots plus simples, plus directs. Pouvons-nous comprendre, pouvons-nous appréhender un problème directement ? C'est ce qu'implique votre question. Pouvons-nous comprendre ce qui « est » immédiatement, maintenant ? En comprenant ce qui « est » vous comprendrez la signification de la vérité ; mais parler de comprendre la vérité n'a pas beaucoup de sens. Pouvons-nous comprendre un problème directement, pleinement et en être libres ? C'est ce qu'implique votre question, n'est-ce pas ? Pouvons-nous comprendre une crise, une provocation, immédiatement, voir sa pleine signification et en être libres ? Ce que vous comprenez ne laisse pas de traces ; donc la compréhension, ou vérité, est le libérateur. Pouvez-vous être libéré maintenant d'un problème, d'une provocation ? La vie est une suite de provocations et de réponses et si votre réponse est conditionnée, limitée, incomplète, la provocation laissera une trace, un résidu qui sera renforcé par une nouvelle provocation. Il y a donc une mémoire résiduelle faite de constantes accumulations, de cicatrices ; et avec ces cicatrices, vous essayez d'aborder le neuf que, par conséquent, vous ne rencontrez et ne comprenez jamais. De ce fait, aucune provocation ne peut vous libérer.

293

Votre question peut s'exprimer ainsi : puis-je comprendre une provocation complètement, directement, percevoir toute sa signification, son parfum, sa profondeur, sa beauté et sa laideur, et en être libre ? Une provocation est toujours neuve, le problème est toujours neuf car le problème d'hier a subi de telles modifications que lorsque vous le retrouvez aujourd'hui, il est déjà neuf. Mais vous l'abordez avec du vieux parce que vous l'abordez sans transformer vos pensées : vous ne faites que les modifier.

Je dirai cela autrement : je vous ai rencontré hier ; depuis, vous avez changé ; vous avez subi une modification mais j'ai toujours votre image d'hier. Je vous aborde aujourd'hui avec cette image, donc ce n'est pas vous que je comprends : je comprends l'image d'hier. Si je veux vous comprendre, vous qui êtes modifié, je dois éliminer l'image d'hier, en être libre. En d'autres termes : pour comprendre une provocation, laquelle est toujours neuve, je dois être neuf moi aussi, sans résidu d'hier ; donc je dois dire adieu à hier.

La vie est une nouveauté perpétuelle, faite de perpétuels changements qui créent des sentiments nouveaux. Aujourd'hui n'est jamais semblable à hier et c'est cela la beauté de la vie. Pouvons-nous, vous et moi, aborder chaque problème en étant « neufs » ? Lorsque vous rentrerez chez vous, pourrez-vous rencontrer votre femme et vos enfants comme si c'était la première fois, répondre à la provocation de cette rencontre à la façon d'un être neuf ? Vous ne pourrez pas le faire si vous êtes encombré par les souvenirs d'hier. Pour comprendre un problème, un état de relation, il n'est pas suffisant de l'aborder avec l'esprit « ouvert », ce qui n'a pas de sens, il faut être débarrassé des cicatrices de la mémoire, ce qui veut dire qu'à chaque nouvelle provocation il faut clairement percevoir les réactions anciennes qu'elle ressuscite en nous. Lorsqu'on est conscient de ces résidus, de ces souvenirs, on voit qu'ils se détachent de nous sans lutte et nous laissent, par conséquent, l'esprit frais.

Peut-on réaliser la vérité immédiatement, sans préparation ? Je dis que oui. Et cela n'est pas une réponse abstraite, une illusion. Faites-en l'expérience psychologique et vous verrez. Saisissez l'occasion de n'importe quelle provocation, d'un petit incident – n'attendez pas une grande crise – et voyez comment vous y répondez. Soyez conscient, conscient de vos réactions, de vos intentions, de votre comportement et vous les comprendrez, vous comprendrez votre arrière-plan. Je vous assure que vous pouvez le faire immédiatement si vous y mettez toute votre application. Si vous cherchez la pleine signification de votre arrière-plan, il vous la révélera et vous découvrirez d'un trait la vérité, la compréhension du problème. La compréhension est engendrée par le maintenant, par le présent, qui est toujours intemporel. Remettre à demain, s'apprêter à recevoir le demain, c'est s'empêcher de comprendre le maintenant. Nous pouvons, certes, comprendre le neuf directement, mais pour comprendre ce qui « est », il ne faut être ni troublé ni distrait, il faut y consacrer son esprit et son cœur. Cela doit être notre seul intérêt à ce moment-là, complètement. Alors ce qui « est » révèle sa pleine profondeur, sa pleine justification, et l'on est libre du problème.

Si, par exemple, vous voulez connaître la signification psychologique des possessions, si vous voulez la comprendre directement, maintenant, comment traitez-vous le problème ? Il vous faut d'abord vous sentir tout proche de lui, n'en avoir pas peur, ne faire intervenir aucune croyance, aucune réponse entre vous et lui. Ce n'est que lorsqu'on est directement en rapport avec un problème que l'on trouve sa réponse. Si l'on introduit une réponse, si l'on juge, si l'on a quelque résistance psychologique, cela renvoie à plus tard, cela renvoie à demain la compréhension de ce qui ne peut être compris que dans le maintenant et, par conséquent, l'on ne comprend jamais. Aucune préparation n'est utile pour percevoir la vérité ; préparation veut dire temps, et le temps n'est pas un chemin vers la vérité.

Le temps est continuité et la vérité est intemporelle, discontinue. La compréhension est discontinue, elle est d'instant en instant, sans résidu.

Je crains d'avoir laissé entendre que tout cela est très difficile. Mais c'est facile et simple à comprendre si seulement l'on veut en faire l'expérience. Si l'on se perd dans un rêve, si l'on médite sur lui, cela devient très difficile. Mais s'il n'y a pas de barrières entre vous et l'autre, vous vous comprenez. Si je suis ouvert à vous je vous comprends directement, et être ouvert n'est pas une affaire de temps. Le temps m'ouvrira-t-il à vous ? Non. Ce qui m'ouvrira à vous, ce sera mon intention de comprendre. Je veux être ouvert, parce que je n'ai rien à cacher, je n'ai pas peur ; il y a ainsi immédiate communion, il y a la vérité. Pour recevoir la vérité, pour connaître sa beauté et sa joie, il faut une réceptivité instantanée, sans les nuages obscurcissants des théories, des peurs et des réactions.

## 32. SUR LA SIMPLICITÉ

*– Qu'est-ce que la simplicité ? Ne consiste-t-elle pas à voir très clairement l'essentiel et à éliminer tout le reste ?*

– Voyons ce que la simplicité n'est pas, et ne répondez pas à cela que ce point de vue est négatif, qu'il vous faut quelque chose de positif ; ce serait là une réaction puérile, irréfléchie. Ceux qui vous donnent du « positif » sont des exploiteurs ; ils ne vous offrent que ce que vous désirez. C'est avec cela qu'ils vous exploitent. Nous ne faisons rien de semblable ici. Nous essayons de voir la vérité en ce qui concerne la simplicité. Il vous faut donc éliminer ce que vous pouvez en penser et examiner la question à nouveau. L'homme qui possède beaucoup a peur de la révolution, intérieure et extérieure.

Voyons ce qui n'est « pas » la simplicité. Un esprit habile n'est pas simple. Un esprit qui a un but en vue pour lequel il travaille : une récompense, une crainte, n'est pas un esprit simple, n'est-ce pas ? Un esprit surchargé de connaissances n'est pas un esprit simple. Un esprit mutilé par des croyances, un esprit qui s'est identifié à ce qui est plus grand que lui et qui lutte pour maintenir cette identité n'est pas un esprit simple. L'on pense que la simplicité consiste à ne posséder qu'un ou deux pagnes ; nous voulons les signes extérieurs de la simplicité et sommes facilement trompés par eux. Voilà pourquoi l'homme très riche rend un culte à celui qui a renoncé.

Qu'est-ce que la simplicité ? Peut-elle être l'élimination du non-essentiel et la poursuite de l'essentiel, c'est-à-dire le processus d'un choix à faire ? Quel est ce processus qui consiste à choisir ? Quelle est l'entité qui choisit ? C'est l'esprit, n'est-ce pas, la faculté de penser : appelez-la comme vous voudrez. Vous dites : « je choisirai ceci qui est l'essentiel ». Comment savez-vous ce qu'est l'essentiel ? Vous avez un modèle que quelqu'un vous a donné, ou bien votre propre expérience vous indique où est l'essentiel. Pouvez-vous vous appuyer sur votre expérience ? Lorsque vous choisissez, votre choix est basé sur votre désir. Ce que vous appelez l'« essentiel » est ce qui vous donne de la satisfaction. Et ainsi vous revoilà dans le même processus. Est-ce qu'un esprit confus peut choisir ? S'il choisit, son choix doit être confus aussi.

Par conséquent, le choix entre l'essentiel et le non-essentiel n'est pas la simplicité : c'est un conflit. Un esprit en conflit, dans un état de confusion, ne peut jamais être simple. Lorsque vous aurez éliminé, lorsque vous aurez réellement observé et « vu » tout ce qui est faux dans l'esprit, tous les tours de votre pensée, lorsque vous en serez conscient, vous saurez vous-même ce qu'est la simplicité. Un esprit enchaîné par des croyances n'est jamais un esprit simple. Un esprit mutilé par des connaissances n'est pas simple. Un esprit distrait par Dieu, par des femmes, par la musique, n'est pas un esprit simple. Un esprit tombé dans la routine des affaires, des rituels, des prières, un tel esprit n'est pas simple. La simplicité est « action sans idée ». Mais c'est une chose très rare : elle implique un état créatif. Tant qu'il n'y a pas création, nous sommes des centres de désordre, de misère, de destruction. La simplicité n'est pas une chose que l'on puisse poursuivre et expérimenter ; elle vient, telle une fleur qui s'épanouit à son heure, lorsque l'on comprend le processus de l'existence et des relations ; mais parce que nous n'avons jamais pensé à elle et ne l'avons observée, nous n'en sommes pas conscients. Nous accordons de la valeur à tous les signes extérieurs de la non-possession ; mais ces signes ne sont pas la simplicité. La simplicité ne peut pas être « trouvée » : elle n'est pas un choix à faire entre ce qui est

298

essentiel et ce qui ne l'est pas. Elle ne survient que lorsque le moi n'est pas, lorsque l'esprit n'est pas tombé dans le réseau des spéculations, des conclusions, des croyances, des identifications. Seul un esprit ainsi libre peut trouver la vérité, et recevoir ce que l'on ne peut ni mesurer ni nommer ; et c'est cela la simplicité.

## 33. SUR L'ESPRIT SUPERFICIEL

– *Si j'ai l'esprit superficiel, comment puis-je devenir sérieux ?*

– Tout d'abord, nous devons nous rendre compte que nous sommes superficiels, n'est-ce pas ? Qu'est-ce que cela veut dire, être superficiel ? Cela veut dire être subordonné. Dépendre d'un stimulant, d'une provocation, d'une personne, dépendre psychologiquement de certaines valeurs, de certaines expériences, de certains souvenirs – n'est-ce pas le propre d'un esprit superficiel ? Lorsque je dépends de mes dévotions quotidiennes ou hebdomadaires pour me sentir aidé et exalté, ne suis-je pas superficiel ? Si je dois me livrer à des gestes rituels pour maintenir mon sens d'intégrité, ou pour recapturer une émotion que j'ai déjà éprouvée, est-ce que cela ne me rend pas superficiel ? Est-ce que je ne deviens pas superficiel lorsque je me « donne » à un pays, à un plan, à tel groupe politique ? Tout ce processus de subordination est une fuite hors de moi-même ; cette identification avec plus grand que moi est la négation de ce que je suis. Mais comment puis-je nier ce que je suis ? C'est me comprendre qu'il me faut, et non pas essayer de m'identifier à l'univers, à Dieu, à un parti politique, à autre chose. Tout cela mène à une façon creuse de penser, et les pensées creuses engendrent une activité perpétuellement nocive, aussi bien à l'échelle mondiale qu'à l'échelle individuelle.

Est-ce que, comme premier pas, nous reconnaissons que nous faisons tout cela ? Non : nous justifions nos actes. Nous disons : « que ferais-je si je ne me comportais pas

300

ainsi ? Je serais encore plus mal en point ; mon esprit serait en miettes ; maintenant du moins je lutte vers le mieux. » Mais plus nous luttons, plus nous sommes superficiels. C'est cela que je dois voir, pour commencer. Et c'est une des choses les plus difficiles à voir ; voir ce que je suis, admettre que je suis stupide, creux, ou mesquin, ou jaloux. Si je vois ce que je suis, si je le « reconnais », de là je peux repartir. Car justement, un esprit creux est un esprit qui s'évade de ce qui est ; ne pas s'évader implique une investigation ardue, la négation de l'inertie. Sitôt que je me sais creux, il y a déjà en œuvre un processus d'approfondissement, à condition que je ne fasse rien de ce creux. Si l'esprit se dit : « je suis mesquin, je vais examiner la situation, je veux comprendre tout le processus de la mesquinerie, toutes ces influences rétrécissantes », il y a une possibilité de transformation ; mais l'esprit mesquin qui se reconnaît mesquin et qui essaye de ne pas l'être, en lisant, en rencontrant du monde, en voyageant, en étant incessamment actif à la façon des singes, est toujours un esprit mesquin.

Encore une fois, voyez-vous, il n'y a de vraie révolution que si nous abordons le problème correctement. L'approche correcte du problème donne une confiance extraordinaire, laquelle, je vous l'assure, déplace des montagnes, les montagnes de nos préjugés et de nos conditionnements. Devenant conscients du creux de votre esprit, n'essayez pas de devenir profonds. L'esprit creux ne peut jamais connaître les grandes profondeurs. Il peut accumuler beaucoup de connaissances, des informations, il peut répéter des mots – vous connaissez tout le capharnaüm des esprits superficiels, lorsqu'ils sont actifs. Mais si vous vous savez superficiel et creux, étant conscients de ce creux, observez-le dans toutes ses activités, sans juger, sans condamner et vous verrez bien vite que la chose creuse a disparu entièrement, sans qu'il y ait eu action sur elle de votre part. Il y faut beaucoup de patience et d'observation, et l'absence du désir de réussir. Ce n'est qu'un esprit creux qui veut réussir.

Plus vous percevez tout ce processus, plus vous découvrez les activités de l'esprit ; mais vous devez les observer sans essayer de les faire cesser ; car dès que vous cherchez une fin, vous êtes de nouveau tombé dans la dualité moi et non-moi, laquelle donne une suite au problème.

## 34. SUR LA MÉDIOCRITÉ

– *À quoi l'esprit devrait-il être occupé ?*

– Voilà un excellent exemple de la façon dont on crée un conflit : le conflit entre ce qui « devrait » être et ce qui « est ». Nous nous fixons d'abord un idéal et nous essayons ensuite de vivre conformément à lui. Nous disons que l'esprit doit être occupé à des choses nobles telles que l'altruisme, la générosité, la bienveillance, l'amour ; c'est cela le modèle, la croyance, le « cela devrait être », le « il faut », à l'imitation duquel nous essayons de vivre. On met ainsi en action un conflit entre l'idée et la réalité et l'on espère que ce conflit vous transformera. Tant que nous nous débattons avec « ce qui devrait être », nous nous sentons vertueux, mais l'important, n'est-ce pas « ce qui est » ? L'important n'est-ce pas l'occupation actuelle de nos esprits, et non ce à quoi ils devraient s'occuper ? Et ils ne sont remplis que de mesquineries, de l'apparence que l'on se donne, d'avidité, d'envie, de médisance, de cruauté. L'esprit vit dans un monde de médiocrité et l'esprit médiocre créant de nobles modèles est toujours médiocre. La question n'est pas de savoir à quoi l'esprit devrait s'occuper mais s'il peut s'affranchir des choses insignifiantes qui l'absorbent. Pour peu que nous soyons conscients, nous connaissons nos mesquineries : nos bavardages incessants, les soucis que nous nous faisons pour ceci ou cela, notre curiosité des affaires des autres, notre désir de réussir, etc. Ce qui nous occupe, nous le savons très bien. Est-ce que cela peut être transformé ? C'est cela le problème. Demander à quoi l'esprit devrait s'occuper est un manque de maturité.

Étant conscient du fait que mon esprit est médiocre et qu'il ne s'occupe que de vétilles, puis-je me libérer de cette condition ? L'esprit, par sa nature même, n'est-il pas mesquin ? Qu'est-ce que l'esprit si ce n'est le résultat de la mémoire ? La mémoire de quoi ? De comment survivre, non seulement physiquement mais aussi psychologiquement, par le développement de certaines qualités et vertus. En emmagasinant de l'expérience, l'esprit s'établit dans ses propres activités. N'est-ce pas mesquin ? L'esprit, étant le résultat de la mémoire, du temps, est banal en soi. Que puis-je faire pour le libérer de sa médiocrité quotidienne ? Puis-je faire quoi que ce soit ? Voyez, je vous prie, l'importance de cette question. L'esprit, qui est une activité égocentrique, peut-il s'affranchir de cette activité ? Manifestement pas : quoi qu'il fasse, il sera toujours médiocre. Il peut spéculer sur Dieu, mettre au point des systèmes politiques, inventer des croyances, mais il demeure dans le réseau du temps, ses changements ne sont que des passages d'un souvenir à l'autre, il ne se déplace que dans l'enceinte de sa propre limitation. Peut-il briser cette limitation ? Ou cette limitation s'écroule-t-elle lorsque l'esprit est calme, lorsqu'il n'est pas actif, lorsqu'il reconnaît son insignifiance, quelque grand qu'il ait pu se croire ? Lorsque l'esprit, ayant perçu ses mesquineries, en est pleinement conscient et devient de ce fait réellement silencieux, alors seulement ces limitations peuvent tomber d'elles-mêmes. Tant que vous demandez à quoi il faut occuper l'esprit, il sera absorbé par des vétilles, soit qu'il bâtisse une église, soit qu'il prie chez lui ou qu'il fréquente un lieu de culte. L'esprit lui-même est mesquin, petit, et en vous bornant à dire qu'il est mesquin, vous n'avez pas dissous cette mesquinerie. Il vous faut la comprendre. L'esprit doit reconnaître ses propres activités et dans le processus de cette récognition, dans la perception des choses insignifiantes qu'il a construites consciemment ou inconsciemment, il devient silencieux. En cette paix est un état créatif, et c'est cela le facteur qui engendre une transformation.

## 35. SUR L'IMMOBILITÉ DE L'ESPRIT

*– Pourquoi parlez-vous du silence, du calme ou de la paix de l'esprit, et qu'est-ce que cette immobilité ?*

– N'est-il pas nécessaire si nous voulons comprendre quoi que ce soit, que l'esprit soit immobile ? Si nous avons un problème, nous nous tracassons à son sujet, nous l'examinons, l'analysons, le mettons en pièces dans l'espoir de le comprendre. Mais est-ce par l'effort, l'analyse, la comparaison, ou toute autre forme de lutte mentale que l'on peut comprendre ? La compréhension ne vient que lorsque l'esprit est très tranquille. Nous nous imaginons que plus on lutte contre la famine, contre la guerre, contre tout autre problème humain, bref que plus on est en conflit avec une difficulté, mieux on la comprend. Est-ce vrai ? Nous avons fait cela pendant des siècles et le tumulte est toujours là, intérieur dans l'individu, extérieur dans la société. Avons-nous trouvé une issue à ces batailles en luttant contre elles, en mettant en œuvre de nouvelles subtilités de l'esprit ? Ou ne comprenons-nous le problème que lorsque nous sommes en face de lui, directement ? Et si nous ne pouvons nous trouver face à face avec un fait que lorsqu'il n'y a pas l'ingérence d'une agitation entre le fait et l'esprit, n'est-il pas important que ce dernier soit immobile ?

Vous demanderez inévitablement : « comment l'esprit peut-il être pacifié ? » C'est cela votre immédiate réaction, n'est-ce pas ? Vous dites : « mon esprit est agité et comment puis-je le faire tenir tranquille ? » Est-ce qu'un système, une formule, une discipline, peuvent l'immobiliser ? Certes, ils le peuvent. Mais un esprit immobi-

306

lisé est-il calme et silencieux ? Ou est-il simplement enfermé dans une idée, une formule, une phrase ? Un tel esprit est mort. C'est pour cela que tant de personnes qui s'efforcent de mener une vie spirituelle, ou soi-disant telle, sont mortes : elles ont dressé leur esprit à être immobile, elles se sont enfermées dans une formule pour être calmes. De tels esprits ne sont évidemment jamais tranquilles ; ils sont refoulés, brimés.

Mais l'esprit se calme lorsqu'il voit qu'il lui est impossible de comprendre s'il n'est pas calme. Si je veux vous comprendre, il me faut être immobile, ne pas réagir contre vous, n'avoir pas de préjugés. Il me faut délaisser toutes mes conclusions, mes expériences et vous rencontrer face à face. Ce n'est qu'alors, l'esprit étant libéré de mon conditionnement, que je comprends. Lorsque je vois la vérité de cela, mon esprit est très tranquille, il n'est plus question de l'immobiliser. Seule la vérité peut libérer l'esprit de sa propre idéation ; pour voir la vérité, il doit se rendre compte du fait que tant qu'il est agité il ne peut rien comprendre. La tranquillité, la quiétude de l'esprit ne sont produites ni par la volonté, ni par le désir, qui isolent l'intellect et l'enferment en lui-même. Un tel esprit est mort, il est incapable d'adaptation, de souplesse, de vivacité ; il n'est pas créatif.

Notre question n'est donc pas d'immobiliser l'esprit, mais de voir la vérité en ce qui concerne chacun des problèmes qui se présentent à nous. C'est comme l'étang qui est calme lorsque le vent est tombé. Notre esprit est agité parce que nous avons des problèmes ; voulant les éviter, nous cherchons à le faire taire. Or, c'est lui qui les a projetés ; en dehors de lui, ils n'existent pas ; donc, tant qu'il continue à projeter sa conception de la sensibilité et à s'exercer à l'immobilité, il ne peut jamais être immobile. Mais lorsqu'il se rend compte qu'il n'y a de compréhension que dans l'immobilité, il devient très calme. Cette quiétude n'est pas imposée, n'est pas le résultat d'une discipline et ne peut pas être comprise par un esprit agité.

Nombreux sont ceux qui, cherchant la quiétude de l'esprit, se retirent de la vie active et s'enferment dans un village, un monastère, une montagne ; ou se retirent dans des idées et s'enferment dans une croyance ; ou, plus simplement, s'arrangent pour éviter tout tracas. Ces réclusions ne sont pas le silence de l'esprit. L'enfermer dans une idée ou éviter les personnes qui vous compliquent l'existence n'est pas un calme créatif. Celui-ci ne survient que lorsque cesse le processus d'isolement par accumulation et que le processus des relations est compris. L'accumulation vieillit l'esprit ; mais sitôt qu'il est neuf et frais, débarrassé du processus d'accumulation, il lui devient possible d'être tranquille. Un tel esprit n'est pas mort, il est des plus actifs. L'esprit immobile est l'esprit le plus actif ; mais si vous voulez faire cette expérience, y pénétrer profondément, vous verrez que dans l'immobilité il n'y a pas de projection de pensée. La pensée, à tous ses niveaux, étant évidemment la réaction de la mémoire, ne peut jamais être dans un état de création. Elle peut s'exprimer sur l'état créateur mais elle ne crée pas.

Lorsque se produit ce silence, cette tranquillité d'esprit qui n'est pas un « résultat », nous percevons en cette quiétude une activité extraordinaire, une action que l'esprit agité ne peut jamais connaître. Là, il n'y a pas de formulation, pas d'idée, pas de mémoire ; cette immobilité est un état de création qui ne peut être connu qu'avec la compréhension totale de tout le processus du moi. Sans cette compréhension, l'immobilité n'aurait aucun sens. Mais en l'immobilité non provoquée l'éternel est découvert, qui est au-delà du temps.

## 36. SUR LE SENS DE LA VIE

*– Nous vivons, mais ne savons pas pourquoi. Pour un grand nombre d'entre nous, la vie n'a aucun sens. Pouvez-vous nous dire la raison d'être et le but de nos vies ?*

– Pourquoi me posez-vous cette question ? Pourquoi me demandez-vous de vous dire quel est le sens et le but de la vie ? Qu'est-ce que nous appelons vivre ? La vie a-t-elle un sens ? Un but ? Vivre, n'est-ce pas son propre but et son propre sens ? Pourquoi voulons-nous plus ? Parce que nous sommes si mécontents de nos vies, elles sont si vides, si vulgaires, si monotones, avec l'indéfinie répétition des mêmes gestes, que nous voulons autre chose. Notre vie quotidienne est si insignifiante, assommante, intolérablement stupide, que nous disons : « il faut qu'elle ait un autre sens » et c'est pour cela que vous posez cette question. Mais l'homme qui vit dans la richesse de la vie, qui voit les choses telles qu'elles sont, se contente de ce qu'il a ; il n'est pas confus : il est clair et c'est pour cela qu'il ne demande pas quel est le but de la vie. Pour lui, le fait même de vivre est le commencement et la fin. Notre difficulté est que, notre vie étant vide, nous voulons lui trouver un but et lutter pour y parvenir. Un tel but dans la vie ne peut être qu'une expression de l'intellect, sans aucune réalité. Un but poursuivi par un esprit stupide et un cœur vide, sera vide. Ainsi vous vous demandez comment enrichir vos vies (intérieurement, non pas d'argent, j'entends bien) : cela n'a pourtant rien de mystérieux. Lorsque vous dites que le but de la vie est d'être heureux, ou de trouver Dieu, ce désir de trouver Dieu n'est qu'une fuite devant la vie et votre

Dieu n'est qu'une chose appartenant au connu. Vous ne pouvez vous acheminer que vers un objet que vous connaissez ; si vous construisez un escalier vers ce que vous appelez Dieu, ce n'est certainement pas Dieu. La vérité est comprise en vivant, non en s'évadant de la vie. Lorsque vous cherchez un but à la vie, vous vous en évadez, vous n'êtes pas en train de la comprendre. La vie est relations, la vie est action en relation ; mais lorsque je ne comprends pas mon monde de relations ou lorsque celles-ci sont confuses, je cherche un « sens » à ma vie en me demandant pourquoi elle est vide. Pourquoi sommes-nous si seuls, si frustrés ? Parce que nous n'avons jamais regardé en nous-mêmes pour nous comprendre. Nous ne voulons pas nous avouer que cette vie est tout ce que nous connaissons, et que nous devrions, par conséquent, la comprendre pleinement et complètement. Nous préférons nous fuir nous-mêmes et c'est pour cela que nous cherchons le but de la vie loin de nos relations. Si nous commençons à comprendre l'action – c'est-à-dire nos relations avec les personnes, les possessions, les croyances et les idées – nous voyons que la relation elle-même est sa propre récompense. Vous n'avez nul besoin de chercher, c'est comme chercher l'amour. Pouvez-vous le trouver en le cherchant ? L'amour ne peut pas être cultivé. Vous ne le trouverez que dans le monde des relations, et c'est parce que nous n'avons pas d'amour que nous voulons un but dans la vie. Lorsque l'amour est là, qui est sa propre éternité, il n'y a pas la recherche de Dieu, parce que l'amour est Dieu.

C'est parce qu'elles sont si remplies de faits techniques et de superstitieuses litanies que nos vies sont si vides ; et c'est pour cela que nous cherchons un but en dehors de nous-mêmes. Pour trouver le but de la vie, nous devons passer par la porte de nous-mêmes ; mais consciemment ou inconsciemment, nous évitons de voir les choses telles qu'elles sont et voulons, par conséquent, que Dieu nous ouvre une porte située au delà. Cette question sur le but de

310

la vie n'est posée que par ceux qui n'aiment pas. L'amour ne peut être trouvé que dans l'action, laquelle est relation.

## 37. SUR LA CONFUSION DE L'ESPRIT

– *J'ai écouté toutes vos causeries et j'ai lu tous vos livres. Je vous demande tout à fait sincèrement de me dire quel peut être le but de ma vie si toute pensée doit cesser, toute connaissance être supprimée et toute mémoire être perdue. Comment raccordez-vous cet état d'être, quel qu'il soit selon vous, au monde dans lequel nous vivons ? Quelle relation a un tel être avec notre existence triste et douloureuse ?*

– Nous voulons savoir ce que cet état est, qui ne peut être que lorsque toute connaissance, lorsque « celui qui reconnaît » n'est pas. Nous voulons savoir quel rapport a cet état avec notre monde d'activités quotidiennes, de poursuites quotidiennes. Nous savons ce que notre vie est en ce moment : triste, douloureuse, constamment craintive, sans rien de permanent ; nous connaissons cela très bien. Et nous voulons savoir quel rapport cet autre état a avec celui-ci, et si nous écartons les connaissances et nous libérons de nos souvenirs, etc., quel est le but de l'existence.

Quel est le but de l'existence telle que nous la connaissons maintenant ? Non pas théoriquement, mais en fait. Quel est le but de notre existence quotidienne ? Simplement de survivre n'est-ce pas ? Avec toutes les misères, les douleurs, les désordres, les guerres, les destructions, etc. Nous pouvons inventer des théories, dire : « cela ne devrait pas être, c'est autre chose qui devrait être ». Mais ce ne sont pas des réalités, ce ne sont pas des faits. Ce que nous connaissons c'est la confusion, la douleur, la souffrance, les perpétuels antagonismes. Nous savons aussi, pour peu que nous soyons lucides, comment tout cela est créé. Le but de nos vies, d'instant en instant, tous les jours, est de détruire, de nous exploiter mutuellement, soit en tant qu'individus, soit en tant qu'êtres collectifs. Dans notre solitude, dans notre misère, nous essayons d'utiliser les autres, nous essayons de nous fuir nous-mêmes avec des divertissements, des dieux, des connaissances, toutes sortes de croyances et d'identifications. Tels que nous vivons en ce moment, c'est cela notre but, conscient ou inconscient. Existe-t-il au-delà un but plus profond, plus vaste, qui ne soit pas du monde de la confusion et de l'acquisition ? Cet état qui ne comporte pas d'effort, a-t-il un rapport avec notre vie quotidienne ?

Il n'a certainement pas le moindre rapport avec notre existence. Comment l'aurait-il ? Si mon esprit est dans la confusion et la solitude, comment pourrait-il être relié à quelque chose qui n'émane pas de lui-même ? Comment la vérité pourrait-elle être reliée au mensonge, à l'illusion ? Mais nous ne voulons pas nous avouer cette rupture, parce que notre espérance, notre confusion nous font croire à quelque chose de plus grand, de plus noble, à quoi nous voudrions être reliés. Nous cherchons la vérité dans le vague espoir que cette découverte dissipera notre désespoir profond.

Un esprit confus et rempli d'affliction, conscient de son vide et de sa solitude, ne peut jamais trouver ce qui est au-delà de lui-même. Ce qui est au-delà de la faculté de penser entre en existence lorsque les causes de la confusion et de la misère ont disparu du fait qu'elles ont été comprises. Tout ce que j'ai jamais voulu expliquer, c'est la façon de se comprendre soi-même. Tant que l'on n'a pas la connaissance de soi, l'autre état n'est pas ; il n'est qu'une illusion. Si nous pouvons comprendre tout le processus de nous-mêmes, d'instant en instant, nous voyons qu'en clarifiant notre confusion, l'autre état naît. Et il est alors en contact avec l'expérience qui a lieu. Mais étant de ce côté-ci du rideau, du côté des ténèbres, comment pouvons-nous avoir

313

l'expérience de la lumière, de la liberté ? Lorsqu'a lieu une fois l'expérience de la vérité, vous pouvez la relier à ce monde dans lequel nous vivons. Si nous n'avons jamais su ce qu'est l'amour, mais n'avons connu que des querelles, des misères, des conflits, comment pouvons-nous faire l'expérience de l'amour, lequel n'est pas du monde de ces désordres ? Mais sitôt que nous avons fait cette expérience, nous ne nous tracassons pas pour statuer sur des « rapports ». Car alors l'amour (l'intelligence) fonctionne. Mais pour faire l'expérience de cet état, toutes les connaissances, les souvenirs accumulés, les activités auxquelles on s'est identifié, doivent cesser afin que l'esprit soit incapable de projeter aucune sensation. L'expérience de cela s'accompagne d'action dans ce monde.

Et c'est certainement cela le but de l'existence : aller au-delà de l'activité égocentrique de l'esprit. Ayant vécu cet état, lequel n'est pas mesurable par l'esprit, le fait même de l'expérience provoque une révolution intérieure. Alors, s'il y a de l'amour, il n'y a pas de problème social. Il n'y a aucun problème d'aucune sorte, lorsque l'amour est là. Parce que nous ne savons pas aimer, nous avons des problèmes sociaux et des systèmes de philosophie sur la façon de traiter ces problèmes. Je dis que ces problèmes ne peuvent jamais être résolus par aucun système, de gauche, de droite ou du juste milieu. Ils ne peuvent être résolus – je parle de notre confusion, de nos misères, de notre auto-destruction – que lorsque nous pouvons faire l'expérience d'un état qui n'est pas auto-projeté.

## 38. SUR LA TRANSFORMATION DE SOI

– *Vous parlez de se transformer soi-même. Que voulez-vous dire par là ?*

– Il faut une révolution radicale, c'est évident. La crise mondiale l'exige. Nos vies l'exigent. Nos angoisses, poursuites, incidents quotidiens l'exigent. Nos problèmes l'exigent. Il faut une révolution fondamentale, radicale, parce que tout s'est écroulé autour de nous. Malgré un certain ordre apparent, en fait nous assistons à une lente décomposition, à une destruction : la vague de destruction chevauche constamment la vague de vie.

Donc une révolution est nécessaire – mais pas une révolution basée sur une idée, car elle ne serait que la continuation de l'idée et non une transformation radicale. Une révolution basée sur une idée est sanglante, elle démolit et provoque un chaos. Avec du chaos on ne peut pas créer de l'ordre. Vous ne pouvez pas provoquer un chaos de propos déterminé et espérer ensuite y créer de l'ordre. Vous n'êtes pas des êtres élus destinés à créer de l'ordre dans la confusion. C'est une façon si fausse de penser, de la part de ceux qui désirent créer de plus en plus de confusion en vue de ramener de l'ordre ! Parce qu'ils exercent le pouvoir pour l'instant, ils s'imaginent avoir la technique complète du maintien de l'ordre. En voyant l'ensemble de cette catastrophe – la perpétuelle répétition des guerres, les constants conflits de classes et d'individus, l'effroyable inégalité économique et sociale, l'inégalité des capacités et des dons personnels, le gouffre entre ceux qui sont imperturbablement heureux et ceux qui sont dans les filets de la haine, des conflits, des misères – voyant tout cela, ne faut-il pas une révolution, une transformation complète ?

Et cette transformation, cette révolution radicale, est-elle une réalisation ultime, ou est-elle de moment en moment ? Je sais que nous aimerions tous qu'elle soit ultime car il est tellement plus facile de penser en termes éloignés : « à la fin » nous serons transformés, « à la fin » nous serons heureux, nous trouverons la vérité. En attendant continuons tels que nous sommes. Mais un esprit qui pense en termes d'avenir est incapable d'agir dans le présent ; il ne cherche donc pas la transformation : il l'évite.

Qu'appelons-nous transformation ? Elle n'est pas dans l'avenir ; elle ne peut jamais être dans l'avenir. Elle ne peut être que « maintenant », d'instant en instant. Mais qu'appelons-nous transformation ? C'est extrêmement simple : c'est voir que le faux est faux et que le vrai est vrai. Voir le faux comme étant une erreur et le vrai comme étant la vérité est une transformation, parce que lorsque vous voyez très clairement une chose comme étant la vérité, cette vérité libère. Lorsque vous voyez qu'une chose est fausse, elle se détache de vous. Lorsque vous voyez que les rituels ne sont que de vaines répétitions, lorsque vous voyez la vérité de cela et ne justifiez rien, il y a transformation, n'est-ce pas, car un autre esclavage a disparu. Lorsque vous voyez que les distinctions de classes sont fausses, qu'elles créent des malheurs et des divisions entre hommes, lorsque vous voyez la vérité de cela, cette vérité même libère. La perception même de cette vérité n'est-elle pas une transformation ? Et comme nous sommes tellement entourés de choses fausses, percevoir cette fausseté de moment en moment est une transformation. La vérité n'est pas cumulative. Elle est de moment en moment. Ce qui est cumulatif et accumulé c'est la mémoire, et, au moyen de la mémoire vous ne pouvez jamais trouver la vérité, car la mémoire est dans le réseau du temps, le temps étant le passé, le présent et le futur. Le temps est continuité, il ne peut donc jamais trouver ce qui est éternel ; l'éternité n'est pas continuité. Ce qui dure n'est pas éternel. L'éternité est dans le moment. L'éternité est dans le maintenant. Le maintenant n'est ni un reflet du passé ni la continuation du passé, à travers le présent, dans le futur.

L'esprit désireux de subir une transformation future ou qui considère cette transformation comme un but ultime ne peut jamais trouver la vérité. Car la vérité doit venir d'instant en instant, doit être redécouverte. Il n'y a pas de découverte par accumulation. Comment découvrir le neuf si l'on porte le fardeau du vieux ? Mais lorsque cesse ce fardeau, l'on découvre le neuf. Pour découvrir le neuf, l'éternel dans le présent, de moment en moment, on doit avoir l'esprit extraordinairement souple, un esprit qui ne soit pas en quête d'un résultat, un esprit qui ne soit pas en « devenir ». Un esprit qui « devient » ne peut jamais connaître la vraie félicité du contentement – je ne parle pas de celui dans lequel on se complaît, ni de celui que peut donner un résultat atteint, mais du contentement qui vient lorsque l'esprit voit le vrai dans ce qui « est » et le faux dans ce qui « est ». La perception de cette vérité est d'instant en instant ; et cette perception est retardée par toute opération verbale concernant l'instant.

La transformation n'est pas un but à atteindre. Ce n'est pas le résultat de quelque action. Résultat implique résidu, cause et effet. Lorsqu'il y a cause agissante, il y a nécessairement effet. L'effet n'est que le résultat de votre désir d'être transformé. Lorsque vous désirez être transformé, vous pensez encore en termes de devenir, et ce qui est en devenir ne peut jamais connaître ce qui est en être. La vérité c'est « être » de moment en moment, et un bonheur qui continue n'est pas le bonheur. Le bonheur est un état d'être intemporel. Cet état dépourvu de temps ne peut survenir que par un immense mécontentement, non par un de ces mécontentements qui ont trouvé un tunnel pour s'échapper, mais par celui qui n'a pas de soupape, qui n'a pas de voie de sortie, qui ne cherche plus à s'accomplir. Ce n'est qu'alors, dans cet état de mécontentement suprême, que la réalité peut naître. Cette réalité n'est pas achetable, on ne la vend pas, elle ne peut pas être répétée, on ne peut pas la trouver dans des livres, mais on peut la voir de moment en moment, dans un sourire, dans une larme, sous la feuille morte, dans les pensées vagabondes, dans la plénitude de l'amour.

L'amour n'est pas différent de la vérité. L'amour est un état en lequel le processus de pensée, en tant que durée, a complètement cessé. Où est l'amour, est une transformation. Sans amour, la révolution n'a pas de sens, car elle ne serait que destruction, décomposition et misères de plus en plus profondes. Où l'amour est, il y a révolution, parce que l'amour est transformation de moment en moment.

Photocomposition : Nord-Compo
Villeneuve d'Ascq 59970

IMPRIMÉ EN FRANCE PAR BRODARD ET TAUPIN
Usine de La Flèche (Sarthe).
LIBRAIRIE GÉNÉRALE FRANÇAISE - 6, rue Pierre-Sarrazin - 75006 Paris.
ISBN : 2 - 253 - 13821 - 5          31/3821/1